M. S. FAYES

Castelo de Sombras

1ª Edição

The GiftBox
EDITORA

2021

Direção Editorial: Anastacia Cabo
Gerente Editorial: Solange Arten
Arte de Capa: Dri K. K. Design
Revisão e diagramação: Carol Dias
Ícones de diagramação: brgfx e macrovector/Freepik

Copyright © M. S. Fayes, 2021
Copyright © The Gift Box, 2021
Todos os direitos reservados.

Nenhuma parte do conteúdo desse livro poderá ser reproduzida em qualquer meio ou forma – impresso, digital, áudio ou visual – sem a expressa autorização da editora sob penas criminais e ações civis.

Esta é uma obra de ficção. Nomes, personagens, lugares e acontecimentos descritos são produtos da imaginação da autora. Qualquer semelhança com nomes, datas ou acontecimentos reais é mera coincidência.

Este livro segue as regras da Nova Ortografia da Língua Portuguesa.

CIP-BRASIL. CATALOGAÇÃO NA PUBLICAÇÃO
SINDICATO NACIONAL DOS EDITORES DE LIVROS, RJ
Meri Gleice Rodrigues de Souza - Bibliotecária - CRB-7/6439

```
F291c

   Fayes, M. S.
      Castelo de sombras / M. S. Fayes. - 1. ed. - Rio de Janeiro :
   The Gift Box, 2021.
      288 p.

      ISBN 978-65-5636-041-6

      1. Romance brasileiro. I. Título.

21-68758            CDD: 869.3
                    CDU: 82-31(81)
```

Embora muitas pessoas possam temer este livro por conta do assunto sensível abordado, peço que deem uma chance à história de Tillie, à forma como ela se viu imersa em um mar de escuridão, mas, ainda assim, encontrou uma maneira de se reerguer. Não é somente uma história de amor clichê, e, sim, de renascimento e descoberta da força interior que cada um pode encontrar dentro de si mesmo, não importa em que condição esteja. É um apelo para que quem já passou por isso veja que sempre há uma esperança.

M.S. FAYES

Nota da editora: apesar de não conter cenas descritivas, este livro trata de temas sensíveis que podem ser entendidos como gatilhos: suicídio, depressão e *bullying*.

Dedico este livro a todas as pessoas que já foram deixadas à deriva por uma marola de tristeza, mas que voltaram à praia com uma onda de esperança.

Dum vita est, spes est.
Enquanto houver vida, há esperança.

Amici, nec multi, nec nulli.
Amigos, nem muitos, nem nenhum.

Quando sua vida está prestes a mudar, o que você faz? Você se apavora diante das possibilidades, desistindo do que tiver que acontecer? Ou enfrenta de cabeça erguida e aceita de braços abertos, sabendo que a partir dali nada mais será o mesmo?

Eu sabia que algo estava vindo... só não sabia de onde.

Podia olhar para as folhas caindo das árvores, ao longe, sabendo que aquela era uma estação necessária e que era preciso destituir para substituir. Renovar.

Eu estava sozinha. Mais uma vez. Olhei para o lugar onde minha melhor amiga deveria se sentar, como sempre fazia, todos os dias, ao meu lado, antes de tudo mudar. Vago.

O lugar estava vazio fisicamente, mas emocionalmente ela já havia se retirado há muito tempo. Já não éramos mais as mesmas. Não dividíamos os momentos como fazíamos antes. Não compartilhávamos os mesmos ideais.

Ignorei as risadas de deboche das panelinhas da turma. Como eu queria que meu lugar pudesse estar vago também. Estar ausente e não ter que aguentar nem mais um dia sequer da tortura diária vinda em forma de palavras e piadas sutis.

Houve um tempo em que fui forte e poderia simplesmente ter ignorado numa boa toda e qualquer fonte de provocação. Esse tempo se foi. Eu precisava aprender a lutar minhas batalhas sozinha, já que minha companheira de batalhas não queria estar mais ao meu lado.

Levantei o rosto e me recusei a ficar por baixo. Eu estava ali para estudar, então era aquilo que faria. Buscaria o conhecimento que tanto desejava e seguiria em frente, disposta a sair de cabeça erguida, ostentando uma camiseta retrô com os dizeres em latim: Veni. Vidi. Vici. Sim... Vim, vi e venci.

O ensino médio não me derrubaria, assim como as angústias que o acompanhavam. As cobras peçonhentas não conseguiriam acabar comigo. Ninguém roubaria meu orgulho, mesmo que eu sentisse que ultimamente estava sendo apenas a casca de quem já fui um dia.

Eu só não supus que a vida seria tão traiçoeira e me jogaria no chão, fazendo questão de me mostrar que ventos indomáveis e tempestades não podem ser controlados por ninguém.

Capítulo Um

Multas amicitias silentium dirimit.
O silêncio destrói muitas amizades.

TILLIE

A depressão não tem um rosto. Não tem uma expressão definida. Ou, ao menos, sempre imaginei que tivesse e acabei me enganando redondamente. A sociedade cria estereótipos para as feições que uma pessoa depressiva precisa ter, mostrando sempre, nos filmes, um ser humano prostrado, normalmente com olheiras marcadas, cabelo desgrenhado, fedorento – pela falta total de um banho adequado – e com o nariz entupido, de tanto chorar.

Nem sempre é assim. Muitas vezes a pessoa está super de boa, não demonstra absolutamente nada para ninguém, vive uma vida agradável aos olhos da sociedade, mas por dentro... por dentro ela está se esvaindo em uma maré de sentimentos tão tumultuados que se tornam difíceis de ser explicados.

Eu tenho dezoito anos. Sempre tive tudo do bom e do melhor. Nunca vivi traumas intensos na infância que justificassem nenhuma onda nebulosa de tristeza aguda. Mas ela apareceu. Do nada. No auge dos meus dezessete.

Bom, talvez possa ter sido uma soma de fatores ao longo dos meus anos vividos. Ao longo das quatro estações estavam começando a ficar mais fortemente concentradas nas duas mais sinistras e obscuras. As mais sombrias. O outono, onde tudo começa a cair, as folhas começam a morrer gradualmente e se esparramam pelo chão, pintando uma paisagem, embora bonita para alguns, triste e mórbida. E o inverno. O inverno frio e gelado.

Carente de sentimentos quentes que aquecem a alma.

Por mais incrível que possa parecer, sempre fui uma criança feliz e sorridente. Um quadro perfeito de comercial de margarina, talvez com um leve mix de moleca, com enormes ralados nos joelhos, sempre disposta a disputar com os irmãos e os meninos da escola, quem levava a melhor nas corridas e esportes mais radicais. Eu tinha um lado doce e um lado selvagem. Um lado fofo e um lado irado.

Nessa muvuca toda, ainda calhava de eu ser a caçula de três irmãos controladores. Filha de uma mãe mais controladora ainda, que ama de uma maneira peculiar e ao jeito dela. Posso dizer que não éramos tão chegadas, e meu relacionamento com meu pai também era mais distante. Sendo a mais jovem dos três, era óbvio que, para mim, vinham as sobras de muitas coisas, mas eu não reclamava, porque tracei meu próprio caminho, com uma personalidade própria e... bem, vou repetir a palavra que usei acima: peculiar.

No dia em que fiz 17 anos, tive um baque monstruoso que abalou minhas estruturas. Mentira. Abalou as estruturas de toda a família, mas creio que internalizei muito mais a porrada, já que senti na pele as emoções de maneira intensa. Era como se tivessem acontecido comigo.

Desde a infância, minha vida era ligada à de Katy. Onde uma ia, a outra ia atrás. Éramos uma equipe de duas garotas. No jardim de infância, no fundamental, no Ensino Médio.

Matamos nossa primeira aula juntas, beijamos garotos pela primeira vez, no mesmo dia, na mesma festa. Então deixamos de ser as BVs da escola ali, na casa de Sabrina James, com cerca de duas horas e meia de festa, na pista de dança... eu com Kieran Peterson e ela com Steve James, o irmão gêmeo da dona da festa. Péssima escolha, porque quando Sabrina descobriu que o irmão estava dando uns beijos no salão, gritou histericamente e tivemos que ir embora.

Eu nem reclamei, afinal, Kieran nem foi lá um bom beijador mesmo. Foi mediano. Okay, naquela época eu nem podia comparar, mas meu lado garota ressentida quis menosprezar o evento. E nunca admitiria que sonhei três noites seguidas com ele e acordei suada em todas elas. Estávamos com 15 anos na época.

Katy foi muito mais evoluída. Acabou perdendo a virgindade um ano depois, com o mesmo Steve, já que se engataram em uma espécie de namoro io-iô, mas segurei firme minha resolução de "eu resolvi esperar". Pelo quê e por quem, não sabia ainda, mas estava esperando... até hoje.

Castelo de Sombras

E nessa maré de convivência, de tantos anos ao lado da minha amiga, uma das coisas que aprendi com seu relacionamento com Steve foi que o amor às vezes pode detonar os outros relacionamentos. Ou seja, Katy destruiu a amizade que tínhamos, por conta do namoro que fazia questão de manter com Steve, pois ele cobrava uma maior atenção dela. Então, nossas noites de pipoca, Netflix, pijamas, fofocas e babação no *Instagram* de vários modelos gatinhos tinham acabado por completo.

Katy era só dele e de ninguém mais.

Passei a me isolar em meu quarto, mesmo que meus irmãos enxeridos tenham tentado de todas as maneiras me perturbar, mas, pelo amor de Deus, quem iria querer se jogar num papo-cabeça com seu irmão de 21, que só falava sobre engenharia mecatrônica, o outro de 22, que estava alistado no exército e só falava de armas e afins, e o mais velho, de 24, que só pensava em mulheres? Okay, ele trabalhava pra caramba, também, mas era mais safado que George Clooney em seus tempos de ouro. E, por favor, sei da vida do George porque sou meio stalker mesmo, e tenho uma tara por *Onze homens e um segredo*. Greg, Hunter e Jared eram três exemplares de machos alfas chatos e repugnantes que não saíam do meu pé, ainda mais agora.

— Tillie! — Greg deu um grito que deve ter acordado a vizinhança inteira, mas fingi não ouvir. Eu sabia que dentro de alguns segundos um dos três irromperia pela minha porta, e pior, me chamaria pelo meu nome real.

3... 2... 1...

— Otília! — Greg arreganhou a porta do quarto. — Tillie, saia daí. Agora. Você já ficou tempo demais aí dentro.

Era engraçado que meus irmãos pensassem que eu tinha doze anos. Eu os deixava pensar, honestamente. Muitas vezes, dava-lhes o tratamento do silêncio profundo, aquele bem fúnebre mesmo, que vinha acompanhado de um olhar carrancudo e, dependendo do dia do mês, animalesco.

Greg sentou-se na minha cama com uma gentileza impressionante... Meu corpo quase foi arremessado do outro lado.

— Tillie... — dessa vez ele chamou baixinho. — Vamos lá... o pai está com tudo pronto. Mamãe colocou o jantar à mesa, eu e Hunter já combinamos que vamos lavar os pratos, Jared vai, inclusive, cantar para você, se precisar...

Continuei olhando para a parede, da mesma forma em que estava quando ele entrou.

Senti a movimentação na entrada do quarto.

— E aí? Nada? — Ouvi a voz de Jared.

— Ela nem responde.

Eu não estava com vontade. Estava anestesiada ainda.

Vejam bem... deixe-me explicar...

Eu disse que a tristeza foi se instalando aos poucos na minha vida, desde que eu tinha 17 anos, certo?

A perda gradual da minha amizade com Katy foi levando meu espírito a um estado de definhamento sinistro, que gerou uma onda de paralisia. Eu já nem fazia questão de manter amizade com outras pessoas.

Achava que seria ferida da mesma maneira que Katy me feriu. Ou me abandonou, sei lá.

Talvez isso tenha algo a ver com o fato de vincularmos a palavra abandono.

No dia do meu aniversário de dezessete, fiquei esperando que minha amiga de infância ao menos se lembrasse de mim, que sentisse a minha falta e que aquela data lhe desse um estalo, um despertar, algo assim. Mas ela passou por mim no colégio como se nem ao menos me conhecesse. Sei que comi um bolo preparado pela minha mãe, na companhia dos meus irmãos e meus pais, e só. Não fazia questão de ter outras pessoas. A ausência de Katy foi a que mais doeu. Ali senti que ela havia, realmente, renunciado à nossa amizade, jogando fora as memórias dos nossos risos, abandonando todo e qualquer plano de criarmos nossos filhos juntos, em casas vizinhas, para brincarem no parquinho no final da rua.

Ela não se contentou com aquilo, porém...

Porque quase um ano depois, Katy simplesmente deu fim à sua vida, me abandonando por completo. Não bastava que ela tenha feito aquilo emocionalmente, ela fez questão de assentar o prego no caixão, tomando um coquetel de pílulas para dormir que sua mãe deixava no armário do banheiro.

E tudo por causa de quê? Ou de quem? De Steve James.

Katy não havia resistido ao término do namoro vai-e-vem e a consequente nova namorada que Steve esfregou na cara dela, e num ato impensado, tomou uma puta dose de remédios, deixando uma carta de despedida enorme, endereçada a quem? A mim.

Daquele dia em diante, minha vida tomou um rumo esquisito.

Passei a questionar uma série de coisas... porque... eu perguntava... Será que ninguém tinha percebido que Katy não estava bem? Será que ninguém tinha visto que seu estado de espírito andava perturbado, que sua vida estava atrelada a um cara que não a valorizava em hipótese alguma e que aquilo poderia lhe fazer mal?

Não.

Ninguém viu.

Foi tudo muito silencioso.

Katy apenas disse que deixou a tristeza assumir o seu peito, que sentia minha falta, que Steve havia proibido nossa amizade, por me achar uma má-influência... O quê? Eu? Onde eu era uma má-influência? Só se eu fosse influenciá-la a terminar com aquele babaca...

Então, como uma erva daninha crescendo de maneira singular e rasteira, eu podia sentir a mesma tristeza se alastrando por dentro de mim, também. De maneira traiçoeira. Devagarinho...

Depois do enterro de Katy, eu me afastei de toda e qualquer diversão ou atividade que pudesse remeter a sorrisos e felicidade. Katy, que representava a vida, agora era a expressão da morte. E eu estava completamente mergulhada nos sentimentos que brotavam a cada dia.

As olheiras acompanharam passo a passo. Como uma estampa do meu verdadeiro humor. Mostravam no meu rosto a feição sombria de alguém que sofria por dentro, mas se recusava a falar, porque eu realmente me negava a dialogar com qualquer pessoa sobre o assunto. Expor meus sentimentos quando eu me sentia tão crua? De jeito nenhum.

Greg, Hunter e Jared tentaram de todas as formas extrair qualquer reação que pudessem. Nós sempre fomos irmãos unidos. Eu era a protegida, a princesinha do lar. Odiava o título, mas tinha que admitir que amava ser o objeto de atenção daqueles três garotos. Bem, não quando eles resolviam se infiltrar totalmente na minha vida sentimental e interferir em absolutamente tudo. Aí eu detestava. Como quando Greg me trancou no quarto para que eu não fosse ao cinema com Simon Convey, aos quinze anos. Eu já achava que tinha idade suficiente para tomar minhas decisões, mas meus irmãos pensavam o contrário.

Os idiotas ainda tiveram a capacidade de prever que eu tentaria fugir pela janela, então Jared já estava de plantão, sentado confortavelmente em uma espreguiçadeira, logo abaixo, comendo uma maçã, tranquilamente. Nem bem consegui colocar uma perna para fora... só escutei o "hum, hum, hum...". Foi uma merda. Hoje eu agradeço, porque Simon nem se ofendeu com o bolo que levou e acabou saindo com Selena Fairchild no mesmo dia, sendo objeto de fofoca na escola por mais de dois meses, pelas fotos indecentes que tiraram dos dois se agarrando no escurinho do cinema. O que significava que aquele ali, provavelmente, seria o meu destino... ou eram os planos dele... digo, eu ser a pessoa agarrada. Argh! Vocês entenderam...

A mão de Greg passou pelo meu cabelo, mas era como se eu estivesse em um sonho, e estivesse vendo tudo de cima. Em uma imagem distorcida mesmo.

— Tillie... nós precisamos que você saia desse quarto — Greg insistiu. — Você já está aqui há quatro dias, no escuro, só comendo porcaria.

Bom, eu estava deprimida, mas também não queria ficar anoréxica, então peguei alguns salgadinhos da cozinha e levei para o quarto. Assim eu não precisava descer e dar de cara com ninguém, enfrentar nenhum dos meus parentes à mesa. Eu podia ficar isolada com a minha própria angústia.

— Me deixa em paz, Greg — falei, baixinho. Talvez assim ele saísse dali e me deixasse em paz.

— Pelo menos ela respondeu — Jared disse e se sentou na ponta da cama. Eu tinha plateia. Que ótimo. — Você está um lixo.

— Obrigada — retruquei com uma risada rouca, mesmo sem querer rir.

— Sério, Tillie. Já deu. Você tem que superar isso e sair daqui — Greg falou.

Nenhum deles entendia. Provavelmente ninguém nunca entenderia.

— Eu não quero comer.

— Você *precisa* comer. Ou a mãe e o pai vão te internar — Jared ameaçou.

Hunter entrou no quarto naquele momento, trazendo uma bandeja de comida. O cheiro imediatamente fez meu estômago revirar, mas fingi que estava tudo bem.

— Vão me internar, por quê? Gente, eu só estou curtindo um momento de tristeza — admiti com relutância.

— Não, Tillie. Você está se arrastando nessa merda já tem tempo. Katy já se foi e você tem que superar.

Cobri a cabeça com o edredom e tentei não ouvir mais nada.

Hunter se agachou ao lado da minha cama e puxou as cobertas.

— Tillie... Nós só queremos o seu bem, boneca.

Meus pais entraram no quarto e parecia que uma reunião estava formada.

— E então? — minha mãe perguntou, nervosa. Eu sabia que ela mesma nem conseguia entender o meu estado. Ou sequer sabia como conduzir a situação.

Meu pai se agachou ao lado de Hunter e nossos olhos se conectaram naquele momento. Azul com azul. Os dele, tristes; os meus, embaçados e opacos. Sem vida, muito provavelmente.

— Você vai se levantar daí? Comer para que vejamos que está bem? Vai sair do quarto?

— Pai, deixa ela respirar — Greg pediu.

Tentei me sentar na cama, ignorando o desconforto por estar sendo observada de perto por todos eles.

Hunter pegou a bandeja que havia depositado na minha escrivaninha e colocou no meu colo.

— Agora, coma.

— Vocês são muito mandões.

— E você é mimada.

Eu não era mimada. Estava anestesiada. Era diferente. À medida que mastigava o alimento, as lágrimas desciam pelo meu rosto e se misturavam ao sabor da comida.

Katy havia ido embora e levado um pedaço do meu coração com ela. Não havia nada que meus irmãos pudessem fazer àquele respeito.

Capítulo Dois

Amicitia certa in necessitate probatur.
Amizade certa se conhece na necessidade.

TILLIE

Duas semanas depois, tive que voltar às aulas. Faltava pouco mais de três meses para que eu me formasse no Ensino Médio, então, logo mais, eu teria a vida inteira pela frente. Ou assim eu pensava, antes que tudo desabasse.

Sabe... acho que as pessoas que estão enfiadas dentro de suas próprias mentes acabam se tornando um fardo para as outras. Percebi isso claramente quando minhas poucas amigas, as que eu ainda mantinha, mesmo com o afastamento gradual de Katy, ao longo do ano anterior, começaram a se distanciar, quando viram que minha energia usual, minha alegria e minha vivacidade tinham evaporado.

De repente, passei a me sentar sozinha na sala de aula e, mais ainda, no refeitório. Eu já não era uma figura interessante para ninguém. Você conhece os seus verdadeiros amigos quando eles se postam ao seu lado nos seus melhores momentos, mas mais ainda, quando seguram a sua mão nos seus dias mais sombrios. Quando não te abandonam em hipótese alguma, mesmo que tudo o que você queira fazer seja... nada. Ou apenas... contemplar o silêncio.

Passei a escrever poesias aleatórias. Aproveitava os momentos de intervalo entre as aulas, ia para a biblioteca e me dedicava a colocar no papel todos os sentimentos conturbados que habitavam minha mente.

Eu tentava focar não apenas nos ruins, mas também naqueles que eu desconhecia. Ainda sentia uma réstia de esperança, de que eu poderia sair daquele ninho de cobras, o Ensino Médio, e que poderia superar a vida, entrando em uma faculdade, fazendo o que Katy não pôde fazer. Não *teve* tempo hábil para fazer.

Eu me isolei mais ainda, e olha que não era tão isolada. Conhecia mais da metade da escola, mas quando meu temperamento mudou e meu comportamento meio *dark* subiu à vida, parece que todos aqueles que eu conhecia resolveram ignorar minha célebre existência.

Talvez aquilo tudo tenha contribuído para me colocar mais ainda na maré de tristeza em que eu fazia questão de mergulhar.

E, ao pensar em mergulhar, lembrei que havia apenas um lugar na face da Terra onde eu me sentia à vontade, sentia que podia respirar livremente. O mar. Nós morávamos na costa de Del Monte, na cidade de Monterey, na Califórnia, e o que havia de melhor ali? A praia estava a poucos quilômetros de onde eu vivia e estudava.

O que me permitia pegar o carro de Hunter emprestado, já que, quando ele estava na base do Exército, onde servia, ele o deixava disponível para que eu usasse. Ele havia saído de casa há três dias e provavelmente só o veríamos dali a algumas semanas.

Assim que o sinal da escola bateu, às três da tarde, eu simplesmente zarpei dali e joguei o material de qualquer jeito dentro do armário. Evitei contato visual com qualquer outra criatura juvenil que pudesse estar no mesmo espaço e segui rumo ao estacionamento.

Iria à praia. Estávamos no início da primavera, o clima ainda era frio, mas a temperatura estava amena, então, daria para ao menos apreciar a brisa do mar e contemplar as ondas, ou os surfistas loucos que se arriscavam por ali.

Saí em disparada, nem sequer me dando ao trabalho de avisar aos meus pais ou irmãos superprotetores. O sensor de rebeldia estava brotando um pouco dentro de mim.

Cerca de quinze minutos depois, consegui estacionar em uma vaga apertada, entre dois carros bacanas, sendo que um deles parecia uma pequena van abarrotada de pranchas de surfe no alto. Bem que eu queria saber surfar...

Tirei o tênis e deixei dentro do carro, escondi a bolsa embaixo do banco e tranquei a porta, colocando a chave no bolso apertado da calça jeans. O casaco enorme de moletom conseguiria me proteger do vento frio que provavelmente sopraria dali a uma hora, mais ou menos.

O sol ainda estava no alto, então eu poderia apreciar um tempo do horizonte, observando as ondas se quebrando, imaginando quantas criaturas marinhas haveria naquela imensidão azul.

Evitando a praia, que estava até cheia para uma quinta-feira, escalei a rocha que ficava mais adiante, formando uma espécie de mirante natural, *point* preferido de namoradinhos ou pessoas que quisessem fazer uma *selfie* bacana e glamorosa. Senti um sorriso irônico deslizar pelos meus lábios, porque, putz... nem se eu tivesse trazido meu celular, ainda assim, eu nunca tiraria uma *selfie* ali...

As rochas machucavam um pouco os meus pés descalços, e me arrependi na mesma hora por ter deixado o tênis no carro, mas eu queria sentir o contato da areia com os pés.

Fui até a ponta e me sentei, ainda que desconfortavelmente, porém queria ter aquele momento único e prazeroso – mesmo que ultimamente eu nem estivesse sentindo prazer em quase nada –, em poder apreciar a natureza por um tempo.

Afastei o cabelo que teimava em dançar à frente do meu rosto, percebendo que, sem querer, eu estava chorando. Minha nossa... meu emocional estava tão débil que eu chorava por qualquer merda. Queria crer que naquele instante estava chorando por algum grão de areia indiscreto que tinha se aventurado pelo meu globo ocular, mas não. Não havia sido isso.

Por um momento ínfimo me lembrei da última vez em que tinha ido à praia com Katy. Há quase dois anos, talvez. Bem antes do idiota do Steve ter conseguido afastar minha amiga do meu convívio.

Levamos sanduíches e sucos e nos deitamos na areia, em um verão quente e agradável, onde tudo o que tínhamos para fazer era falar de garotos e tentar fingir que não estávamos observando os surfistas ao longe.

Katy estava feliz porque sua irmã mais velha chegaria em breve de sua viagem a Londres e elas passariam um tempo juntas. Eu adorava a irmã de Katy, Susan. Ela era bem mais velha, mas agradável de estar junto.

O som das gaivotas acabou me tirando do devaneio em que eu me encontrava e a imagem da lembrança se apagou; só então percebi que já estava ali há um bom tempo, porque pude sentir a pele do meu rosto arder. Fora que a brisa do mar já começava a esfriar. Levantei-me e olhei para o horizonte, imaginando em que outros países eu poderia chegar através dali. Enfiei a mão dentro do bolso para pegar a chave do carro – para me adiantar e dar início à minha escalada de volta ao veículo –, e tive certa dificuldade, já que a calça era apertada e o chaveiro de Hunter não facilitava nem um pouco a vida de uma pessoa que quisesse levar uma simples chave ali dentro.

Para conseguir arrancar a maldita de dentro do bolso apertado, puxei de uma vez, o que fez com que o molho voasse da minha mão, indo parar na beirada da rocha, bem à frente de onde eu estava.

Não, não, não!

Oh, céus... suei frio. Estava até com medo de olhar...

— Merda, merda! — xinguei sem vergonha alguma.

Fechei os olhos, com temor de imaginar o exato lugar onde as malditas chaves deviam estar agora. No fundo do mar.

Cheguei até a ponta, mesmo sentindo um medo absurdo. Eu sempre ia até um determinado lugar, nunca passava da fenda principal onde estava sentada. Olhei para baixo e vi o brilho prateado ligado ao chaveiro de bola de basquete, logo abaixo.

Suspirei de alívio, ao mesmo tempo em que suei frio.

Porcaria. Como eu pegaria aquelas chaves? Olhei ao redor, tentando detectar se havia um galho, qualquer coisa que eu pudesse usar para fisgar, pescar, ou qualquer verbo atrelado ao ato de resgate daquele objeto.

Nada. Não havia nada.

E abaixo só havia a água do mar. Aquela imensidão azul. Se quebrando exatamente no rochedo onde eu me encontrava agora.

Busquei uma coragem vinda de não sei onde, ajoelhei um pouco mais, porém preocupada em não emborcar tanto o meu corpo e ficar tão à deriva na direção do vento.

Estiquei os dedos, devagarinho, como se o molho de chaves do meu irmão fosse um bicho selvagem e amedrontado.

Senti a ponta da minha unha raspar na argola de metal que servia de elo entre o chaveiro tosco de Hunter e a chave de seu Mustang.

Quando estava quase conseguindo, o inimaginável aconteceu...

— Tilliiiiiiiiiiiieeeeeeeeeee!!!!

O grito de um dos meus irmãos me deu um susto tão mortal que acabei mergulhando de cabeça. Sem chave, sem nada.

Em águas profundas. Águas geladas... azuis e turbulentas.

A queda nem foi registrada pelo meu cérebro. O que ficou marcado foi a sensação do abraço glorioso que todas aquelas moléculas fizeram no meu corpo, e trouxeram o impacto sinistro de que ali, finalmente, minha tristeza poderia ter fim. Aquela tristeza onde eu estava me afogando.

Capítulo Três

Gratia gratiam parit.
Gentileza gera gentileza.

PATRICK

Já fazia um tempo que eu estava sentado na minha prancha, esperando por uma onda perfeita que nunca vinha. Scott e Dale tinham conseguido seguir o fluxo de uma, sendo que Dale insistia que pegaria um tubo, de qualquer jeito naquele dia. Estávamos desde cedo e nada havia sido frutífero.

O dia era de folga na escola particular caríssima em que estudávamos, então nada melhor do que aproveitar a *vibe* da tarde e aproveitar o tempo livre para fazer algo produtivo, ao invés de ficar em casa simplesmente estudando.

Eu era um cara esforçado, não era à toa que já tinha praticamente passagem garantida para quase todas as universidades que quisesse, já que minhas notas eram bem bacanas.

Olhei para o alto da rocha da agulha, como era chamado o ponto da praia onde se encontrava o trecho rochoso onde havia um platô irado para se admirar o pôr do sol. Eu já havia levado algumas garotas ali diversas vezes. Era um excelente lugar para dar uns amassos.

A figura solitária de uma garota acabou chamando minha atenção. Como eu estava sentado na prancha, à espera de uma onda oportuna, deixei que meu foco se concentrasse ao longe, esquecendo por um momento o que estava fazendo ali. Talvez o cabelo dela voando ao vento tenha chamado minha atenção, não sei. Eu gostava de cabelos escuros.

— Ei, Pat! Não vai pegar, *bro*? — Dale gritou ao longe.

Desviei o olhar para a esquerda e acenei para que ele seguisse. Scott já estava longe.

Voltei o rosto para a garota. Ela estava de pé agora. Tentava pegar algo do bolso e, mesmo ao longe, percebi que tinha dificuldade. O pulo que seu corpo deu foi mais do que o suficiente para me mostrar que o que quer que ela tenha tentado retirar dali, simplesmente voou longe. E pelo movimento oscilante que fez em direção à beira da rocha, só pode ter voado para o despenhadeiro. Seria o seu celular? Se foi, já era. Muito provavelmente havia caído no mar.

Redobrei a concentração na cena ao longe e percebi que a garota estava se curvando para tentar alcançar o que havia sumido de seu alcance.

— Não, garota... não faça isso... você vai acabar caindo... — falei sozinho, mais para o vento do que para alguém em particular.

Obviamente a menina não me ouviu. Ajoelhou-se na beira da rocha e inclinou o corpo, tentando alcançar o objeto. Ao meu entendimento, não havia caído no mar, então. Estava ali, mas longe de suas mãos, só que o mais lógico seria ela pedir ajuda, ao invés de tentar pegar a merda sozinha.

Deitei o corpo na prancha e comecei a remar com os braços, automaticamente, para frente. Não podia explicar a sensação, mas sabe quando você sente que algo vai acontecer? Era o que eu sentia.

Acelerei as braçadas, acrescentando ritmo à prancha, olhando para trás e aproveitando uma onda oportuna que impulsionou meu corpo para frente. Eu tinha que tomar cuidado para não me chocar contra a rocha, ainda mais porque a arrebentação do mar acontecia bem ali, e eu já tinha visto muitos surfistas se ferrarem naquele trecho, mas também não podia deixar algo acontecer sem fazer nada.

Estendi a mão para trás e soltei a correia que prendia a prancha ao tornozelo, sabendo que se precisasse, estaria livre para mergulhar, e foi apenas uma questão de segundos.

Em um piscar de olhos a garota despencou do alto da rocha, caindo diretamente na água, pouco mais de alguns metros à minha frente.

Nadei com todo o meu empenho, aproveitando-me das ondas para chegar o mais rápido possível, tentando ver se ela subiria à superfície. *Será que a menina sabia nadar?*

Porra. Ela não estava usando nenhum casaco de cor evidente, tipo um vermelho gritante. Acho que era um cinza, o que dificultaria vê-la no fundo.

Mergulhei de uma vez e fui o mais profundamente que consegui, tentando descobrir para qual direção ela poderia ter caído.

Seguindo o fluxo da arrebentação das ondas, a correnteza das águas não poderia tê-la arrastado para outro canto, que não o rochedo, o que indicaria uma grande chance da garota se esfolar exatamente ali.

Subi à superfície novamente, tentando resgatar oxigênio para mergulhar novamente. Fui mais fundo dessa vez e quando estava sentindo os olhos ardendo por conta da água salgada, avistei a silhueta dela. O cabelo foi a primeira coisa que distingui. Flutuava de maneira quase etérea naquela imensidão azul.

Meus dedos conseguiram alcançar um pedaço da sua roupa e puxei. Acho que agarrei um pedaço do seu casaco. Subi contra a força da água e das ondas acima de nós, que criavam um torvelinho de corrente e dificultava uma subida tranquila à superfície. As ondas nos jogavam a todo o momento contra as rochas, e eu tentava virar o corpo para proteger o dela contra o impacto, garantindo que não levasse a pior. Não sei se consegui de todo, mas fiz o meu melhor.

Eu não era nenhum salva-vidas de série de TV americana, mas tinha meu quinhão de praia, então podia dizer que estava empenhado em tirar a garota dali com vida e o mais íntegra possível.

Consegui fazer um agarre mais adequado em seu corpo e fui nadando de costas até que as marolas nos levaram à areia da praia.

Carreguei o corpo desfalecido da menina pálida como uma folha de papel até uma área mais seca e a depositei na areia, vendo que Dale e Scott já corriam na minha direção.

Os lábios dela estavam arroxeados. Lembrei-me das aulas de massagem RCP e emborquei sua cabeça para trás, cobri o nariz e abri sua boca, jogando o oxigênio que eu tinha em mim para dentro dos pulmões dela. Em seguida, apoiei as mãos delicadamente em seu peito e empurrei. Eu tinha medo de machucá-la, nem sequer sabia se estava fazendo certo, mas achava que estava no caminho.

Eu orava a Deus que estivesse.

— Cara, o que foi isso? — Scott perguntou, desabando ao meu lado.

— A garota caiu do penhasco — falei.

Continuei enviando meu fôlego para ela, cobrindo a boca fria com a minha e soprando o que eu tinha de ar em mim, para que ela resgatasse o dela.

Vamos, garota... reaja!

— Ela se jogou? — Dale perguntou.

— Não, mané. Ela caiu — Scott respondeu. Ainda bem que ele retrucou. Eu não pararia para bater papo, sendo que estava numa tarefa árdua ali.

— O que quer que façamos?

— Eu sopro e você empurra, tá? Contando até dez. Sem ser com muita força, ou pode machucar — eu orientei Scott.

— Okay.

Continuava soprando e Scott assumiu a massagem no tórax da menina.

Na nossa segunda tentativa, consegui detectar uma fagulha de fôlego de seu hálito quente junto ao meu. Em seguida, ela tossiu. Virei seu corpo de lado, para que ela pudesse cuspir a água que havia engolido.

Naquele momento louco, quando os olhos dela se abriram, assustados, e se conectaram aos meus, eu pude ver que nem mesmo ela estava preparada para o que aconteceu. Nem ela sabia o que tinha se passado.

Antes que trocássemos uma palavra sequer, um cara pouco mais velho que eu chegou derrapando e espalhando areia para todos os lados, caindo ajoelhado ao lado da menina, arrastando o corpo frágil e encharcado em seus braços.

O olhar assombrado da garota permaneceria na minha memória por muito tempo.

— Tillie! Tillie... Meu Deus! Por que você fez isso? — ele perguntava freneticamente.

Não entendia o que ele achava que a garota tinha feito, mas o momento não requeria que eu me metesse.

Ela olhou para mim, por cima do ombro do cara desesperado e havia uma pergunta muda em seu olhar assustado.

— Gr-greg... me-me... deixa... vo-você está-tá me esmagando — ela disse, tremendo. Os dentes estavam batendo.

Ela devia estar com um frio do cacete. Eu não sentia porque meu traje de neoprene me protegia. Ela, não.

— Por quê, Tillie?

— O-o quê?

— Por que fez isso? Ah, meu Deus...

O cara se virou para mim naquele momento e acho que se lembrou de que não estava sozinho.

— Ah... obrigado. Obrigado, cara. Se você não estivesse lá... Eu acho que não conseguiria chegar a tempo — disse.

Não. Possivelmente, não. Da posição de onde ela caiu, somente eu, Dale ou Scott, que estávamos na área dos surfistas, é que teríamos acesso à arrebentação do rochedo.

Um banhista comum, ou até mesmo um salva-vidas, teria que dar a volta ou subir na rocha para pular de cima.

— Obrigado. De novo.

Olhei para a menina e tentei descobrir se era namorada do cara que a segurava de maneira tão protetora agora.

— Tudo bem. Tranquilo.

Ele se levantou, ajudou a garota a levantar do chão e retirou o casaco que vestia, colocando sobre ela.

— Vamos...

Quando estavam saindo, afastando-se dali, a menina parou, virou-se para mim, que ainda permanecia no mesmo lugar apenas observando-a se afastar, e disse:

— Obrigada. Eu nem sequer te agradeci por ter salvado a minha vida — ela disse, em um tom de voz entristecido. Ou ao menos pareceu. — Eu nem sei o seu nome...

Cheguei à frente, o suficiente para estender a mão e poder agarrar a dela, trêmula e gelada.

— Patrick.

— Obrigada, Patrick. Você pode me chamar de Tillie.

Ao dizer aquilo, deu um sorriso triste e saiu escoltada pelo cara que a guiava para longe dali. Olhei à distância e vi que um grupo de paramédicos corria na direção deles. Ele deve ter visto tudo e se adiantou, chamando o socorro.

Dale e Scott chegaram ao meu lado e colocaram os braços no meu ombro.

— Mano, que porra foi aquela? — Dale perguntou.

— Não faço ideia — respondi com sinceridade.

— Sua prancha se quebrou, Pat.

— Tudo bem.

Eu estava pouco me lixando para a merda da prancha. Poderia comprar outra quando bem entendesse. Eu só sabia, lá no fundo do meu coração eu sabia... que havia feito algo que mudaria a minha vida dali por diante.

A sensação de poder ajudar alguém, de poder salvar a vida de uma pessoa, era tão gratificante que criava uma espécie de eco dentro do meu peito, querendo estufar e dizer que naquele momento eu tinha feito por aquela menina, algo tão primordial quanto a vida que havia sido resgatada.

Mas no fundo do meu coração eu sentia que não havia sido somente aquilo. E talvez nunca pudesse explicar... mas, por um momento muito louco... eu pude ser para aquela garota... pude simplesmente ser... mais do que simplesmente o seu ar para respirar.

Castelo de Sombras

Capítulo Quatro

Sit conscientia mille testium.
A consciência vale por mil testemunhas.

TILLIE

Greg me levou até a calçada, o tempo todo com o braço apoiado de maneira firme sobre meus ombros. Eu estava tremendo, mas a impressão era que podia senti-lo tremer também. Será que meus tremores eram tão intensos que propagavam para o corpo dele?

O casaco que ele havia me dado agora já se encontrava úmido e não protegia do frio que penetrava minha pele, chegando aos meus ossos.

Os dois paramédicos que chegaram ao nosso encontro já tiravam as parafernálias necessárias para um socorro que agora não era mais preciso.

— Vamos levá-la até a ambulância — um deles disse, já segurando meu punho e posicionando os dedos para medir a pulsação.

— N-não prec-cisa — gaguejei, com os dentes tremendo.

— É protocolo, senhorita. Você é vítima de afogamento — o outro explicou.

— Mas não aconteceu nada — tentei argumentar.

— Você engoliu água e teve que receber uma massagem de RCP? — um deles perguntou.

Antes que eu respondesse, Greg disse:

— Sim. Um surfista a retirou da água, inconsciente, e fez aquela respiração boca a boca. Ela vomitou a água ingerida depois de algumas tentativas.

Como ele sabia? Bem, nem eu mesma sabia, aparentemente. *Eu fiquei apagada mesmo? Como nos filmes?*

— Greg, m-me le-eva para casa — pedi.

— Sinto muito, moça. O pedido de socorro teve o chamado aberto e não poderíamos fugir do protocolo. Você terá que seguir para o hospital, para uma avaliação clínica complementar — o paramédico informou.

Greg me guiou até a ambulância.

— Eu nã-ão quero ir aqui — queixei.

— Pare com isso, Tillie. Você vai fazer como deve ser feito. Eu vou junto, não se preocupe — Greg ralhou.

Quando ele me empurrou para dentro da ambulância, mandando-me entrar, acordei do torpor onde havia me enfiado.

— Não... espera... as chaves! O c-carro do Hunter! Eu p-perdi as chaves, Greg! — falei desesperada.

— Nós daremos um jeito de buscar o carro dele depois. A gente só precisa encontrar a chave reserva. Agora, você vai entrar aí dentro e ficar calma, entendeu? — ordenou.

Sentei-me na maca e observei quando ele se colocou no canto da ambulância com a fisionomia fechada. Suas mãos estavam trêmulas enquanto digitava no celular.

— Greg...

Somente quando o paramédico fechou a porta traseira e começou a aferir meus sinais vitais, foi que olhei para o meu irmão, que exalou um suspiro cansado, falando:

— Não diga nada, Tillie. Nós vamos resolver isso em casa, depois.

— Mas...

— Shh...

Eu não entendia a razão de ele estar tão bravo. Poxa, não havia sido nem mesmo ele que tivera que mergulhar para me socorrer, e aquele poderia ser um fator importante para deixá-lo puto.

Por Greg ser o mais novo dos meus irmãos, era o mais próximo a mim. Era muito natural que eu me sentisse à vontade com ele para conversar absolutamente tudo. Bem... quase tudo.

Na verdade, ele era um dos que sentia mais a minha ausência, mesmo que eu estivesse de corpo presente. Os três anos que nos separavam não importavam para ele. Uma das queixas recentes era a de que eu sequer estava respondendo às suas mensagens. Parecia um apelo carente, mas sabia que Greg estava tentando chamar minha atenção para que eu saísse do vale escuro onde me enfiei.

O trajeto todo até o hospital foi feito em um silêncio embaraçoso. Eu queria falar, mas olhava para o perfil irritado de Greg, o maxilar cerrado e a carranca, e desistia. Também não queria a plateia que parecia não estar presente, mas estava. O paramédico me manipulou durante todo o tempo, mas ignorei o que fazia, atenta apenas às reações de meu irmão.

Quando chegamos ao pronto-socorro, as portas traseiras da ambulância foram abertas de supetão e uma equipe de enfermagem já me aguardava à entrada. Achei aquilo um exagero completo, visto que eu estava respirando e parecia estar bem, mas decidi não abrir a boca, ou deixaria meu irmão mais irritado do que já parecia. Greg seguiu atrás da maca ambulatorial, em silêncio, até chegarmos ao quarto de atendimento.

Nem me lembro quanto tempo passei ali, respondendo perguntas e sendo apalpada de um lado ao outro. O médico que me atendeu foi bem gentil ao me explicar a razão de tudo isso.

— Mesmo que você agora esteja bem, clinicamente é necessário proceder com um protocolo específico. E sabe por quê? — perguntou, com a voz calma e serena.

— Não...

— Porque queremos evitar que você tenha um possível afogamento secundário, ou como chamamos, afogamento a seco, entende? — O médico continuou aplicando o estetoscópio por todo o meu tórax. — Precisamos checar se você não está com resquícios de água nos pulmões. Isso poderia levar a um edema pulmonar, gerando uma asfixia intensa. Fora isso, é preciso prevenir que não haja nenhuma espécie de contaminação com a água que foi aspirada.

Nossa... eu estava assombrada com as repercussões que poderiam acontecer. Achei que iria para casa, tomaria um banho quente e pronto. Agradeceria a Deus por ainda estar respirando. Pelo jeito, enganei-me um pouco na sequência de ações após meu pequeno incidente.

— Doutor, ela vai precisar ficar internada? — meu irmão perguntou, em uma voz estranha.

— Vamos ver os exames de R-X e acompanhar a oximetria durante a próxima hora. Só então, definiremos o que fazer a partir daqui — ele respondeu e pareceu se comunicar com Greg pelo olhar.

Achei estranho, mas não falei nada. Fixei os olhos num cartaz explicativo colado na parede e me resignei a esperar para receber alta. Vi quando ele conversou com meu pai pelo telefone, depois seu celular enlouqueceu de mensagens, e só pude supor que meus irmãos o estavam enchendo de

M. S. FAYES

perguntas.

Depois de cerca de uma hora e meia, o médico me liberou, entregando um maço de papéis para Greg, conversando baixinho para que eu não pudesse ouvir. Pesquei apenas algumas palavras.

Protocolo. Internação. Prevenir. Reincidência.

Como eu estava cansada e com frio, preferi me abster de participar ativamente da conversa, questionando sobre o que falavam.

De alguma forma, enquanto estava fazendo todos os exames que o médico solicitou, Greg buscou seu carro e, ao sairmos do hospital, ele me guiou para o veículo. Ele foi gentil ao extremo, até de se estranhar, afivelando meu cinto, como se eu fosse uma criança.

— Greg... por que tudo isso? — perguntei.

— Apenas me deixe, Tillie. Vai ficar tudo bem.

O tom fatalista na voz não me passou despercebido, mas preferi fechar os olhos até o trajeto para casa.

— Por que você está agindo assim? — perguntei, baixinho.

Ele respirou fundo e me deu uma olhada, antes de voltar a se concentrar na pista.

— Estou apenas pensando.

— Em quê?

Nem vi quando chegamos, mas a porta do carro se abrindo e a mão de Greg no meu rosto foram um indicativo de que eu deveria sair.

Assim que entramos em casa, mamãe veio correndo da cozinha, assustada ao extremo. Eu devia estar um horror, pela cara que ela fez.

— Tillie! O que aconteceu? — perguntou.

Greg me levou até o sofá e me acomodou ali.

— Mãe, pega um chá para ela e um cobertor.

Eu ia dizer que já não estava com frio, pois minhas roupas secaram enquanto estive no hospital, mas me calei ante o olhar firme de Greg.

— Claro... — Mamãe fez exatamente o que foi pedido.

Ele andava de um lado ao outro, nervoso, e senti a necessidade de acalmá-lo, mas não tive chance.

— Pai, já chegamos em casa com ela. — Somente naquele momento percebi que Greg estava ao telefone.

Ótimo. Acabei me lembrando que o meu havia ficado na bolsa... a mesma que agora se encontrava debaixo do banco do carro de Hunter.

Senti o cobertor e as mãos da minha mãe afagando minhas costas. Ela colocou uma caneca de chá quente à minha frente e sentou-se ao meu lado.

Castelo de Sombras

— Ei, Jared. Você tem como vir aqui em casa? Tipo... agora? — Greg perguntou e olhou para mim.

Minha nossa. O que ele estava tramando? Greg tinha a tendência a dramatizar as coisas, mas eu achava que já estava indo meio longe demais. Tudo bem, tive um pequeno tour no hospital, mas também não era para tanto.

Bebi o chá devagarinho, soprando para não queimar a língua no processo.

— Você não quer tomar um banho, minha filha? — mamãe perguntou.

Mamãe deu voz aos meus pensamentos e desejos mais secretos. Sim, eu queria tomar banho. Ter que usar as roupas grudentas de sal e areia não era legal, mas foi a única saída no hospital, depois que tirei a camisola hospitalar horrorosa. Greg bem que poderia ter passado em casa para pegar uma muda de roupas para mim, quando saiu para buscar o carro.

— Boa ideia.

Eu me levantei, colocando a xícara de chá na mesa de centro, e comecei a me encaminhar para as escadas.

— Ei, mãe... vá com ela — Greg disse.

Olhei para trás, assombrada.

— O quê? Eu não preciso de ajuda para tomar banho, gente.

— É apenas para te ajudar a tirar as roupas sujas, Tillie — tentou desconversar.

— Tenho certeza de que dou conta desse serviço, Greg — falei e subi rapidamente.

Eu me tranquei no banheiro, antes que alguém tivesse a ideia errada de que eu precisava de um banho de esponja.

Tirei as roupas grudentas e úmidas e joguei ao lado da banheira. Quando senti a água quente do chuveiro, quase gemi de alegria. Somente ali percebi o quanto meu corpo ainda estava gélido. Talvez por conta da umidade dos tecidos.

Enquanto lavava o cabelo, fui reprisando na cabeça as imagens do que havia acontecido. De maneira sistemática. Como em um flashback, só que meio borrado.

Okay. Eu havia sentido frio. Tinha resolvido ir embora. Fui pegar as chaves no bolso e de maneira estúpida, elas ganharam asas e voaram para a ponta da rocha. Por um instante louco, cheguei a achar que tinham ido dar um mergulho e seria o próximo item a ser encontrado pela Ariel, a sereia curiosa, mas percebi que elas ainda estavam à mão. Quando estava quase alcançando, o grito de Greg desestabilizou meu corpo emborcado para frente e mergulhei como uma atleta de saltos ornamentais, só que sem a parte dos giros e manobras bacanas.

E por um instante tive um vislumbre do que seria não voltar. Do que seria entregar realmente os pontos, mas foi um pensamento rápido, porém com tempo suficiente para que meus pulmões enchessem de água e eu começasse a ter dificuldade para nadar e subir à superfície. Porque confesso que me apavorei quando percebi a fúria com que as ondas se agitavam por ali.

Então um garoto me salvou. Um surfista.

Seria ele um salva-vidas? Daqueles que ficavam a postos para eventuais incidentes naquele trecho?

Só tive tempo de agradecê-lo rapidamente. Nem posso dizer que lembro de sua fisionomia. Se eu o vir novamente, é capaz de que não o reconheça.

Mas ele disse se chamar Patrick, não é?

Minha memória não estava tão ruim que não captei aquele detalhe.

Bom, depois disso, seguiu-se a *via crucis* do hospital, com espetadas daqui, cutucadas de lá e fotografias cheias de radiação.

Terminei o banho e me enxuguei rapidamente, saindo enrolada na toalha e voando para o meu quarto. Coloquei um moletom surrado que eu adorava e me dava a sensação do conforto que tanto precisava naquele momento.

— Tillie, desça aqui! — Greg pediu. Aos gritos, devo acrescentar.

Revirei os olhos e desci as escadas sem entender a pressa ou irritação. Eu já tinha saído do quarto, como eles vinham me pedindo há tempos. O que mais queriam?

Cheguei à sala e me surpreendi ao ver meu pai e Jared ali. Meu irmão mais velho estava com a fisionomia fechada, os braços cruzados, olhando para o chão.

Papai chegou até mim e me deu um abraço, um beijo na testa e afagou minhas costas.

— Como você está, bonequinha?

— Estou bem, pai.

Eu não sabia até onde eles tinham se inteirado da aventura da tarde.

Mamãe chegou até o sofá com uma mochila e o rosto consternado.

— Nós vamos direto ao ponto, para evitar os rodeios — Greg falou.

— Chamei todo mundo aqui, menos Hunter, porque ele está na base e não podemos interferir no momento, para que saibam o que aconteceu e para que você esteja ciente de que o que vamos fazer é para o seu bem.

Novamente aquele tom cheio de mistérios atraiu minha atenção.

— O quê? — perguntei, olhando para o meu pai, que suspirou audivelmente.

— Tillie, não dá mais para lidarmos com essa situação da maneira como temos tratado nos últimos meses. Sendo que recentemente, o comportamento destrutivo que você adotou pareceu tomar um contorno mais preocupante, filha — ele disse.

O que posso dizer? Se um grilo estivesse na sala, certamente eu o ouviria cantando por alguns segundos, antes que as palavras de meu pai assentassem.

— Calma... como assim?

— Tillie, Greg nos contou que você saltou do penhasco na praia hoje — Jared disse nervoso.

O quê? Espera... *o quê???*

— O-o quê? — repeti a pergunta que ecoava freneticamente nos meus pensamentos. — Co-como assim? Saltei? Eu não pulei!

Eu estava sentada no sofá. Parecia que tinha pulado como uma mola com a insinuação de Greg e do que ocorrera.

— Ele viu tudo, Tillie — mamãe disse, chorando. — Nós entendemos que você está ferida, que seu coração está quebrado, que sua amizade com Katy era importante, mas não podemos permitir que você repita o mesmo erro...

Sentei-me de novo no sofá, atordoada. Mil pensamentos atropelavam minha mente.

— Eu não pulei do penhasco... — falei, baixinho. — Eu estava tentando pegar as chaves que caíram na beirada, aí ouvi o grito do Greg e me assustei.

Greg ajoelhou-se à minha frente.

— Tillie... você mergulhou para a morte. Vem definhando há tempos e sem vontade de viver. Só não conseguiu o que queria hoje porque aquele surfista a socorreu e interrompeu seu plano.

— Greg! Eu não saltei! Acredite em mim! — gritei, desesperada.

— Filha, nós vamos internar você, por ao menos uma semana, numa clínica fora da cidade, cerca de trinta minutos daqui, que trata todo tipo de casos de depressão, transtornos e casos assim. Você vai ser bem assessorada — meu pai disse.

— O quê? Vocês estão brincando, não é? — perguntei, sentindo as lágrimas descendo com fúria pelo meu rosto.

— Não, meu bem. É necessário.

— Pai... acredite em mim.

Jared sentou-se ao meu lado.

— Tillie, algumas semanas atrás você nem queria comer. Acredite quando dizemos que estamos fazendo isso para o seu bem — ele disse.

— Não... não! Vocês não entendem! Eu não fiz isso... eu não tentei me matar, gente! Eu juro! — falei, aos prantos.

Céus. O pensamento mórbido de não sofrer mais as angústias que aquela tristeza me causava já havia me passado pela cabeça, estando associado ao fato de: "se eu não respirasse mais, isso aconteceria"? Claro. Mas nunca, em nenhum momento, havia pensado em liquidar o fio de vida que me guiava pelo universo.

Nunca.

— Tillie, será apenas por uma semana e lá eles vão estabelecer o tratamento que você precisa — mamãe acrescentou.

— Mas eu não quero ir! Eu não fiz nada!

— Mas você precisa de tratamento! Não vê? Está enfiada num luto eterno e se recusa a sair dele! Está definhando e deixando que algo te corroa por dentro... e se recusa a lutar contra isso — Greg disse de volta. — O médico do pronto-socorro concorda que você precisa de acompanhamento. Ele fez a solicitação para que conseguíssemos te internar.

Greg se agachou à minha frente e completou:

— Não queremos perder você, Tillie. Não vamos aceitar que este inimigo silencioso retire sua alegria de viver.

Abaixei a cabeça e deixei que as lágrimas fluíssem.

Sim. Era doloroso admitir que havia uma tristeza que me corroía de tal forma que muitas vezes eu sentia dificuldade de respirar, mas a dor foi superada pela percepção de que minha família não acreditava em nenhuma palavra que eu dizia.

Resolvi usar o recurso que vinha adotando ao longo dos meses que se passaram: eu me calei.

Resignei-me a acatar o que todos achavam que era o certo para mim, naquele momento. Eu não teria forças para lutar contra aquilo, porque não estava tendo forças para lutar nem mesmo contra o que estava tentando me derrubar.

Capítulo Cinco

Voluntas pro facto reputatur.
A intenção é que faz a ação.

PATRICK

Não era estranho que eu mal tivesse conhecido uma pessoa, mal tivesse vislumbrado seu rosto, e ela não saísse dos meus pensamentos? Desde o dia anterior, quando resgatei a garota do mar, eu via a cena indo e voltando na minha cabeça.

Entrei em casa e larguei a mochila em cima da mesa lateral. Fui para a cozinha a fim de descolar algo para comer.

Marla já estava ali, cozinhando algo que cheirava muito bem. Ela estava em nossa família há quase duas gerações e eu brincava que provavelmente ela cuidaria dos meus filhos daquele jeito.

— Ei, Marla... Cadê a mamãe? — perguntei, antes de pegar uma maçã em cima da mesa.

— Não encha o bucho, menino. Ou não vai jantar. E como foi o treino hoje?

— Foi razoavelmente ridículo — respondi e levei um tapa na cabeça. — Ai! Por que me bateu?

— Isso é lá jeito de responder?

— Mas é porque o treino foi mais chato do que responder seiscentos exercícios de Álgebra, Marla. Eu gosto de beisebol, mas não é o esporte que queria para mim. Eu queria o surfe — falei e me sentei na bancada. — E você não me respondeu se a mamãe já chegou.

— Ela já chegou. Está se trocando. Veio direto da clínica. — Marla continuava mexendo na panela fumegante. O cheiro era fantástico. Era por isso que não queria sair dali. Quando ela estava na cozinha, eu juro que poderia morar naquele lugar. — Você sabe que seu pai nunca aprovaria que você virasse um surfista.

Revirei os olhos e continuei comendo a maçã.

— Tá, tá... já sei. Nem mostrando os milhões de dólares que alguns atletas ganham, ainda assim, nunca o convenci de que é um esporte sério.

— Filho, você passa o dia sentado numa prancha, depois fica de pé e tem que deslizar naquelas ondas. Ainda volta bronzeado e bonitão... Quem vai dizer que isso é sério? — Marla conjecturou.

Comecei a rir porque a definição que eles tinham da prática do surfe era aquela, realmente. Mas muitos não sabiam que, para se profissionalizar, o esquema era outro. Era tombo atrás de tombo, rumo à onda perfeita, que faria desse surfista um ícone no meio de tantos outros.

Bom, eu tive que me contentar em agradar ao meu pai e seguir o que ele pediu. Ele realmente esperava que eu fosse atuar algum dia em seu poderoso escritório de advocacia. Um dos mais prestigiados da Califórnia. Então... *Hello*... Stanford, aqui vamos nós.

Sorte dele que eu era um cara que gostava muito de estudar e era bem-centrado. Ou então estava lascado.

Mamãe entrou na cozinha naquele momento.

— Ei, filho. Chegou mais cedo? — perguntou e me deu um beijo.

Para muitos essa prática podia ser estranha. Que pais ainda cumprimentavam seus filhos adolescentes com beijos e tal? E que filhos aceitavam isso numa boa? Bom, eu aceitava. Carrick reclamava um pouco, mas ele era resmungão mesmo.

Meu irmão mais novo, de apenas 16 anos, entrou como um tufão na cozinha. Pegou uma maçã e se jogou na cadeira.

— Não me beije, mãe. Estou fedendo pacas. Estava andando de skate — falou e ergueu a mão.

Ela ignorou e abraçou o idiota do mesmo jeito.

— Eca, que nojento. Mas te amo mesmo assim — ela disse.

— Ah, não, mãe... por favor... para com isso. Vai ficar toda melosa? — reclamou. Não disse que ele resmungava?

— Carrick, você tem que aceitar e aprender a receber carinho, filho. Como vai fazer com uma garota?

— Poxa, mãe... Isso lá é pergunta que se faça para esse safado? — questionei e ganhei um olhar mortal do meu irmão.

Castelo de Sombras

35

— Por quê? Carrick... você está namorando alguma garota? — perguntou curiosa.

— Mãe, eu sou um garoto comprometido com os estudos.

Quase cuspi o pedaço da maçã que estava mastigando.

— Onde?! — perguntei e comecei a rir.

Carrick era um mané. A sorte era que sua inteligência era acima da média. Porém ele odiava estudar e fazer os deveres.

Quando a mamãe virou de costas, ele me mostrou o dedo médio.

Continuei rindo e arremessei um pedaço de maçã em sua direção.

— Bom, meus queridos. Vocês são lindos e adoráveis, mas vou voltar para a clínica — mamãe disse.

— Ué... por quê? — perguntei. — Você não acabou de chegar?

— Temos uma paciente nova em período de adaptação lá.

Mamãe era uma psiquiatra conceituada que comandava uma das melhores clínicas do Estado. Quando eu era mais novo, cheguei a pensar em cursar medicina, mas desisti, porque vi que a rotina de trabalho dela conseguia ser mais exaustiva do que a do meu pai. E olha que meu velho trabalhava vinte mil horas por semana.

— Algum louco tipo Asilo de Arkam? — Carrick perguntou enquanto mastigava.

— Primeiro — mamãe deu um tapa na cabeça dele, quase fazendo o pedaço que ele mastigava voar na minha direção —, não fale com a boca cheia. Segundo, pare de comparar a minha clínica a um manicômio, especialmente ao do desenho do Batman, por favor.

Mamãe ficava puta se fizéssemos alguma referência.

— Desculpa, mãe. Foi uma brincadeira.

— Uma muito sem graça, isso sim. Os pacientes que estão lá não são loucos. Eles precisam apenas de ajuda por conta de algum transtorno que estão enfrentando no momento — ela acrescentou.

Ficamos à mesa um tempo, até que Marla, que tinha se mantido à parte na conversa, resolveu nos agraciar com a comida fantástica que estava providenciando.

Provavelmente eu teria que malhar uma semana inteira para queimar todas as calorias do que consumi no jantar, mas valeu muito a pena. Estava simplesmente delicioso.

Capítulo Seis

Quicquid sub terra est, haec in apricum proferet aetas.
O que de noite se faz, pela manhã aparece.

TILLIE

Acordei desorientada, sem saber direito onde estava. Depois de abrir e fechar os olhos várias vezes, a memória veio com força total.

Eu estava na clínica que minha família encontrou para me deixar de molho, pensando na vida e no que não deveria fazer. Bom, eles não me deram bola mesmo. Definitivamente.

Daquela conversa na sala, simplesmente me colocaram no carro e me levaram para o lugar.

Como minha entrada aconteceu no final da noite, nem pude apreciar direito as acomodações e arquitetura do lugar, mas mais se parecia a um Spa de luxo do que uma clínica de... loucos. Sei lá que nome se dava àquilo.

Quando cheguei, fui atendida por um médico de plantão, que recebeu todo o relato da história do meu "mergulho" intencional – na cabeça dos meus familiares –, e resolveu que eu precisava de uma dose de calmante para que pudesse relaxar um pouco os nervos. Na verdade, acho que ele detectou que eu estava a um passo de surtar mesmo. De desespero, mágoa, irritação.

Então, posso dizer que depois que entrei no quarto chique, eu simplesmente... dormi. A-pa-guei.

Fui acordar no dia seguinte quase ao meio-dia. O calmante tinha um poder do além ou era uma dose de cavalo mesmo. Havia me derrubado e me colocado em um sono sem sonhos ou pesadelos. Porém acordei com a cabeça parecendo que estava mergulhada em algodão.

Fui levada ao refeitório, onde conheci algumas pessoas. Mesmo que tenha preferido me isolar num canto. Almocei, tentando pensar em uma maneira de fugir dali, mas sabendo que não era a solução. O que eu tinha que fazer era enfrentar aquela semana que meus pais e irmãos resolveram enfiar pela minha goela abaixo, e provar a eles que eu não era tão fraca quanto pensavam.

De tarde, estava no quarto quando fui chamada para uma sessão conjunta de terapia. Apenas ouvi os milhares de relatos que foram destrinchados ali dentro, como se seus pensamentos e emoções fossem perus de Natal que precisavam ser compartilhados.

Estava já deitada na cama, olhando para o nada, pronta para me recolher, quando a porta do quarto se abriu.

Uma mulher ruiva, bonita e com aparência refinada entrou. O jaleco branco já indicava que era médica. As enfermeiras usavam o uniforme padrão, num tom azul-celeste que me dava nos nervos. Sei lá o porquê. Talvez pela impressão de calma e salubridade que queriam imprimir.

Chegando perto da cama, ela olhou atentamente para mim, e com sua prancheta em mãos, simplesmente me analisou. Juro que me senti um sapo num laboratório, prestes a ser dissecado.

— Então... senhorita Bennett — ela disse e deu um sorriso. — Já me ganhou pelo sobrenome, por ser o mesmo da célebre personagem de Jane Austen. Eu sou a doutora Scarlett Griffin.

Devolvi um sorriso constrangido, mas confesso que me senti à vontade na presença dela.

— Pois é, né? Mas acho que minha mãe nem pensou nisso, ou poderia ter me brindado com o mesmo nome da heroína, e aí eu poderia ser motivo de zoação eterna por onde fosse, ou adoração e inveja... desde que eu arranjasse um Sr. Darcy para mim — falei, baixinho.

— Verdade. Não podemos esquecer esse detalhe. Mas ainda assim, você tem um nome lindo.

— Otília? Ah, por favor, doutora... — caçoei. — Se puder me chamar de Tillie, ficarei agradecida. Assim não preciso me recordar que tenho um nome parecido ao de uma avó de quase cem anos.

A médica riu e puxou uma cadeira para sentar-se ao lado.

— Estou fazendo uma visita informal, primeiramente — ela disse. — Apenas para conhecê-la, longe do meu ambiente... o consultório.

Olhei para o teto, depois para ela, outra vez.

— Doutora... vou ter que confessar: eu nem queria estar aqui. Honestamente.

— Por quê? Você acha que não precisa?

— Eu sei que não preciso. — Ou ao menos achava. — Houve um tremendo mal-entendido. E isso culminou na minha estadia... aqui — disse e mostrei o quarto. Pelo menos não era branco e forrado com almofadas nas paredes. Ou eu poderia dizer que a experiência foi quase um clipe musical louco de Pink Floyd. Eu preferia pensar nisso do que achar que estava num hospício.

— Você está aqui para ser cuidada, meu bem. Tenho certeza de que sua família quer apenas o melhor para você.

— Eu sei. Mas sequer me ouviram, doutora. Minha palavra não teve valor algum.

— Muito bem, nós vamos ter um bom tempo para nos conhecer melhor. Mas vamos ao principal agora. Eu soube, através da anamnese quando você deu entrada ontem à noite, que seus pais estão preocupados com um quadro depressivo e um episódio que aconteceu...

Respirei fundo antes de iniciar a saga outra vez.

— Exatamente. Mas o tal episódio não aconteceu da maneira como eles acham que *aconteceu*, entende? Meu irmão pensa ter me visto saltar para a morte, da rocha da agulha, a ponta do penhasco naquele trecho da praia ao norte de Del Monte, sabe? — falei e vi quando ela assentiu. — Ele enfiou na cabeça que tentei me suicidar. Mas eu não fiz isso. Eu caí. Simples assim.

A médica olhou os papéis da prancheta, analisando algo que estava escrito ali.

— Aqui consta que você vem se arrastando por um longo período de depressão, de acordo com relato dos seus familiares, mas que nunca buscou tratamento — ela disse e quando viu que eu ia argumentar, ergueu a mão para me interromper: — Nós vamos chegar à raiz do problema, acredite em mim. Basta apenas que procuremos de onde tudo isso começou. O que realmente vim conferir, realmente, é a sua versão da história.

— A minha versão é essa: eu não pulei. Eu caí. Meu irmão viu algo e viajou. Tive a sorte de ter sido resgatada na hora por um surfista, porque, honestamente, não sei se sairia viva dali, mas garanto que não estava nos meus planos acabar com a minha vida. Eu juro — aleguei com ênfase.

— Eu acredito em você.

— Então a senhora vai me liberar? Vai dizer aos meus pais que eles exageraram e viram coisas onde não existia nada?

— Em primeiro lugar: eu não sou "senhora". Ou vou me sentir com a idade da avó de cem anos que você imagina ter o mesmo nome que o seu — ela disse e comecei a rir, mesmo que a contragosto. — Em segundo... vamos conversar e passar um bom tempo aqui, que tal?

O que me restava a não ser assentir em concordância e numa atitude resignada? Nada. Não me restava nada.

A médica se levantou e estendeu a mão para me cumprimentar.

— Eu realmente espero que tenhamos uma oportunidade de nos conhecer. Acho que você será um frescor para este lugar — ela disse e saiu.

Suspirei e peguei os fones de ouvido. Ao menos permitiram que eu ficasse com meu iPod. O celular foi confiscado. Talvez tenham sentido medo de que eu pedisse socorro a alguém? Nunca se sabe.

Estava ouvindo uma música qualquer quando caí no sono sem nem perceber.

Na manhã seguinte, segui direto ao refeitório. Ali mais parecia um hotel de luxo. Uma espécie de resort. Eu acordava, tomava banho, colocava uma roupa confortável ou, dependendo da vontade, uma roupa para malhar, e saía para escolher o que fazer.

Depois do café da manhã, me enfiava numa biblioteca, em um dos imensos sofás confortáveis, e me dedicava às leituras de livros que eram obrigatórios na escola. Escolhi Shakespeare. Sonhos de uma noite de verão. Agradável. Quem sabe me fizesse rir um pouco. Eu não queria pegar nada melodramático, como Romeu e Julieta, pelo amor de Deus.

Estava concentrada no sétimo capítulo quando a enfermeira Jade me chamou:

— Tillie? — Elas fizeram questão de tentar manter a camaradagem ali dentro, então avisaram que adotariam o uso do meu primeiro nome. — Sua sessão com a doutora Griffin é daqui a dez minutos, meu bem. Você não vai querer perder a hora, não é?

— Não. É verdade. Desculpa, estava concentrada aqui — respondi.

— Percebi.

Saí da biblioteca com o livro a tiracolo. Eu o leria depois no meu quarto. Não era obrigada a participar de nenhuma atividade em grupo, então, poderia me recolher e ficar entocada lá dentro. Ou assim esperava. Eu contava os dias no calendário, quase como um presidiário faz, marcando um xis na parede de sua cela.

Eu já havia me informado sobre a direção do consultório da médica, então sabia exatamente para onde seguir. Segundo andar, última porta do corredor.

Bati e esperei a autorização para entrar. Quando a porta se abriu como num passe de mágica, fui, olhando para os lados, em busca de alguém no ambiente.

A sala estava vazia. Era repleta de fotos nas paredes, quadros coloridos, almofadas e carpetes que formavam padrão nenhum. Era uma espécie de organização caótica. Nada a ver, eu sei. Era estranho, mas formava um ambiente aconchegante. Esperei uma sala estéril, fria, com paredes brancas e sem graça. E me vi, de repente, em um lugar colorido, cheio de brilho e luzes para todos os lados. Caminhei até uma estante repleta de pequenas esculturas e admirei silenciosamente.

— Meu filho, Carrick, adora fazer essas coisinhas nas horas vagas. Ele é ótimo com um canivete — ela disse, atrás de mim.

Disfarcei o susto e o assombro em saber que ela tinha um filho. E que fosse tão genial assim.

— São realmente muito bonitos.

— É verdade. Um artista nato, mas estamos deixando que ele descubra seu próprio caminho — ela respondeu. — Venha, sente-se aqui.

Ela me guiou até um espaço com duas poltronas, uma de frente à outra, e confesso que até mesmo me espantei. Eu tinha a concepção de que o consultório de um psiquiatra precisaria de um divã. Algo meio Freud, sei lá.

Olhei para os lados antes de me sentar.

— O que foi? — ela inquiriu.

— Nada.

— Vamos, diga. Aqui você pode dizer tudo o que pensa.

— Não deveria haver um divã ou algo do tipo? Daqueles onde a gente deita e conta tudo da nossa vida enquanto você anota no seu caderninho?

Ela riu abertamente enquanto se acomodava em sua própria poltrona.

— Existem linhas de atendimentos psiquiátricos e psicanalíticos. Um

Castelo de Sombras

41

difere do outro. As escolas muitas vezes não se misturam, mas o melhor profissional é aquele que consegue reunir o melhor de cada um e aplicar da maneira que achar adequado. O profissional que se sentir bem em seu ambiente de trabalho e conseguir transmitir isso ao seu paciente, esse, sim, será um bom médico da mente.

Gostei de suas palavras. Suspirei audivelmente, tentando criar coragem, mas ainda sem saber o que fazer? *O que eu estava fazendo ali?*

— Doutora, tenho que confessar que não faço ideia do que estou fazendo aqui.

— Nós estamos aqui para conversar.

— É uma espécie de terapia?

— Psicoterapia é uma forma de se ver, mas vamos usar a abordagem de uma psicanálise. Só que as psicoterapias são executadas por terapeutas. Psicólogos especializados no comportamento humano, que vão ajudá-la a trilhar os caminhos que sua mente precisa seguir. Eu usarei uma abordagem um pouco mais intensa, porque posso, através da prática da medicina, usar da estratégia de implementar seu tratamento com uma medicação, se achar que isso seja necessário.

Medicação? Como assim?

— Remédios? Mas não estou doente...

— Vamos conversar, Tillie. Vamos chegar ao que de fato está te atormentando, okay?

Assenti e esperei. Ela apenas me olhou.

— Então? — perguntei.

— Então, o quê? — ela retrucou com um olhar gentil.

— Ah... a velha tática do psiquiatra que responde com uma pergunta? — falei sorrindo.

Ela devolveu o sorriso e largou a caderneta que tinha em mãos.

— Vamos fazer assim: vamos fingir que somos amigas e estamos nos encontrando em um lugar aleatório, batendo um papo. Para isso, só faltou um café aqui.

Concordei com a alternativa.

— Como você tem passado, Tillie?

— Estou bem...

— Humm... me diga... Ontem, no penhasco... O que estava fazendo sozinha?

Respirei fundo e pensei em minha resposta.

A Dra. Griffin inclinou o corpo para frente e encostou a mão no meu joelho.

— Não pense muito em uma resposta calculada. Quero que me fale o que está na sua cabeça. Lembre-se... somos velhas amigas.

— Eu saí da escola na hora certa e fui ali para espairecer. Era um lugar onde eu sempre gostava de ficar. Contemplar o horizonte.

— Por que você disse *era*? Não costuma ir mais lá?

Engoli o nó que se formou na garganta.

— Eu ia muito. Com uma amiga...

— Ah... Katy, não é? O que aconteceu com ela?

Arregalei os olhos ante sua pergunta.

— Lembre-se: velhas amigas — ela me recordou.

— Katy... Katy... morreu — respondi e cocei a testa.

— Oh... eu sinto muito. O que houve?

Agora eu tinha que lidar com o nó maldito que estava corroendo meu estômago.

— Ela... ela...

— Fale, Tillie.

— Ela se suicidou.

Um silêncio mortal tomou conta do ambiente.

— E como você lidou com isso?

Senti a primeira gota pingando na minha mão que repousava no colo. Olhei para baixo, admirada por vê-la ali.

— Eu fiquei com raiva.

— Com raiva da Katy?

— De tudo.

— Por quê?

— Katy já tinha trocado nossa amizade pelo namorado possessivo dela. Então... eu fiquei com raiva de mim também.

— Por quê?

— Se eu tivesse lutado por ela, pela nossa amizade, teria visto o que estava acontecendo. Eu poderia ter enchido o saco dela para mostrar que o namorado não valia nada. Poderia ter estado ao lado dela quando ele a magoou — eu disse. — Eu poderia ser o tipo de amiga que está ali para o que der e vier.

— Mas isso não foi culpa sua.

Fiquei em silêncio. Olhando para o padrão do tapete à frente.

— Eu me sinto assim, mas não queria me sentir.

— Eu sei. É triste querer carregar o peso do mundo nas costas, não é?

Castelo de Sombras

43

Ergui o rosto para ela.

— Não é isso.

— É. Veja... você está com raiva de você mesma. Mas pelo quê? Pelas escolhas que a sua amiga fez. Ela resolveu excluir você. Trocou você. E não estou dizendo que ela tenha sido uma má amiga. Mas, naquele momento da vida dela, a escolha que ela fez, não te incluía. Porém, o que você está fazendo? Está querendo assumir o poder de uma decisão que não lhe cabia.

Será que eu havia feito aquilo? Será que estava me martirizando por achar que era meu direito?

— Mas... éramos amigas desde sempre...

— Sim... e é duro perceber que crescemos, não é? E que muitas vezes os ideais mudam. Enquanto são crianças, vocês juram que serão amigas para o resto da vida, que serão veterinárias, montarão uma clínica própria, atenderão a todos os cachorros da vizinhança de graça. Mas aí, vocês começam a crescer e de repente, sua amiga vira uma advogada de sucesso e você se transforma em uma modelo da *Victoria's Secret*. E se afastam. Ou não. Mas tudo depende das escolhas. Vocês escolhem manter os laços ou não.

Era dolorido o que ela dizia. Porque eu sabia, lá no fundo, que era verdade.

— Sua amiga Katy... escolheu o que achava que era o melhor para ela na época: o namorado. E isso afastou vocês. E o que mais?

Respirei fundo.

— Passei quase um ano sofrendo o abandono dessa amizade perdida.

— Então você admite que sofreu?

— Sim.

— Como?

— Eu me retraí. Parei de andar com nossos amigos. Na verdade, acho que eles me isolaram também. Parei de sair. Comecei a só querer ficar em casa. Se eu não podia ter a amizade dela, então não queria a de mais ninguém. Parece meio estranho falar isso, né? Mas Katy era como a irmã que nunca tive. Eu só tenho irmãos... três. Eu necessitava da presença de uma amiga, uma companheira que conversasse as merdas que meninas conversam.

— E Katy era essa amiga.

— Sim. Ela era. Eu a considerava minha irmã.

— É duro isso.

— Sim... foi doído ver que ela preferiu o namorado à amizade que tínhamos há anos.

— Hormônios fazem isso com a gente. Você já teve um namorado? — ela perguntou.

Senti o rosto ficar quente.

— Não.

— Então você só vai saber quando tiver um.

— Talvez.

— O que a Katy fez que te irritou mais ainda?

Depois de respirar fundo, por diversas vezes, consegui reunir coragem para responder:

— Por causa do término, ela ficou deprimida e tomou os remédios da mãe.

— Ela achou mais fácil lidar com a dor assim...

— Creio que sim.

— E você se ressente disso?

— Se eu fosse a amiga que sempre fui, teria estapeado a cara dela só de a ideia ter passado na cabeça por um instante sequer... — quando eu disse aquilo, lembrei-me do momento exato em que caí no mar e a ideia brotou na minha mente. E arregalei os olhos. Segurei a respiração, quase sem fôlego.

— O que houve? — a médica perguntou.

— Eu... eu... quando caí na água... há dois dias... Eu pensei, por um instante apenas, que se não voltasse à superfície, o sentimento de tristeza eterna que mora aqui — coloquei a mão no peito —, poderia sumir para sempre.

A médica me olhou com os olhos semicerrados.

— O pensamento fugaz da morte passou na sua cabeça?

— Na verdade, o cansaço de estar lutando contra a força das águas, das ondas, meio que se assemelhou ao cansaço que tenho lidado todos os dias, para tentar respirar acima da superfície.

Ela se esticou à frente e pegou minha mão.

Respirando fundo, ela me encarou profundamente, com o semblante sério, no entanto, cheio de compreensão.

— Você consegue ter a mínima noção do que vem enfrentando? — ela perguntou e abaixei o rosto.

— Acho que sim. — Eu não queria admitir minha fraqueza.

— O que você tem vivido nesses últimos tempos se chama depressão, querida. É uma doença. Considerada hoje em dia, pela Organização Mundial de Saúde, como uma das doenças mais incapacitantes do mundo. Daí você já pode deduzir a grandiosidade dela. Não deve ser tratada de maneira vulgar. De maneira qualquer. A tendência da sociedade é desmerecer quem diz estar deprimido, porque as músicas, hoje, divulgam a propagação desse sentimento, como se fosse algo muito comum — ela disse. — Como vocês dizem? Ficar meio na *bad*. Tenho dois filhos adolescentes, um deles da sua idade. Conheço as gírias.

Sorri brandamente enquanto limpava as lágrimas com o lenço de papel que ela me entregou.

— O fato de você ter se isolado, ter se fechado, não é a doença em si, mas sim a consequência dela, já instalada no seu corpo, já coabitando sua mente.

— Mas... eu... eu falei que Katy devia estar sofrendo com algo parecido e ninguém notou. Ninguém viu.

— Ela pode ser silenciosa, meu bem. Pode não dar sinais aparentes. O que é mais importante no processo para um diagnóstico preciso? A família perceber que houve uma alteração do padrão comportamental da pessoa, e mais, os sintomas que vão se instalando ao longo do tempo. Não cabia a você, especificamente, perceber que algo estava errado com sua amiga. Então vamos já tentar eliminar essa culpa, okay? — ela disse. Senti como se um peso tivesse sido arrancado das minhas costas. — Outra coisa que você precisa saber: o cérebro é um aglomerado de neurotransmissores químicos que regem nosso organismo. Quando há um desequilíbrio desses pequenos "trabalhadores mentais", ocorre uma reação em cadeia no corpo. Isso faz com que os sintomas comecem a se manifestar. Vem aí o desânimo, tristeza extrema, cansaço, choro excessivo, irritação, sono ou ausência dele, pensamentos conturbados, problemas físicos e fisiológicos. Percebe que tudo se desequilibra de tal maneira que é como a descida de uma avalanche?

Assenti rapidamente.

— O corpo precisa reajustar tudo isso. Organizar as ideias, por assim dizer. Entrar num consenso de quem precisa mandar ali. E isso nós conseguimos através de esforços combinados.

— Esforços combinados? — perguntei.

— Sim. Terapia é um deles. E medicamentos.

— Certo. Você falou. Isso significa que vou ter que tomar remédio, é isso? É como... se eu estivesse fazendo um tratamento psiquiátrico... porque... posso ficar louca? — perguntei baixinho.

Ela começou a rir.

— Vamos desmistificar essa ideia aqui. A sociedade pinta o psiquiatra como um monstro. Vá saber porquê. E pinta que todos os nossos pacientes são loucos ou nossos estabelecimentos de atendimento são manicômios. O lugar onde você está, nesse exato momento, te parece um manicômio? — perguntou e cruzou os braços.

— Não.

— Pois... Meu filho caçula adora perturbar minha alma alegando que aqui é uma espécie de Asilo de Arkam, do desenho do Batman, e talvez seja por isso que eu odeie tanto o Homem-Morcego. Nós somos médicos que cuidam da mente. Transtornos da mente humana. Com o quê? Medicamentos que ajudam no equilíbrio dos...? Neurotransmissores que falei agorinha há pouco. Que a indústria farmacêutica age em prol de popularizar remédios caríssimos com o intuito de faturar, isso é fato. Não há o que argumentar. Mas não podemos desmerecer toda uma classe médica que só tem o intuito em ajudar cada paciente a resgatar o que acha que perdeu.

Ela continuava olhando atentamente para mim.

— Qual é a expressão que sempre falam? A mais comum? "Estou perdendo minha mente...", "estou ficando louco" — ela disse. — Então... nós somos aqueles que têm o total interesse em ajudá-los a encontrar suas mentes de volta, para que voltem a operar e funcionar da maneira correta e adequada. É assim que quero você.

— Como?

— Funcionando como uma adorável garota de 18 anos, que está prestes a encerrar o ensino médio e se preparando para ingressar em uma faculdade. Quero ajudá-la a conseguir ver o caminho para o futuro que agora, nesse momento, você acha que não tem, ou acha que não é merecedora, de alguma forma, porque sua amiga não tem mais um para seguir.

As palavras dela foram quase como um tapa na cara. Meu Deus... será que era aquilo o que eu estava fazendo? Boicotando minha própria vida porque Katy não teria mais a dela para viver?

— Mas antes de tudo, Tillie, antes de qualquer coisa... há alguém que tem que ser a primeira pessoa que queira se tratar e sair de onde quer que esteja...

— Quem?

— Você mesma, meu bem. Deixe o castelo de sombras onde resolveu se aprisionar, achando que assim estaria protegida do mundo que está aí fora...

Assenti e abaixei a cabeça. Era aquilo. Eu tinha que admitir, tal qual um

Castelo de Sombras

47

alcoólatra daqueles que frequentam os grupos de AA, que eu precisava de ajuda. Algo como: "Oi, me chamo Tillie e tenho depressão. Estou há cinco dias sem chorar e hoje penteei o cabelo".

Eu não queria morar no reino de sombras que havia construído em minha própria mente. Queria respirar e voltar a sentir que era uma garota normal como outra qualquer.

Capítulo Sete

Alea jacta est.
A sorte está lançada.

PATRICK

Estava comendo um sanduíche de atum e tentando finalizar um trabalho de literatura quando minha mãe entrou na cozinha. E sim... eu adorava fazer meu dever ali naquele reino de Marla. Porque ela sempre enfiava um prato de cookies à minha frente. Um copo de leite... Era lindo. Eu estudava me sentindo um rei.

— Olá, querido — ela me cumprimentou e beijou minha cabeça. — Como tem passado?

— Bem. Espero que eu tenha passado de ano já — caçoei.

— Tem hora que você consegue ser mais ridículo que seu irmão. Por falar nele, onde está o pestinha? — perguntou.

— Jogando na casa dos Pembroke.

Eram os vizinhos abastados que moravam do outro lado. E vejam. Eu disse ABASTADOS, ricos, não abestados. Eles eram bem legais. Eu só fugia da filha deles, Natasha. Ela havia cismado que devíamos nos casar. Desde quando começamos a estudar juntos no jardim de infância. Então, coloque aí uma porrada de anos em que eu fugia da garota, como o diabo foge da cruz.

— Ele vai acabar roubando a Natasha de você, na caradura — ela zombou, colocando um prato de salada à frente e começando a comer.

Olhei com cara de espanto para minha mãe.

— Pelo amor de Deus, mãe. Nem brinca com uma merda dessa! Natasha não sai do meu pé desde sempre... se ela souber que a senhora projeta essa ideia de tê-la na família, eu estarei fodido.

— Olha a boca, menino.

— Desculpa.

— Tudo bem. Não vou lavar sua boca com sabão hoje porque estou exausta.

— A senhora parece cansada mesmo.

— Trabalho e mais trabalho. Você parece corado. Foi surfar, não é?

— Sim... Scott e Dale também foram.

— Mas se tiveram aula hoje, como conseguiram sair e ainda pegar onda? — mamãe perguntou. Essa mulher era muito sagaz.

— Não teve treino de beisebol. Tivemos o horário depois do almoço livre. E o professor de Química estava de atestado.

— E o substituto?

— Ahn... ele... estava substituindo... alguém.

— Pat...

— Mãe... saí mais cedo, tá? Não ia ter aula de Educação Física e consequentemente, nada de treino. Então, matei a aula anterior.

— Só não vou te colocar de castigo porque suas notas são excepcionais.

— E porque sou um aluno muito exemplar.

— E convencido também.

Scott entrou na minha casa pela porta dos fundos da cozinha. O mané tinha essa liberdade.

— Oi, senhora Griffin — cumprimentou minha mãe.

— Nossa, Scott. Sério? Senhora? Há quanto tempo te conheço?

— Humm... não sei. Desde... sempre?

— Exatamente. E há quanto tempo falo que se me chamar de senhora eu vou bater na sua bunda?

— Desde que me conheço por gente.

— E nunca aprendeu?

— A senhora nunca me bateu.

Vi minha mãe revirando os olhos como uma adolescente. Se ela estivesse mascando um chiclete seria hilário. Tipo, a volta dos anos 80 total.

— Não vou insistir no assunto, mas vou começar a mudar as ameaças. Como, por exemplo, dizer à sua mãe que você matou aula junto do meu filho e foi surfar.

Ele arregalou os olhos em pânico fingido.

— Awww... que horror! A senhora não faria isso!

— Faria.

— Mas eu fui fazer companhia ao seu filho, que estava tentando pescar uma sereia de novo — ele caçoou.

— Cala a boca, Scott. — Tentei fazê-lo ficar quieto, mas o imbecil apenas riu para mim.

— O quê? Como assim? Tem garotas envolvidas nessa porcaria? — mamãe perguntou e o tom mudou.

— Não, mãe.

— Não... o Pat *tava* tentando ver se a moça que ele resgatou no mar, essa semana, aparecia de novo.

Minha mãe virou a cabeça de uma vez na minha direção. Os olhos arregalados.

— O que foi, mãe? — perguntei diante de sua inspeção.

— Você foi o surfista que salvou Tillie Bennett? — ela perguntou.

Dessa vez *eu* arregalei os olhos em espanto. Não pelo sobrenome da moça referida, mas pelo nome.

Tillie.

Ela havia me falado que aquele era seu nome.

— Ahn, fui eu. Por quê? Você a conhece?

Mamãe olhou brevemente para Scott e anuiu com a cabeça, mas dando o sinal de que eu não devia prosseguir com a especulação.

— Scott, quer um sanduíche?

— Não, senhora. Vim apenas pegar o dever de Química com esse mané. Era um trabalho em dupla.

— Ah, é mesmo. Está aqui. — Peguei as folhas preenchidas dentro da mochila e entreguei.

— Beleza. A gente se vê amanhã, Pat. Tchau, senhora Griffin — ele se despediu de mamãe.

Quando a porta se fechou, voltei o olhar para minha mãe, que me encarava com atenção.

— O que foi?

— Conte-me o que viu, no dia em que salvou a menina... Tillie — ela demandou.

Tomei o gole do leite que agora estava frio e limpei a boca com o guardanapo.

— Bom, eu estava posicionado na prancha, à deriva, apenas esperando uma onda para seguir. Scott e Dale foram na frente, mas antes de partir, meu olhar acabou sendo atraído para o alto do penhasco.

Ela acenou com a cabeça, dando-me o sinal para prosseguir.

— Ela estava sentada, como se estivesse pensando na vida, sabe? Sei lá. Tem muita gente que vai *praquele* platô e fica lá. Tem uma vista bem bacana do horizonte. — Fechei o caderno. Mamãe continuava a comer a salada calmamente. — Num determinado momento, ela se levantou e tentou pegar alguma coisa no bolso. Daí, segundos depois, ela se ajoelhou para frente, acho que para pegar o objeto que voou pra longe... E *boom*. Ela caiu. Despencou para frente. Pode ter sido uma rajada de vento, sei lá.

— Exatamente como ela relata o ocorrido. Só que ela disse que se assustou com o grito do irmão, e perdeu o equilíbrio.

Opa. Uma fagulha de informação. O cara daquele dia era irmão dela, então.

— Tudo bem, mas a senhora não disse de onde a conhece.

Mamãe terminou de comer e limpou a boca com o guardanapo.

— Ela foi internada pela família, na mesma noite em que tudo aconteceu — minha mãe revelou. Levei um baita susto com a informação.

— O quê? Mas... por quê? Internada onde? — *Será que ela precisou ser hospitalizada?*

No segundo em que a pergunta saiu da minha boca, registrei o local onde a família dela a internou.

A clínica que a mamãe administrava com punhos de ferro era especializada em transtornos mentais. Muitos pacientes iam para lá em busca de reabilitação de crise agudas de psicoses, tentativas de suicídio...

Oh, não.

— Droga... eles a internaram porque pensaram que ela tentou se jogar de lá?

Mamãe acenou afirmativamente e deu um sorriso triste.

— Exatamente. Não dá para julgar a decisão da família porque há um histórico ali e, por conta da confidencialidade, não posso te contar nada. Mas... fico feliz em saber que ela é tão verdadeira quanto transparece em cada palavra que diz.

Naquele momento senti uma baita inveja da minha mãe. Ela teve a oportunidade de conhecer a garota que eu salvei.

— Você foi muito corajoso, filho. Estou orgulhosa de você.

— Não foi nada de mais, mãe. Qualquer pessoa no meu lugar faria o mesmo.

— Não sei, meu filho. Pelo que estou tentando visualizar, você nadou contra a arrebentação, não foi?

Assenti, um pouco constrangido.

— Então... Nem todas as pessoas teriam essa *manha*, mas meu filho surfista usou das habilidades dele e foi lá — ela agora estava de pé ao meu lado e colocou a mão no meu rosto — e salvou a mocinha.

Senti que estava ficando vermelho de vergonha, mas disfarcei.

— Quem salva a mocinha não são os cavaleiros nos cavalos brancos?

— Esse é o habitué, filhote. Você supera a todos eles porque salvou a mocinha em perigo a bordo de uma prancha estilosa.

Passei a mão no cabelo, pensando em como poderia pescar mais informações.

— E... mãe?

— Hum?

— Ela... vai ficar internada lá? — perguntei, tentando disfarçar o interesse.

Ela agora me olhava com o cenho franzido e os braços cruzados.

— Digamos que tirou alguns dias para se reencontrar.

— Humm...

— Patrick?

— O quê?

— Que dia é amanhã? — mamãe perguntou.

— Sexta-feira, por quê?

— Seu pai ficou de me buscar na clínica no fim do dia, porque meu carro vai para a revisão. Será que dá para você me pegar quando sair da escola? Assim ele não precisa ir... — ela perguntou, conferindo o celular.

Uma ideia brotou imediatamente quando mamãe saiu da cozinha, mas não sem antes me dar uma piscadinha sorrateira.

Guardei meu material e coloquei o prato do sanduíche na pia. Não era porque Marla viria no dia seguinte que eu tinha que deixar minha própria bagunça.

Peguei a mochila de cima da mesa e subi a escada para o meu quarto, de dois em dois degraus.

Naquela noite, deitei-me na cama pensando no que poderia falar para a garota que salvei naquele dia.

Eu deixaria para o improviso. Talvez fosse o melhor.

Castelo de Sombras

53

Capítulo Oito

Eodem cubito, eadem trutina, pari libra.
Como me medires, assim te medirei.

TILLIE

— Tillie... você tem que falar com a gente, cacete — Greg resmungou do canto do quarto.

— Greg...

— Desculpa, pai. Mas ela está dando o tratamento do silêncio em todos os dias que viemos aqui.

Claro que sim. Eu estava chateada. Não ia negar. Eles não acreditaram em mim. Ou, reformulando... acreditaram no pior. Mesmo eu falando a verdade, preferiram crer que minha mente estava tão perturbada e destruída que eu realmente tinha tentado liquidar com a minha vida naquele dia.

Não sei de onde a mágoa maior saía. Se era do fato de eles pensarem que eu seria capaz de fazer aquilo, ou se era porque não me deram ouvidos e mesmo assim me internaram à força.

— Tillie, nós agimos pensando no seu bem, querida — mamãe falou.

Minha vontade era dizer que deviam ter me levado então a um médico, psicólogo, que fosse, tudo bem. Mas não chegar e me internar em uma clínica como se eu fosse uma drogada precisando de reabilitação. Como se fosse uma doente mental que precisava de camisa de força para evitar fazer merda ao redor. Ou comigo mesma.

— Tillie... — Greg implorou.

— Gente, só me deixem em paz, tá? O que foi feito, feito está. Vocês me deixaram aqui. Pronto. Quantos dias têm? Quatro? Faltam mais quantos? Sei lá. Quando acabar, acabou.

Okay, podiam me acusar de dramática. Talvez eu realmente estivesse sendo. Uma cadela total. Mas estava magoada. E olha que estava tratando aquilo nas sessões com a doutora Griffin.

Ontem ela havia começado a administrar um remédio. Um antidepressivo leve que me ajudaria a reerguer os tais neurotransmissores desequilibrados do meu organismo. É claro que ela disse que haveria um período de adaptação, então eu poderia sentir alguns efeitos colaterais. Mas que passariam. E aí eu voltaria ao normal. Ou o que consideravam que era o meu normal.

— Tills... nós amamos você. Queremos o seu bem — Greg insistiu. — Olha... tivemos uma sessão familiar com a médica. Ela nos explicou tudo. E... estamos arrependidos por não termos dado ouvidos a você. Eu, especialmente, por ter pensado o pior. Eu sinto tanto...

— Greg... Juro que estou tentando me colocar no seu lugar, tá? Tentando imaginar se fosse eu, olhando de baixo, da praia, e vendo você, no alto do penhasco, inclinado para o além. Vindo de um período péssimo e sombrio. Juro que estou tentando pensar se eu deduziria imediatamente que você estava saltando para a morte.

— E a que conclusão você chegou?

— A nenhuma. Porque eu nunca poderia pensar isso de você.

Ele abaixou a cabeça, ressentido.

— Você deveria me conhecer melhor. Especialmente você — acusei.

— Mas você estava deprimida esse tempo todo! O que você queria que eu pensasse?

— Eu estava num lugar sombrio, Greg. Mas nunca tiraria minha vida. Então... não. Eu fiquei magoada, tá? Mas isso vai passar.

— Tillie... filhinha... — mamãe falou.

— O mesmo serve para vocês, mãe, pai. Para o tapado do Jared que também não está aqui. E se eu descobrir que o Hunter estava de acordo com esse esquema, eu vou descer o cacete nele também, assim que ele pisar os pés lá em casa.

Os três vieram me abraçar e mamãe derramou algumas lágrimas. Meu pai contou alguns casos do serviço e Greg ficou o tempo todo com a mão entrelaçada à minha. Meu irmão era fofo assim.

Depois de mais de duas horas, eles resolveram ir embora. Já era bem o meio da tarde, e resolvi passar um tempo no jardim japonês da clínica. Era um lugar bem bacana e calmo. Se o intuito era que a pessoa encontrasse a paz interior, ali era o local adequado.

Já tinha frequentado minhas atividades naquele dia. Inclusive, aula de dança. O que surpreendentemente foi interessante e divertido. Até mesmo aula de pintura cheguei a fazer.

Confesso que sentiria falta dali quando saísse. Quão louco era admitir isso?

Ou talvez fosse o fato de que na próxima semana eu voltaria à escola, à vida normal, e aquele período abstraído da minha realidade em casa estaria completamente apagado. Seria apenas um fio de lembrança em minhas memórias.

Achei a fonte onde as carpas ficavam transitando de um lado ao outro e me sentei. O jardim era tão calmo que quase nenhum paciente ia até lá. Provavelmente temiam dormir sentados nos bancos de ferro fundido.

Sentei-me à sombra e fiquei contemplando o restante do lugar. A clínica Life Price era um verdadeiro paraíso.

Estava com os fones de ouvido, concentrada em me conectar com a música que tocava na *playlist*, logo nem me dei conta de quem estava se aproximando pela ponte que ligava os jardins.

Resolvi fechar os olhos, porque assim, se a pessoa passasse e me visse com os olhos fechados e com os fones plugados, logo imaginaria que eu estava meditando, concentrada em algo e tal, e não pararia para interromper aquele momento cósmico.

Ledo engano.

Senti a presença exatamente ao meu lado.

— É bom vê-la seca, dessa vez — a pessoa ao lado disse e levei meio segundo para registrar a sentença, fazer quase a análise sintática da oração e descobrir quem era o sujeito e o objeto direto.

Olhei para o lado e deparei com um garoto que só poderia ser o cara que me salvou. Meu cavaleiro andante. Espere. Risque isso. Meu surfista andante. Não. Isso também não. Surfista navegante. Agora sim. Combinava com o momento e a ocasião. Ou seria flutuante?

— Oh...

Ele deu um sorriso radiante e registrei as covinhas. Oh, minha nossa. Ele tinha covinhas!

— Oi, eu sou o Patrick. Acho que se lembra de mim, não é?

Sacudi a cabeça e arranquei os fones de ouvido torpemente, quase levando meus tímpanos junto.

— Oi... ahn... sim. Claro. Você me salvou, né? Não dá pra gente esquecer alguém assim...

Ele passou a mão no cabelo, agora um pouco constrangido, mas ainda assim, parecia à vontade em estar ali. Espera... *o que ele estava fazendo ali afinal?*

— O que faz aqui? — perguntei sem nenhum tato.

Ele riu e semicerrou os olhos. Eram azuis. Límpidos, quase como da cor de um céu de verão.

— Minha mãe trabalha aqui.

— Ah... uau. Que... legal.

Bom... era legal. Quero dizer. A mãe dele ter um trabalho e tudo. Mas bateu um senso bem louco de constrangimento quando percebi que... poxa... eu estava em uma clínica de tratamento psiquiátrico. O que o garoto ia pensar de mim?

Fiquei sem graça e perdi um pouco a vivacidade.

— Olha, se você está se perguntando como sei que você está aqui, não pense que sou alguma espécie de perseguidor, tá? — ele falou e parecia preocupado. — Eu não sou. Juro. Foi uma total coincidência.

Acenei afirmativamente com a cabeça.

— E se também está embaraçada porque está aqui na clínica, não precisa ficar.

— Humm... como você sabe que estou embaraçada? Você lê mentes? — perguntei, brincando.

— Não. Mas está escrito no seu rosto.

Ops. Sério? Meu rosto era tão fofoqueiro assim? E eu pensando que poderia jogar alguma partida de pôquer na vida...

— Olha... é... bom. É estranho. Eu estou numa clínica — falei, me inclinando na direção dele, como se o fato de sussurrar fizesse o pecado de fofocar ser menor. — Uma clínica psiquiátrica. O que você acha que qualquer pessoa pensará com esse detalhe no meu currículo? Analisa comigo... Tillie Bennett, 18 anos... estuda na Morgan High School, pretende ingressar na universidade tal e... ops... vejamos aqui... teve um pequeno desvio de conduta comportamental e precisou de uma intervenção de uma semana numa conceituada clínica de reabilitação psiquiátrica. Massa, né?

Ele riu e colocou as mãos sobre os olhos.

— Você está chorando...?

— De rir! — respondeu aos risos.

— Mas... por quê? — perguntei sem saber e senti um sorriso deslizar no meu rosto involuntariamente.

Castelo de Sombras

57

— Porque você foi bem dramática... admita.

— Mas é verdade! Quem em sã consciência simplesmente interna a filha por que ela caiu do penhasco? Caiu! — repeti.

— Aparentemente, os Bennett, né? — respondeu sucintamente.

Suspirei audivelmente e olhei para o lago.

— Eles mesmos.

— Você não se jogou.

— Não.

— Você escorregou, não é? — perguntou.

— Eu fui tirar a chave do carro do meu irmão, de dentro do bolso da minha calça — comecei a contar e nem sei por que estava fazendo aquilo —, mas estava muito apertada e o chaveiro era um trambolho horrível. Simplesmente voou em direção à borda do penhasco. Só que ficou preso nas pedras. — Naquele instante me lembrei de algo. — Aahhh! Meu Deus! As chaves estão nas pedras! Devem estar lá até hoje! Porque fiquei brava com Greg e Jared e não pedi nem a eles ou ao meu pai para irem buscar! Oh, meu Deus! Hunter vai me matar!

Ele começou a rir. Mexeu no bolso do casaco rapidamente e pegou um molho de chaves, sacudindo na minha frente.

— Oh, meu Deus! Você pegou? Pegou pra mim? Na borda do penhasco? E... — Senti os olhos úmidos de lágrimas não derramadas. — Você... caiu?

Ele riu.

— Não. Espera. Deixe-me responder pela ordem das suas perguntas — ele disse e se virou bem de lado, com a perna dobrada, o joelho quase apoiado na minha coxa. — Sim, eu peguei para você. Dois dias depois. Sim, na borda do penhasco, já que estava na mesma posição onde a senhorita tentou nada discretamente alcançar as chaves. E não. Obviamente eu não caí. Mas, se tivesse caído, teria me safado, porque sou praticamente um Tritão[1] ali naquele pedaço.

Comecei a rir de sua explicação.

— Tritão, é?

— Sabe como é... conexão com o mar e tal.

— Sei. Muito legal isso. Bom, eu não tenho essa conexão. Não consegui nem o papel para fazer a Ariel na peça de teatro da escola.

— Poxa... que triste. Quer dizer que nem pôde usar uma cauda de

---

1 Na Antiguidade clássica, deus marinho que habitava o fundo do mar e que era filho de Posêidon e Anfitrite.

sereia falsa?

— Espera... pela ordem da sua frase... a cauda é falsa? Ou a sereia é uma falsa?

Ele riu com mais vontade. Nossa... será que os remédios que a doutora Griffin havia me dado trocaram minha personalidade e jogaram fora o detalhe da timidez com garotos? Será que tinha dado um *upgrade* nos meus neurotransmissores, fazendo com que se agitassem geral?

— Tanto faz. A cauda, a sereia. Não estão no mar... é tudo falso. Agora... coloque uma cauda e vá para o oceano... — Pat retrucou.

— Bom, em Hollywood isso seria bem digno.

— É verdade. Tipo Mera, do Aquaman — ele disse.

— Oh, uau. Você gosta de HQs?

— Quem não? — Seu tom parecia descrente de que alguém na face da Terra pudesse não curtir.

Levantei a mão rapidamente, com um sorriso fingido no rosto.

— Mas como sabia que Mera é de HQ? — Patrick questionou.

— Poxa... eu não sabia da Mera, nem nada. Mas você falou Aquaman, né? E eu realmente tenho uma certa admiração pelo Jason Momoa.

Ele riu dessa vez.

— Aaaah... mulheres.

Um silêncio confortável imperou por alguns segundos antes de ele voltar a falar:

— Desculpe perguntar... mas por que sua família pensou o pior de você?

Bom, há de se imaginar que alguém teria essa curiosidade. Um precedente qualquer teria que estar atrelado ao fato.

— Estou tendo um tempo difícil... por assim dizer... — admiti.

— Ah...

— Perdi uma amiga recentemente. Foi difícil lidar com isso.

Ele esticou as pernas à frente do corpo, e agora ambos olhávamos para o jardim à frente.

— É uma situação tão difícil que não faço ideia do que falar para você... — ele admitiu.

— Não precisa dizer nada.

O celular dele tocou naquele instante.

— Oi, mãe. — Ele olhou rapidamente para mim e sorriu sem graça. — Yeap. Estou no jardim. A senhora já está aí na frente? Okay. Já estou indo.

Ele encerrou a ligação e me olhou de volta. Passou a mão no cabelo com algumas mechas mais claras, que indicavam que passava um bom tempo no sol, e respirou fundo, antes de falar:

— Olha... foi legal saber que você está bem. Quer dizer... aqui na clínica... o pessoal é bem legal. Tirando essa neura de que acha que as pessoas vão falar sobre isso, eu acho que você podia fingir que está num Spa... algo assim — ele disse. Sorri timidamente. Era exatamente daquele jeito que eu estava pensando.

— Eu sei.

Ele parecia meio constrangido com alguma coisa.

— E... se você precisar de um amigo... qualquer coisa... você pode contar comigo. Eu não sou o Jason Momoa... mas... sou um baita Tritão — brincou.

Comecei a rir e cobri o rosto com as mãos.

— Se eu pedir o seu telefone, você acha que é muito abuso? — ele perguntou.

Acenei em negativa e peguei o telefone que ele estendeu à minha frente. Digitei o meu número ali e salvei nos contatos.

— Só que estou sem meu celular por esses dias — disse e dei de ombros. — Regras da clínica, sei lá.

— Tudo bem, mas em algum momento você vai receber o telefone de volta, né? — Sorriu.

Antes que eu pudesse reagir, ele depositou um beijo na minha bochecha.

— Tchau, Tillie. A gente se vê em breve.

E saiu. Deixando meu coração tão acelerado quanto o ritmo que as carpas imprimiam no nado louco naquele lago artificial.

Continuei sentada no jardim até que um sorriso despontou nos meus lábios e voltei a fechar os olhos. Recoloquei os fones de ouvido, sem vontade alguma de me enfiar no quarto. Agora eu só queria sentir a brisa fresca contra o rosto, os fios do meu cabelo fazendo cócegas contra a pele e a doce sensação de que havia, sim, uma luz no fim do túnel.

Capítulo Nove

A fructibus eorum cognoscetis eos.
Pelos frutos se conhece a árvore.

PATRICK

Entrei no carro e minha mãe já estava afivelando o cinto de segurança dela.

Dei partida e antes que saíssemos da Life Price, ela perguntou na lata:

— E então? Alguma coisa que queira me contar?

— Tipo o quê? — tentei desconversar, mas já sabendo que ela não desistiria nunca.

— Foi impressão minha, ou vi você conversando com certa paciente...?

Um sorriso de lado preencheu quase todo o meu rosto, porque estava com um ânimo renovado.

— Sim. Era eu. — Comecei a rir.

— Você sabe que o que fiz foi altamente antiético, mas dane-se... — Arregalei os olhos ante minha mãe falando palavrão. — Aquela menina ali é tão doce que achei que valia a pena apresentar a oportunidade de ela ter novos amigos.

— Mãe, eu não vi o que a senhora fez como algo antiético. Vamos colocar assim... não existem aquelas vítimas que se reencontram com seus salvadores em algum momento da vida? Para demonstrar a gratidão e tal? Não que eu precise disso, nem nada...

Mamãe colocou a mão no meu braço.

— Eu sei, meu filho. Claro que você não precisa.

Castelo de Sombras

— Então... a senhora foi só a agenciadora desse encontro porque calhou de ser uma puta... opa, desculpa — olhei de lado e ignorei a cara feia —, coincidência, sei lá, o fato de ser minha mãe e a médica dela ao mesmo tempo. E fazer a ligação dos fatos. Talvez nunca descobríssemos...

— Ainda assim... burlei todo o código de ética ao te dar aquela "sugestão", porque... a garota é minha paciente.

— Mãe... mas e se eu a conhecesse na rua, por acaso, e digamos, que acabássemos desenvolvendo uma amizade... Não poderíamos porque a senhora é médica dela? — perguntei.

— Não é bem isso... O médico não pode ter envolvimento emocional com o paciente que está tratando.

— Eu a conheci antes — falei, e ganhei um olhar enviesado. — Foi a senhora que atravessou meu esquema.

Comecei a rir quando ela me deu um tapa.

— Bom, o importante é que você falou com ela, não é?

— Sim. E peguei o telefone.

— Você é rápido.

— Puxei meu pai. Em quanto tempo a senhora disse que ele te abordou?

— Ah... foi naquele verão lindo... na praia. Ele arremessou o frescobol e acertou a minha cabeça. Cresceu um galo enorme e, enquanto ele segurava o saco de gelo, pediu meu telefone.

— Viu? Foi super-rápido. O meu nem pôde ser assim, porque eu tive que fazer um RCP nela, daí ela cuspiu toda a água salgada que botou para dentro do estômago e, logo em seguida, o irmão dela chegou e a levou embora, juntamente com os paramédicos. Ela ainda estava em choque total. Nem deve ter percebido que eu estava estiloso de neoprene...

— Você é tão modesto, meu filho — mamãe falou, bufando.

— Puxei meu pai, volto a repetir.

Mamãe riu e suspirou, satisfeita.

— Ela tem três irmãos mais velhos. Temo pela sua segurança — confabulou, pensativa.

— Uau.

— Isso mesmo. Uau. Um deles é do Exército. Ou seja, tem uma arma... — Mamãe continuou me atentando.

— Eu tenho uma prancha, mãe.

— E daí?

— Posso usar como escudo ou arma. Para acertar a cabeça deles.

— Nossa... estamos com um instinto violento aqui, hein? Quer fazer uma sessão terapêutica com a doutora Griffin?

— *Nope* — respondi, rindo.

— E com o chinelo da mamãe?

— Também não.

— Tudo bem. Bom... eu não posso contar nada do que ela me disse ou diz. Mas tenho certeza de que você vai descobrir um meio para conhecer a garota.

— Sim.

— E achar o caminho para ganhar sua amizade...

— *Yeap.*

— E não magoá-la no processo, entendeu, Pat? Ou a prancha que você tem vai ser quebrada na sua cabeça... por mim. Compreendeu?

— Sim, *mamacita.*

— Ótimo. Adoro quando nos entendemos.

Chegamos em casa e, por um milagre de Deus, meu pai já estava ali. Seu carro estava estacionado ao lado do Audi da mamãe.

Entramos em casa e seguimos direto para a cozinha.

Os dois, meu pai e Carrick, estavam comendo besteira.

— Amor, não era hoje que seu carro ia para a revisão? Por que não me ligou para te buscar?

— Pedi que meu filho querido fosse me pegar no trabalho — ela disse e beijou meu pai. — E o Paulson trouxe o carro da oficina assim que ficou pronto.

— Eca... que nojo. Estou comendo, gente — Carrick resmungou.

— Espera... você está fazendo esse alarde todo por causa de um beijo? Você sabe que isso é normal, né? Ainda está naquela fase quando dizia que as meninas eram nojentas? — zombei.

— Claro que não, mané. Eu beijo essas mesmas meninas agora. — Minha mãe riu com o tom orgulhoso do meu irmão. — O problema é ver meus pais, MEUS PAIS, praticando esse tipo de pornografia aqui na minha frente.

— Pornografia? Você está maluco, Carrick? — Meu pai deu um safanão na cabeça do moleque.

— Pai, vocês são santos. Canonizados. Não fazem essas coisas...

— E como acha que concebemos vocês? — meu pai perguntou, arremessando uma folha de alface na direção de Carrick. Mamãe trocou a vasilha de amendoins que eles comiam por uma salada bem saudável.

— Santa concepção. Certeza.

Papai riu tanto que quase se engasgou.

— Aahh... isso eu garanto que não foi. Não teve nada de santo ali.

— Bom, então foram apenas duas vezes. Para engravidar do Patrick e de mim. Pronto. Cumpriram o dever da sociedade. Da Bíblia. Do Universo. Vocês cresceram e multiplicaram. Amém — Carrick disse e fez o sinal da cruz.

— Carrick, você é muito burro... — falei. — As viagens desses dois a cada três semanas são para o quê? — caçoei.

Mamãe começou a rir.

— Congressos. Mamãe é uma mulher muito inteligente e precisa fazer congressos o tempo todo — disse, mastigando uma cenoura.

— Ah, sim... meu bem. Como aquele congresso maravilhoso nas Maldivas que fomos há três semanas. Aquela palestra sobre a teoria do amor foi realmente divina. Estava precisando revisar os ensinamentos transmitidos — meu pai disse e puxou minha mãe para se sentar em seu colo.

— Ah, gente. Que nojo. Eu vou vomitar toda a salada que a Marla implorou para eu comer. Eu aqui, todo vegano, me achando o tal... comi. E agora vou vomitar essa droga porque tive que aguentar essa... fornicação na cozinha — Carrick se levantou e saiu correndo.

Nós três ficamos ali, rindo do disparate que era meu irmão caçula.

Comi a refeição saboreando cada alimento, mas pensando na garota que agora eu tinha a perspectiva de conhecer melhor.

A cena dela caindo do penhasco continuaria me atormentando por muito tempo ainda, mas somente em saber que estava bem, e que sua mente estava em um lugar seguro, e não sombrio, trazia um alívio à minha alma que nem mesmo imaginei estar ansiando.

Capítulo Dez

Tempus tempora temperat.
Tempo é remédio.

TILLIE

Acordei grogue naquela manhã. A doutora Griffin disse que era um dos efeitos do remédio. Ele poderia me deixar um pouco mais sonolenta, até que o corpo se ajustasse e tal. Bem, eu estava me sentindo lesada total. Levantei-me da cama como se estivesse flutuando numa nuvem, pisei os pés no chão frio e fui para o banheiro me ajeitar para mais um dia. Passei pelo calendário e conferi que dia era aquele.

Eu sairia amanhã. Provavelmente. *Se minha família lembrasse da minha existência, claro.* Aquele pensamento me fez rir baixinho. Greg havia ido me visitar todos os dias. Era óbvio que o bundão não tinha me esquecido.

Escolhi um suéter cinza, de tricô, coloquei a calça jeans e os tênis. O cabelo ajeitei num coque no alto da cabeça e dei um nó com os próprios fios. Mais simples, impossível.

Saí do quarto com as mãos no bolso. Passei pelo longo corredor e cumprimentei duas garotas que estavam sentadas num balanço à entrada do refeitório.

Peguei uma bandeja e servi o café da manhã.

Escolhi a mesa mais distante para ficar em paz. Por mais que eu gostasse de algumas pessoas ali, ainda assim, sentia-me completamente fora de lugar.

Estava passando manteiga no pão quando alguém se sentou à frente.

— Oi — a garota disse, brevemente.

— Oi — respondi, e encostei o pãozinho no prato.

— Meu nome é April. E o seu?

— Tillie.

— Está aqui há muito tempo? — perguntou. Ela olhava o tempo todo para os lados.

— Ahn... quase uma semana. E você?

Eu nunca a tinha visto. Então presumia que era novata.

— Cheguei há dois dias. Mas estava apagada — ela disse. — Eu sempre chego apagada. Todas. As. Vezes.

Estranhei a informação. Será que ela era frequentadora assídua do lugar?

— Ah...

— Você fica muito tempo?

— O quê? Não. Eu... eu saio amanhã. — Eu esperava.

— Eu fico mais tempo, sempre que venho.

— Você... você vem sempre?

— Sim. — Ela olhou para os lados. — Sempre que faço besteira. Minha mãe me tranca aqui. Mas não adianta. Eu saio bem... e depois volto a ficar muito ruim.

Oh. Uau. Que informação tensa.

— Sério?

— É.

— O... o-o que você faz de tão ruim?

Ela bateu a mão na cabeça e vi a bandagem no pulso direito.

— Não quero ficar mais aqui, entendeu? Mas ninguém entende. Ninguém...

Ela parecia uma alma realmente atormentada. Por alguma razão, achava que não valia mais a pena viver.

— Por quê? — perguntei. Para dar um tom mais ameno, peguei o suco e comecei a tomar. Como se fosse algo informal.

— Coisas ruins acontecem a garotas ruins. Eu não quero ser mais uma garota ruim...

Que frase enigmática...

— Ei, April... O que está fazendo aqui, querida? — Darlene, uma enfermeira do setor, parou ao lado da mesa.

— Oi, Lene... eu vim conhecê-la — respondeu, apontando para mim. — Nunca a tinha visto.

— Tillie é uma gracinha mesmo, mas agora vamos... eu vou acompanhar você até a aula de pintura.

— Mas não quero pintar, Lene!

— Pintura é ótimo, querida. Vai ajudá-la a desestressar...

April se levantou e acenou para mim.

— Tchau, Tillie. Espero que a gente se veja ainda.

Eu apenas assenti e voltei a tomar o café, refletindo no que havia presenciado. Ou melhor, na perspectiva da pessoa que havia conhecido.

Ali estava uma garota mais jovem do que eu que tentara tirar a própria vida. Repetira o mesmo que Katy. Por qual motivo... não fazia ideia. Não cabia a mim julgá-la. Mas tive um insight muito mais intenso de tudo o que estava enfrentando.

Terminei a refeição meio aérea, sem prestar bem atenção ao que estava comendo.

Quando saí dali, fui para o consultório da Dra. Griffin. Minha consulta com ela seria mais cedo naquele dia.

Bati à porta e abri devagarinho, como ela havia me instruído a fazer em todas as vezes.

— Doutora? — chamei, baixinho.

— Aqui, querida. Pode entrar.

Ela estava na sala anexa. A que contava com um monte de almofadas posicionadas no chão de maneira aleatória. Estava sentada displicentemente, com os óculos na ponta do nariz, lendo alguma coisa.

Ergueu a cabeça assim que apareci à porta.

— Sente-se. Hoje faremos nossa sessão aqui. Não será um divã, como você tinha imaginado antes, mas poderá deitar e relaxar se quiser — ela brincou.

Sentei-me de qualquer jeito, escolhendo uma almofada verde-musgo que estava perto de uma parede. Recostei ali mesmo.

— Nada de deitar?

— Não...

— E então? Como tem se sentido? Como passou o final de semana?

Afastei o cabelo do rosto. O coque havia escolhido aquele momento para despencar.

— Bom, meus pais e irmãos vieram me ver e praticamente tive que expulsá-los daqui ontem. Inventaram que queriam assistir ao jogo de futebol americano, mas eles sabem que odeio esportes — falei e ri baixinho.

— Eles estão tentando se conectar com você.

— Eu acho. Não sei.

Castelo de Sombras

— E o remédio? Algum efeito colateral?

— Fora o fato de querer dormir o dia inteiro e sentir um pouco de náusea? Não.

Estava com medo de falar para ela que me sentia um pouco zumbi. Na verdade, tinha vergonha de perguntar se eu me pareceria como um.

— Essa sonolência excessiva vai passar assim que seu organismo reconhecer o componente químico que estava ausente e começar a fazer um bailado aí dentro.

— Como uma espécie de tango? — brinquei.

— Exatamente. Os neurotransmissores dançarão entre eles, em casais... e vai ser lindo.

Comecei a rir. Era tão fácil me comunicar com ela.

— Doutora... posso fazer uma pergunta?

— Claro, querida.

— Eu vou sair daqui, não é?

— Sim, Tillie. Você vai. Amanhã mesmo vai deixar nossas acomodações... — respondeu, sorrindo.

— E... eu não vou voltar, não é? — perguntei, e ela deve ter percebido o medo que permeava minha pergunta.

— Por que está me perguntando isso, querida?

Abracei os joelhos, encostando o queixo nos braços apoiados sobre eles.

— Encontrei uma moça agora há pouco. No café da manhã... Pelo que deduzi, ela já veio aqui várias vezes.

— Humm... você deve estar falando da April.

Acenei com a cabeça.

— Bom, cada caso aqui dentro da clínica é um caso. Nem todos que estão aqui se internam obrigados pela família, entende? Alguns se internam compulsoriamente, de maneira sistemática. Quase como se fôssemos um regime de hotel 5 estrelas. Um Spa da alma e da mente. Outros casos requerem uma atenção e cuidados médicos mais intensos. Praticamente 24 horas por dia.

— Eu sei que a senhora não pode falar deles. Mas pelo que entendi... ela tentou se suicidar?

— Você está certa. Eu não posso falar deles — respondeu, com seriedade. — April é, porém, um caso seriíssimo que estamos lidando de maneira peculiar. Ela nos usa como um refúgio. E nós a abrigamos. Acreditamos que ela esteja mais segura aqui do que no mundo exterior.

Entendi aquilo.

— Estou com medo de sair... — admiti.

— Por quê?

— Com medo de voltar à tristeza e desânimo que querem me abater.

A doutora se achegou mais perto e tocou minha mão.

— É para isso que você está sendo medicada. Para que receba um suporte químico e continue mantendo a sensação de bem-estar, até conseguir recompor suas forças.

— É o mesmo que usar drogas? — questionei.

Poderia ser uma pergunta estúpida, mas eu queria saber. Eram drogas de qualquer forma, não é? Eram compostos químicos. A diferença era que foram legalizados pela indústria farmacêutica.

— Vamos colocar no grupo de drogas medicamentosas do bem. Você não pode pensar, em momento algum, no seu tratamento, como algo que te traga um peso às costas — afirmou. — Lembre-se do que falei... antes de tudo, é o paciente que tem que internalizar e aceitar o tratamento proposto. É você quem tem que reconhecer que tem um problema psíquico e que precisa de ajuda.

— É tão difícil, doutora — admiti, e senti uma lágrima saltando. — Às vezes tenho medo de não voltar a me sentir normal nunca mais.

— Você é tão normal quanto qualquer outra garota da sua idade, Tillie. Terá dúvidas, medos, anseios... como qualquer jovem de 18 anos. Alguns podem estar exacerbados aí dentro. Catalisaram emoções que bagunçaram seu espírito, deixaram-na desconectada do mundo como um todo. Mas você está aí, meu bem. Tillie Bennett, que tem o nome mais legal que a Elizabeth Bennett do Sr. Darcy, ainda está aí, no mesmo lugar.

— Tenho medo do que os outros vão pensar...

— Pensar sobre o quê?

— Sobre eu ter que... que... fazer um tratamento...

— Tillie... você está tratando uma doença como outra qualquer, querida. Como outras pessoas tratam enxaquecas, psoríases, dores crônicas. Você está tratando a mente. Não deixe que o preconceito da sociedade se implante na sua cabeça, criando caraminholas e fazendo com que ache que tem menos valia que outros. Não há vergonha alguma. — Ela inclinou o corpo para frente e olhou bem nos meus olhos. — Vamos. Diga em voz alta.

Franzi as sobrancelhas tentando entender o que ela queria.

— O quê?

— Internalize. Vamos treinar. Diga em voz alta: eu tenho depressão.

Engoli o nó que se formou na garganta. Eu não queria admitir aquilo. Parecia que se eu falasse com total convicção, seria o mesmo que ostentar uma bandeira e dizer que as pessoas tinham que relevar meu comportamento por causa daquilo. Porém eu queria ser mais forte do que a batalha que ocorria na minha mente. Não queria ser subjugada pela força dos pensamentos e sentimentos conturbados.

— Diga, Tillie — insistiu.

— Eu... eu tenho depressão.

— Vou vencer tudo isso no final.

Comecei a rir mesmo sem querer.

— Vamos. Não pense muito. Repita comigo: vou vencer tudo isso no final — ela disse e falei em seguida. — Ela sorriu. — Agora diga: vou me permitir conhecer novos amigos, abrir o coração para todas as coisas boas que a vida tem a oferecer.

Fechei os olhos. Eu queria aquilo? Sim. Queria. Intensamente.

— Vou me permitir conhecer novos amigos, abrir o coração para todas as coisas boas que a vida tem a oferecer.

— Muito bem — ela me parabenizou. — Não vou morar num castelo de sombras, mesmo que lá seja o reino que esteja pedindo para ser governado, com uma princesa assentada ao trono.

Olhei atentamente para ela enquanto pensava no que ela havia me pedido para repetir.

— Repita, Tillie.

— Não vou morar num castelo de sombras, mesmo que lá seja o reino que esteja pedindo para ser governado, com uma princesa assentada ao trono.

— Fantástico.

— O que vai acontecer quando eu sair daqui, doutora? — perguntei temerosa pela resposta.

— Você vai viver, Tillie. Um dia de cada vez. Vai prosseguir com o tratamento com um médico que vou indicar aos seus pais; fazer a terapia; continuar o uso da medicação. E viver intensamente, Tillie. É isso o que você vai fazer. Entendeu?

— Sim, senhora.

— Senhora está no céu. Qual é o meu nome?

— Sim, doutora Griffin.

— Esse não é o meu nome, é meu título de graduação e o sobrenome de casada. Qual é o meu nome? — repetiu e manteve o sorriso.

— Sim, Scarlett.

— Agora começamos a nos entender, querida.

Saí dali um pouco mais leve e confiante de que tudo daria certo; bastava que eu internalizasse essa mensagem positiva e quisesse lutar contra os demônios que poderiam tentar me assombrar.

Eu só precisava dar tempo ao tempo.

Capítulo Onze

Agere, non loqui.
Agir, não falar.

PATRICK

Eu tinha muita sorte por ser um aluno exemplar. Digamos que fui abençoado com um cérebro privilegiado e um QI elevado para os padrões dos garotos da minha idade. Até o sétimo ano, tudo o que eu mais queria era vadiar e surfar. Meu pai me obrigava a praticar o beisebol porque, ou era isso, ou o futebol americano. Preferia mil vezes dar porrada numa bolinha do que ser o cara a levar a porrada.

Embora eu fosse relapso e meio vagabundo, ainda assim, minha mãe nem pegava no meu pé porque eu era um aluno, digamos... estranhamente "nota alta". Por mais que não estudasse de jeito nenhum, só tirava notas boas. Carrick ficava puto. Meu pai apenas sacudia os ombros e se comunicava silenciosamente com a mamãe como quem dizia: "bom, o garoto pelo menos traz esse monte de notas azuis no boletim...".

Então, estava me aproximando do final da vida escolar. Risque isso. Vida escolar no patamar colegial, porque, por mais que eu quisesse tirar um ano sabático e pegar onda no Havaí, sabia que meus pais tinham outros planos, logo, eu emendaria mais alguns anos de estudos e salas de aula, professores e *blá, blá, blá*.

— *Bro...* volta para a Terra, cara. O professor Rasmussen já te encarou umas vinte e três vezes — Dale falou, baixinho.

Olhei de lado e ergui uma sobrancelha, curioso com um detalhe peculiar.

— Dale, você contou quantas vezes ele olhou ou o chute da numeração ímpar foi algo totalmente aleatório?

Ele riu e respondeu:

— É para ser exagerado mesmo, seu estúpido. Algo como... nossa, estou há seis milhões, duzentos e quarenta e nove mil e quatrocentos anos esperando essa aula acabar.

Scott e eu rimos da loucura de Dale Parker.

— Cara, você é muito louco. Perdi o tom da sua narrativa quando você chegou na sequência de milhar — falei.

— Vocês não sabem exagerar nada na vida.

— É. Seu nome devia ser Dale Hipérbole Parker — completei.

— Também acho. Mas agora o professor olhou pela vigésima quarta vez — agora foi Scott quem sussurrou.

— Garotos, querem compartilhar algo com a turma? — o professor tampinha perguntou.

Que pergunta mais estúpida. Se quiséssemos, teríamos pedido um microfone, um palco, teríamos proposto um *stand-up*, certo? Mas estávamos fazendo aquilo? Claro que não. Era apenas um momento anormal de conversa aleatória.

— Não, professor. Desculpa.

— Viajou de novo, Dale. Bem que você falou. Nosso amigo pegou um voo para algum planeta distante e está congelado. Espera... Será que você está tendo alguma espécie de convulsão? — Scott perguntou. — *Bro*... você tá bem?

O idiota me sacudiu e dei-lhe um safanão, para mostrar que estava vivo, não era surdo e ainda podia descer a porrada neles dois, se continuassem me enchendo o saco.

— Muito bem, quero que façam um trabalho maravilhoso de pesquisa. Encontrem algo a ser descrito, alguma experiência fantástica e interessante que possa ser compartilhada com a turma. Quero que coloquem no papel toda a emoção que encontrarem aí dentro de vocês. Valerá nota e participação na Feira Literária.

Argh... que coisa. O professor Rasmussen sempre enfiava trabalhos de cunho artístico e poético para que tirássemos nossos *Shakespeares* interiores. Cara... eu não queria tirar o Shakespeare... Eu queria extrair o Kelly Slater interior, surfar ondas fantásticas e ganhar alguns circuitos do Surf mundial. O cara tinha sido um ícone e eu ainda guardava as revistas com matérias sensacionais sobre a vida dele.

Castelo de Sombras

Tá aí. Eu poderia fazer uma redação sobre isso.

O sinal bateu e recolhi o material, calmamente, esperando que o rebanho saísse antes, para que eu pudesse zarpar depois para a próxima aula. Não me levem a mal, mas não curtia ser espremido na porta, quando os alunos não compreendiam que vários corpos não podiam ocupar o mesmo lugar. Era muito mais fácil que cada um saísse calmamente, certo? Talvez fosse a filosofia que eu curtia quando tinha que ser paciente para esperar uma onda perfeita. Sei lá. Eu ficava lá... à espreita. Quando era o momento... eu ia.

Adiantava sair no meio da galera e tentar o tubo ao mesmo tempo? Claro que não. Então era muito mais fácil aguardar. E Scott e Dale já me conheciam há quase uma década para saber que eu fazia aquilo desde sempre. Logo, os dois manés ficavam ao lado. Os idiotas aproveitavam para olhar as bundas das meninas. Confessaram isso várias vezes. Não vou negar e dizer que nunca olhei porque estaria mentindo e minha mãe me ensinou a não mentir, mas também me ensinou a respeitar as meninas, a não tratá-las como objetos sexuais. Logo, eu olhava, passava rapidamente um Raio-X nas partes mais óbvias, catalogava e pronto.

Vou dizer... na praia, era muito difícil seguir essa regra e quase mandamento da minha mãe. As garotas que frequentavam a costa de Del Monte faziam questão de ostentar seus atributos físicos e lutavam por bronzeados na maior parte possível do corpo, logo, a quantidade de tecido não era proporcional à quantidade de pele exposta.

Mas engana-se quem pensa que no universo escolar a coisa era muito diferente. O que víamos ali em Saint Mary High School, a escola preparatória mais cascuda da cidade para os alunos que queriam disputar qualquer uma das oito universidades da Ivy League, era um comportamento muito louco das garotas. Como uma escola católica e particular, era exigido o uso do uniforme. Logo, nós usávamos aquele traje adorável (percebam a ironia) composto por calça e camisa social e, em alguns momentos, até mesmo uma gravata filha da puta, enquanto as meninas usavam a roupa que iluminava os sonhos e fantasias eróticas de alguns velhos tarados: saias plissadas e camisas sociais, com meias 3/4 brancas.

Cara... era para ser um uniforme digno. Comportado mesmo. Se, e somente se... elas usassem da maneira correta. A saia era abaixo do joelho. A camisa social devia ser dois números acima. Mas o que víamos? Saias que mais pareciam a versão mais comprida de um cinto (tá, exagerei...), que não cobriam muito, mostravam além da imaginação e no caso de algum espirro ocasional, poderia culminar na glamorosa cena de Marilyn Monroe e a saia voadora. Bom, era assim que meu cérebro projetava quando eu era moleque e desenhava no caderno.

Muitas delas usavam mais botões abertos do que fechados, então nunca sabíamos se a intenção era usar a camisa social como uma espécie de jaleco ou se era esquecimento mesmo. Ou talvez os botões estivessem em falta... não sei. Vai saber, não é?

O importante é que as garotas Saint Mary não tinham absolutamente nada de santas. E também não vou ser idiota e dizer que dessa safra nunca provei. Mas sou bem seletivo, então estava meio difícil fazer uma colheita ali no meio das meninas da escola, porque elas faziam uma espécie de rodízio entre os caras.

E, talvez por isso, elas tenham feito da minha humilde pessoa um alvo. Porque eu era extremamente desapegado dessa... *pegação*. Fui meio repetitivo, né? Mas o sentido é esse. As festas rolavam, eu evitava a todo custo. Os churrascos aconteciam, eu aparecia e ficava por no máximo uma hora. Não fazia questão de entrar na piscina, por mais que as meninas tentassem fazer parecer desejável.

Eu curtia a praia. Ponto final. Gostava de pegar minha prancha, entrar no mar e ficar à espera de uma onda bacana. Às vezes não pegava uma decente, mas só de ter passado um tempo ali, já saía renovado. Quando abria o zíper do meu traje de neoprene e sentia a brisa marítima batendo na pele, era como se estivesse recebendo uma descarga de energia pura.

— Natasha está na porta. Parece ter ficado à sua espera... — Dale disse.

— Merda — resmunguei, quando me levantei para sair da sala. Não podia enrolar mais ou me atrasaria para a aula de Matemática.

— Por que você não dá logo o que essa garota quer? — Scott cochichou. Pareciam duas maritacas fofoqueiras.

Apenas dei o olhar "da morte". Nem me dignei a responder.

Quando saímos, o trio de vespas estava à espera. Natasha nunca andava sozinha. Era sempre ela, Jessica e Noelle.

— Oi, Pat — ela chamou. Odiava ouvir meu apelido naqueles lábios cheios de gloss. — Você vai ao luau da Marcy Jane?

Nem estava me lembrando. Marcy era uma garota bacana, apesar de tudo. Namorava Greystone Wood, o *kicker*[2] do time de futebol americano,

2 Kicker, ou chutador, é o atleta responsável pelos principais chutes de uma equipe de futebol americano.

e, apesar de ser uma das garotas mais ricas da escola, era extremamente pé no chão e humilde.

— Não sei.

— Poxa... vai ser demais. À beira da praia. Estávamos contando que você fosse... Será uma festa que durará quase o dia todo... — Natasha informou.

Marcy faria os dezoito épicos, pelo jeito. E os pais não poupariam esforços. Pelo que eu entendia, ela já estava com viagem marcada para Cambridge, assim que encerrasse o ensino médio, então, de certa forma, os pais estavam bem eufóricos em poder lhe dar tudo o que quisesse. A festa seria dali a três dias. Droga.

— Prometo pensar.

Natasha sorriu e pensei em avisar que o dente estava sujo de gloss rosa, mas preferi me calar. Não sabia se ela poderia interpretar de outra forma, ou se estava de TPM e poderia sair dali chorando. Sei lá. Meninas eram meio loucas, às vezes.

Seguimos para a aula de Matemática e confesso que, até que aquele dia se encerrasse, tudo passou num borrão. Milhões de ideias começaram a tomar forma na minha mente criativa, e algumas delas tinham a presença de uma garota que eu tinha muita vontade de conhecer.

Se eu a convidasse para ir ao luau comigo... Será que ela aceitaria?

Antes de sair da escola, assim que entrei no carro – ainda suado do treino de beisebol –, com o uniforme podre do campo de barro, peguei o celular e resolvi testar minha teoria e lançar a sorte.

> Oi, aqui é o Patrick... Será que você estaria interessada em ir a uma festa daqui a três dias, comigo? Um luau, na praia? Prometo que será longe do rochedo da agulha, então você não corre o risco de perder qualquer chave por lá... Nem mergulhar sem querer em águas profundas. Além do mais, eu posso te buscar na sua casa, então, você nem precisa ir de carro. Olha que legal. Sem carro = sem chave = zero mergulho. Que tal?

Bom. Preferi uma abordagem nada sutil e mais ao meu estilo. Nada de enrolação. Eu era um cara brincalhão e que precisava fazer os outros se sentirem bem ao meu redor. Era meu charme Griffin.

Então... eu arrisquei. Ali havia 50% em uma perspectiva de aceitação. Perguntar não ofendia ninguém, não é? Eu só esperava que receber um não também não ofendesse o meu orgulho.

Capítulo Doze

Mensura omnium rerum optima.
Tudo na vida requer tempo e medida.

TILLIE

> Oi, aqui é o Patrick... Será que você estaria interessada em ir a uma festa daqui a três dias, comigo? Um luau na praia? Prometo que será longe do rochedo da agulha, então você não corre o risco de perder qualquer chave por lá... Nem mergulhar sem querer em águas profundas. Além do mais, eu posso te buscar na sua casa, então, você nem precisa ir de carro. Olha que legal. Sem carro = sem chave = zero mergulho. Que tal?

O que eu deveria responder para isso?

Olhei a mensagem mais de cinco vezes nos últimos dois minutos. Bom, eu já tinha lido outras tantas, mas confesso que estava adquirindo um estranho caso de TOC literário que me obrigava a examinar repetidas vezes para confirmar a veracidade das informações.

Patrick estava me chamando para sair? Como em um... encontro? Poxa... que sensação vertiginosa era aquela que eu estava sentindo na boca do estômago? Era vontade de vomitar? Bom, eu podia alegar que ainda era efeito colateral do medicamento que a médica havia me passado, né?

Senti os dedos tremendo, as mãos suando. Estava sem saber o que fazer. Coloquei o polegar na boca, roendo a unha, como fazia quando estava literalmente nervosa.

— O que houve? — minha mãe perguntou, enquanto colocava as compras em cima da mesa.

Disfarcei e coloquei o celular com a tela virada para baixo, mesmo que tivesse desligado o visor, mas não queria correr riscos. Vai que uma nova mensagem chegava repentinamente... sei lá.

— Nada.

— Você está bem? — Ela me olhou meio ressabiada à medida que tirava as coisas das sacolas e guardava nos armários.

— Sim.

Voltei à tarefa de fazer os deveres de casa, afinal, eu tinha que correr atrás do prejuízo e tentar alcançar a turma com as tarefas perdidas por conta da semana de "folga" obrigatória.

Estava meio cansada da constante monitoria dos meus pais. Fora a pentelhação dos meus irmãos. Greg praticamente resolveu acampar na casa dos meus pais, mesmo que tivesse um dormitório na universidade que frequentava. Hunter ligava de dois em dois dias e, Jared, que não morava mais aqui, passava todas as noites para jantar. Como quem não quer nada.

Mas eu sabia bem o que estavam fazendo. Eles estavam me averiguando. Conferindo se eu estava bem.

Não adiantava os milhares de vezes em que afirmei que não tinha feito nada, parecia que, em suas cabeças de minhocas, eu tinha colocado na minha mente que em algum momento seguiria pelo mesmo caminho tortuoso que Katy optou por seguir.

— Tillie? — minha mãe chamou, e me olhava de maneira estranha.

— O quê?

— Você está encarando o celular e franzindo a sobrancelha. Além de te trazer rugas precoces, ainda está com um comportamento esquisito.

— Desculpa, mãe. É... apenas um site de curiosidades e li uma notícia interessante — menti descaradamente. Como eu poderia falar para a minha mãe que tinha acabado de receber um convite para uma festa? De um garoto que ela nem ao menos conhecia?

— Hummm...

Aquele resmungo não foi muito convincente, mas foi o suficiente para que eu recolhesse meu material da mesa da cozinha e resolvesse sair dali e me refugiar no quarto. Lá eu podia me trancar e dar vazão aos meus pensamentos atropelados sobre o que aquela mensagem realmente poderia significar.

Subi as escadas às pressas, entrei no quarto e tive o cuidado de fechar a porta e colocar uma cadeira apoiada na maçaneta. Desde o episódio do rochedo, e do meu retorno da clínica, meus pais haviam retirado a chave do meu quarto. Só pude deduzir que era medo de que eu me trancasse ali e fizesse alguma merda.

Coloquei os livros na escrivaninha zoneada e me sentei na cama. Encarei o celular por alguns segundos, roí a unha do polegar – só um cantinho –, e destravei a tela.

> Oi... Patrick...

Depois que apertei a tecla enviar me senti a mais estúpida de todas. Acertei um tapa na testa pensando "que merda eu fiz?". Meu Deus! Eu tinha 18 anos, certo? Teoricamente já era para eu ser mais resolvida e descolada em alguns assuntos... saber me comunicar sendo um deles. Porém, aparentemente, ali estava uma falha gravíssima no meu caráter.

E eu apenas mandei um "Oi... Patrick..." atolado de reticências, dando a impressão de que eu não fazia ideia do que falar. Bom... eu não fazia mesmo, mas ele não precisava saber disso.

Enquanto eu pensava o que fazer para reverter, por exemplo, deletar a mensagem, mas sabendo que ficaria aquela fatídica mensagem de *"esta mensagem foi apagada pelo usuário"*, vi as bolinhas dançando na tela.

Oh, merda. Ele estava *online* e respondendo naquele instante.

Senti o coração martelando na cabeça.

> Oi, Tillie... estou supondo que você leu minha mensagem e não sabe o que responder, né?

Um sorriso espontâneo escorregou em meus lábios imediatamente.

> Ahn... mais ou menos isso. Na verdade, foi uma tentativa de abordagem e resposta. Algo como... você fala oi daí. Eu respondo oi daqui. Mas, se ninguém falar nada, fica por isso mesmo.

As bolinhas ficaram loucas.

> Hahahah... Essa é boa. Bom, o silêncio nunca vai acontecer do lado de cá. Porque eu garanto o papo. Posso conversar por horas. Mas, introduzi um assunto... ou seja, fiz um convite... Você só tem que aceitá-lo. 😉 Percebeu que nem dei margem para recusar, né?

Castelo de Sombras

79

Comecei a rir baixinho e me recostei na cabeceira da cama.

> Ah, acho que notei. Mas você foi até sutil...

> Sutileza é meu nome do meio...

Mordi o lábio inferior... droga. Eu tinha que dar uma resposta. Antes que pudesse escrever, ele mandou outra mensagem:

> Então... você aceita ir comigo?

Ah, meu Deus... o que fazer? Eu queria sair? Não. E, por favor, não me levem a mal, mas quando não estamos no nosso melhor, a última coisa que queremos é que outras pessoas sejam testemunhas da nossa miséria. A impressão que passa é que somos feitos de vidro. Completamente transparentes e nossos sentimentos mais frágeis ficam expostos aos olhos alheios. Nossas debilidades... nossos medos. A insegurança. Tudo.

Daí eu me lembrei da promessa que fiz à Dra. Griffin... de que eu me proporia a fazer novas amizades, ao invés de me trancar na torre de pensamentos fúnebres que aprendi a cultivar.

> Eu... não sou muito de festas, Patrick. Mas sinto que devo imensamente a você... e nunca poderia lhe negar nada.

Admiti com sinceridade. Eu teria uma dívida eterna com ele.

Dois segundos depois, o celular tocou na minha mão. O nome dele piscou na tela e senti meu coração acelerar em um ritmo preocupante.

— Alô? — Era um cumprimento meio idiota, já que eu sabia quem era o interlocutor.

— Você não tem dívida nenhuma comigo, Tillie. Pelo amor de Deus... E eu nunca esperaria que se sentisse na obrigação de me demonstrar qualquer espécie de gratidão por conta do que fiz por você — falou, em um tom sério.

Respirei fundo.

— Eu sei. Não foi nesse sentido que quis dizer. É só que... eu vou ficar muito agradecida a você... pelo resto da vida.

— Mas não quero que aceite meu convite porque acha que me deve algo, e sim porque quer se divertir um pouco. Conhecer novas pessoas...

Okay. Então minha resposta tinha saído um pouco fora de mão. Droga.

— Eu me expressei mal. Me desculpa.

— Você também não tem que pedir desculpas — falou, baixinho.

— Ultimamente eu só ando fazendo besteiras — admiti.

— Quem disse? — perguntou.

— Eu. Meus pais. Meus irmãos.

— Ahh... bobagem. Que adolescente não faz merdas de vez em quando? E eu não acho que você tenha feito uma. Você fez? — Ele riu do outro lado.

— Bom, desde que você contabilize o mergulho em altura de um penhasco de maneira espontânea como algo que possa ser enquadrado como besteira ou "merda"... acho que fiz.

— Você caiu. Calculou mal o ângulo e esqueceu que uma rajada de vento poderia bater na hora e te levar.

Comecei a rir.

— Você vai cursar Direito na faculdade?

— Como você sabe? — perguntou rindo.

— Seu poder de argumentação já está te garantindo como um bom advogado de defesa. Eu te contrataria de olhos fechados. Obrigada... — agradeci, baixinho.

Era bom saber que alguém te dava um voto de confiança. Alguém completamente desconhecido até então.

— Bom... você vai aceitar meu convite bem gentil por livre e espontânea vontade?

— É uma festa, né? Ahn... um luau, você disse? — confirmei e cocei a sobrancelha. Eu fazia aquilo quando ficava nervosa.

— Isso. Na casa de uma amiga da escola. Ela é gente boa, não precisa ficar grilada. E vou poder te apresentar a alguns amigos meus que são bem legais também.

— Tudo bem — concordei, mas senti o punho de temor apertando minha garganta imediatamente.

— Você não vai se arrepender. Vai se divertir.

Eu não confiava muito naquilo, mas provavelmente valeria a pena pela companhia.

— E qual é o protocolo?

— Por protocolo você diz figurino?

Castelo de Sombras

— Sim.

— Pode vir com um biquíni por baixo, se quiser — *hum-hum... quando o inferno se transformasse na versão Disney do reino de Elsa* —, já que a festa é à beira da praia.

Oh. Uau. No mínimo devia ser em uma das mansões dos milionários da cidade.

Minha família era bem de vida, até. Éramos considerados classe média alta, mas não esbanjávamos grana, já que nunca sabíamos o dia de amanhã. Em nossa cidade, havia os ricos e milionários. Os abastados mesmo. Os que ostentavam o dinheiro que possuíam porque podiam fazer isso. Bom para eles.

Meus pais sempre nos ensinaram a batalhar por tudo o que quiséssemos conquistar. Jared trabalhava desde adolescente e fora o precursor da política de pequenos serviços para ganhar uns trocados e poder "levar as gatinhas ao cinema". Hoje ele era bem de vida, mas ainda não tinha se decidido a se firmar com apenas uma "gatinha". Dizia que estava testando as águas.

Hunter era dedicado ao serviço militar. Sempre fora apegado a armas e coisas bélicas, desde pequeno. Pisar no seu quarto já era uma tarefa ardilosa e poderia trazer conflitos familiares declarados se alguém destruísse a composição dos soldadinhos que ele colocava enfileirados no chão.

Greg era o estudioso. Mesmo assim, fazia questão de trabalhar meio-período para ganhar seu próprio dinheiro e hoje era o gerente do Starbucks próximo à Universidade onde estudava. Eu adorava aquilo, porque ele sempre trazia coisinhas bacanas da loja para mim. Mesmo que eu não gostasse de café.

Eu havia conseguido alguns serviços esporádicos nas férias de verão, mas meus pais só liberavam nessa época, já que queriam dedicação, realmente, aos estudos. Depois dali, quando ingressasse numa faculdade, poderia fazer, talvez, como Greg. Poderia equilibrar um trabalho em uma parte do dia apenas para custear gastos supérfluos e não ficar tão nas costas dos dois. Por mais que tivesse uma poupança muito substancial para a Universidade, ainda assim eu sabia que havia acomodações, comida e tudo mais. Era o princípio de uma independência e da vida adulta. E eu queria trilhá-la. Só esperava estar bem para conseguir.

— Hummm... tá — concordei, mas sem dar margem para planos sobre o assunto vestimenta.

— Eu posso te pegar na sua casa... — ofereceu.

Bom, aquilo seria interessante, porque não estava a fim de pedir a Greg que me levasse, muito menos meu pai. Eu poderia pegar um Uber... claro. Estávamos vivendo tempos modernos onde as mulheres iam à luta e não precisavam de nenhum homem para buscá-las em suas residências e tal. Mas, para ser honesta, eu não queria chegar sozinha, sem conhecer absolutamente ninguém. Chegando com ele, eu seria blindada com essa segurança.

— Tudo bem — aceitei. — Posso te enviar o endereço pelo Whats.

— Maravilha. Então... estamos combinados, né? Daqui a três dias?

— Sim.

— Beleza. A gente se vê. Eu te pego às três, pode ser?

Nossa... que espécie de luau era esse que começaria no meio de uma tarde? Será que as pessoas não se tocavam que luau tinha a ver com "lua"? Dãããã.

— Tudo bem.

— Tchau, Tillie.

— Tchau, Patrick...

O silêncio meio que imperou por uns segundos até que pude ouvir o som das nossas respirações. Droga. Quem desligaria primeiro? Para evitar correr riscos de querer falar de novo, apertei o botão de finalizar.

Era emoção demais para um dia só. Quer dizer... Eu só tive aquela, tudo bem... mas encerrou uma rotina diária com meus batimentos meio acelerados e a sensação de pânico querendo se instalar.

Deitei na cama e fiquei contemplando o teto do quarto. Resolvi contar as frestas que marcavam os vincos do forro de madeira. Só assim eu distrairia os pensamentos do garoto que tinha acabado de me chamar para um encontro.

Castelo de Sombras

Capítulo Treze

Carpe Diem.
Aproveite o dia.

TILLIE

Droga, droga, droga. Havia chegado o dia e vou ter que assumir... tentei fazer com que o período que antecedia esse encontro passasse como se nada de mais fosse acontecer no sábado. Fui para a escola. Estudei. Perdi a concentração em um teste e tirei nota baixa (isso foi um saco). Voltei para casa. Fiz tudo o que fazia. Tomei meu remédio. E, ao final da noite, deitei. E sonhei. Todas as malditas vezes, sonhei com o dia em que pagaria alguma espécie de mico.

Agora... aqui estava eu, parada na frente do meu armário, enrolada na toalha e encarando as roupas para conferir o que usar.

E não bastasse aquilo, mamãe entrou no quarto.

— Ei, o que está fazendo parada aí?

Ultimamente tudo o que eu fazia era motivo de perguntas. Eu podia entender, juro. Mas era bem cansativo isso.

— Estou tentando decidir que roupa usar.

— Vai sair? — perguntou e sentou na minha cama.

Seria errado pedir para ela me dar um pouquinho de privacidade? Acho que sim. Resolvi optar pela verdade logo.

— Vou a uma festa.

— Festa? — As sobrancelhas da minha mãe alcançaram o topo do couro cabeludo, quase.

— Sim. Um luau.

— De alguém da escola?

— Ahn... não da minha escola...

— Como assim?

Escolhi um short jeans não muito curto, mas com um corte legal e uma blusa folgadinha e florida.

— É. Bem... é um amigo.

— Um amigo?

— O garoto que me salvou do afogamento no mar.

— O quê?

— Mãe, a senhora está parecendo um papagaio fazendo perguntas meio monossilábicas...

— Mas eu quero entender... Como assim o garoto que a salvou do mar... vai dar uma festa?

— Não é ele quem vai dar uma festa. Ele me convidou para ir a uma festa com ele.

— Tillie, de onde você o conhece?

— Mãe... — Vesti o short tentando segurar a toalha no lugar. Já que ela não daria licença do quarto, seria o jeito, né? — O que isso importa?

— Ué... eu só quero entender. Vocês já se conheciam?

— Não. Ele... ele me visitou na clínica.

— O quê? Como assim?

— A mãe dele trabalha lá. Quando estive internada, ele foi buscar a mãe e a gente se reencontrou. Foi isso.

— Minha nossa... que coincidência, Tillie — ela disse, desconfiada.

— Não é coincidência, mãe. — Será? — Quer dizer... bom... ele agora é uma espécie de "amigo".

— Okay... tudo bem, se você está dizendo...

Vesti a blusa e tirei o cabelo de dentro, puxando-o para cima, aproveitando o embalo e amarrando em um rabo de cavalo.

— Faça uma trança. Fica mais bonito.

— Hummm — respondi. Desmanchei o penteado e fiz o que minha mãe orientou.

— A festa será onde?

— Na casa de uma amiga dele. Na praia.

— Na praia? Tillie! Seu pai não vai gostar nem um pouco de saber que você se aproximou do mar!

— Mãe! — bufei. — Quantas vezes vou precisar dizer a vocês que aquilo foi um acidente? Não aconteceu do jeito que vocês estão pensando,

Castelo de Sombras

poxa!

Ela abaixou os olhos, ressentida, e não falou mais do assunto.

— Okay, mas leve o celular. E qualquer coisa você liga que ou seu pai ou Greg podem te buscar. Deixe o endereço também.

— Mãe, por favor...

— Tillie...

— Tá. Mas só me deixa terminar de me arrumar, tá? Daqui a pouco ele chega para me pegar e não quero um encontro incômodo dele com o Greg ou o pai.

— Mas eles precisam conhecê-lo — argumentou.

— Por quê?

— Ora... se é seu encontro...

— Mãe! Ele é um amigo. Só isso. E me convidou para uma festa. Ponto. Não tem nada a mais na história.

Bom. Pelo menos eu achava, né?

— Tudo bem. Coloque as sandálias rasteiras. Se é na praia, vai ficar mais confortável.

Bem lembrado. Eu já estava quase colocando meus tênis.

Olhei no relógio e vi que faltava um minuto para as três.

Naquele exato instante meu celular sinalizou o recebimento de uma mensagem.

> Chegando em... dois segundos.

Sorri e peguei a bolsa, atravessando a alça no pescoço. Desci as escadas e gritei, antes de abrir a porta:

— Tchau, mãe. Eu mando a mensagem para o celular do Greg com o endereço, tá?

— Tudo bem. Se cuida.

— Tá bom.

Olhei pela janelinha e vi o Jeep Cherokee parando naquele exato instante.

Nem esperei que ele descesse do carro e viesse tocar a campainha. Eu mesma me adiantei, saí de casa e fui em direção ao seu carro.

Ele desceu mesmo assim e me encontrou na calçada.

— Oi! Você sempre fica à espreita na porta para sair rapidão?

— Você avisou que chegava em dois segundos. Eu só adiantei e poupei o trabalho — falei, e senti o rosto ficar vermelho.

— Ah, meu Deus! Você ficou corada! Que bonitinho! — ele disse e sorriu.

Minha nossa. As covinhas. Elas acenaram para mim. Estavam mais bonitas do que eu me lembrava.

— Vamos... — Patrick abriu a porta para me ajudar a entrar. — Meu carro é meio... humm... alto, então vou ajudar a dama a subir e não se esborrachar no chão, dado seu histórico de escorregar em locais esquisitos...

Comecei a rir e coloquei o cinto assim que me instalei no assento.

Quando entrou no lado do motorista, devolveu-me o sorriso.

— Você está mais bonita do que eu me lembrava — falou.

Oh. Droga. Meu rosto ficou quente outra vez.

— E já vi que não recebe elogios com facilidade, ou falaria um simples "obrigada, Patrick, você também está bem bonitão..." — disse, enquanto colocava o carro em movimento.

Coloquei a mão na boca, porque era o único jeito de conter o riso. Sério. Eu devia estar parecendo uma garota estúpida. Espera... eu precisava me dar uns tapas pra tirar a garota espertinha do meu interior.

Ela devia estar em algum lugar. Eu só precisava arrancá-la do torpor induzido por mim mesma, e pelos medicamentos usados para me resgatarem da depressão.

— Então, Tillie... Onde você estuda? — Patrick perguntou e agradeci aos céus por ter mudado o foco da conversa.

— Na Morgan. E você?

— Saint Mary. — Oh. Uau... era uma escola para privilegiados. Eu sabia que ele tinha pinta de riquinho, mas o que mais me surpreendia é que até o momento não passava a aura de garoto metido à besta. — Nunca tenho a sorte de poucos mortais... — ele disse e me olhou de lado, dando um sorriso engraçado.

— Sorte?

— É... de estudar com garotas bonitas com desejos ocultos de virarem sereias...

Cobri o rosto com as mãos. Ri baixinho e juro que me achei a garota mais boba da face da Terra, porque aquele simples comentário, associado a todos os outros anteriores, estavam me fazendo corar como uma menininha totalmente inocente.

Tudo bem que eu não era tão descolada na arte das paqueras escancaradas, mas também não podia dizer que era tão ingênua e não percebia quando era alvo de uma cantada óbvia.

— Alguém já te disse que você é engraçado?

— O tempo todo — respondeu, e deu uma piscada matreira.

— Oh... poxa... esse é o lugar da festa? — perguntei, quando avistei a enorme mansão que ficava na costa. A entrada de carros estava abarrotada de todos os tipos e modelos mais variados de veículos automotivos já registrados em uma única revista das que Greg tanto amava ler.

— Sim. Bacana, né? Eu não fui agraciado com uma casa à beira da praia. Acho que meu pai viu que isso não seria bom, ou eu fugiria para o mar. Sabe como é... Aquele lance de Tritão... — brincou.

— Sim. A conexão com o mar e tal.

— Exatamente. Eu e minha prancha temos uma longa história de amor.

— Que fofo.

— Não é?

Patrick estacionou em uma sombra e desceu. Comecei a abrir minha porta, mas ele foi mais rápido e abriu pelo lado de fora, estendendo a mão para me ajudar a descer.

— Obrigada — agradeci e tentei soltar a mão da sua. Demorou um pouco até que ele finalmente liberasse. Disfarcei os dedos trêmulos enfiando a mão no bolso do short.

— Vamos — Patrick me chamou, guiando-me discretamente, com a mão na base da minha coluna, para que entrasse na enorme mansão à beira da praia.

A festa já seguia em um ritmo intenso. Era o meio da tarde, mas o pessoal levava a sério o significado de agitar um luau seguindo as tradições havaianas.

Quando chegamos ao imenso jardim, na parte de trás da casa, que tinha a vista para o mar, pude ver a imensa fogueira já preparada para queimar e aquecer o evento mais tarde. Vários bares estavam montados ao longo da areia, com filas de adolescentes se servindo à vontade.

Mesas e cadeiras de praias foram organizadas e dispostas para que ficasse parecendo mais um resort de luxo, do que uma simples festinha aleatória.

— Venha aqui... — Patrick me puxou, dessa vez conseguindo puxar minha mão, a que estava livre. — Vou apresentá-la à Marcy Jane.

Chegamos até um grupo de pessoas que estava conversando animadamente e uma garota se destacava. Ela era mais baixinha que todos, usava óculos, tinha o cabelo comprido e ruivo, e era linda. Parecia uma boneca de porcelana.

— Pat! Você finalmente chegou! Dale e Scott já me perguntaram mais de cinco vezes por você... — ela falou e seu olhar encontrou o meu. O das outras garotas que a cercavam também.

— Oi, Marcy. Esta é minha amiga, a que falei que traria à sua festa, Tillie — ele nos apresentou.

Ela me surpreendeu ao me dar um abraço, ao invés de estender a mão, simplesmente.

— Oiii! Que bom que você veio! Eu adoro conhecer pessoas novas! — disse. — Fique totalmente à vontade, tá?

Apenas sacudi a cabeça e dei um sorriso que esperava ter chegado aos olhos. Estava um pouco incomodada com o olhar minucioso das outras meninas ao redor.

— Este é meu namorado, Grey, esta é Bree, Diana, Natasha e Noelle — apresentou, inconsciente do meu desconforto.

— Oi. — Sorri, envergonhada. Eu detestava conhecer gente nova.

Recebi apenas um aceno de cabeça das meninas.

— Você é daqui, Tillie? — o namorado de Marcy perguntou.

— Você quer dizer da cidade? — confirmei, franzindo o cenho.

— É. Nunca a vimos.

— Possivelmente porque não estudamos na mesma escola, mané — Patrick respondeu por mim. Bom, eu não falaria o "mané" do final.

— E talvez porque não frequentemos o mesmo círculo social, não é, querida? — a outra garota de cabelo escuro respondeu.

Oh... Senti o tom venenoso sendo destilado imediatamente. Vou dizer uma coisa a vocês: adolescentes podem ser maus. O ensino médio pode ser uma escola de sociopatas muito impressionante. Inúmeros distúrbios de personalidade e caráter se manifestam com força total nesse período.

As disputas, conflitos, dramas... tudo o que cerca o universo hormonal dos jovens que se veem retidos pelas amarras de uma cadeia hierárquica disciplinadora dentro de quatro paredes, assim como em muitos lares, quando não são permissivos, podem torná-los exemplos mirins de Malévola em força máxima.

Aquela garota resolveu me odiar. E uma das formas de mostrar que havia declarado guerra era expondo que pertencíamos a categorias sociais distintas. Como se eu me importasse com isso...

Nunca escolhi meus amigos baseados no poder aquisitivo de cada um deles. Katy e eu éramos apegadíssimas e, mesmo morando em uma casa

Castelo de Sombras

89

muito menor que a minha, eu fazia da dela a extensão do meu lar. Assim como meus pais faziam questão de mostrar a ela que sua presença era mais do que bem-vinda em todo e qualquer momento.

Quando se envolveu com a família James, através de seu namoro com Steve, Katy teve contato com a pior espécie de pessoas. Aqueles que julgavam os outros pelo carro que dirigiam, pelas roupas que usavam, pela marca das bolsas que levavam nos ombros. Até mesmo pela marca da maquiagem. Sabrina James representava a Abelha-Rainha mais perniciosa da escola, e ali, diante de mim, naquela festa desconhecida, eu podia jurar que estava diante da versão Beverly Hills de Sabrina.

— Provavelmente — respondi simplesmente.

Patrick pegou minha mão e me arrastou para outra área da festa.

Eu poderia beijá-lo naquele momento. Soou como um salvamento providencial. Outro, para dizer a verdade. Aquele garoto estava se saindo muito bem em me resgatar quando eu menos esperava...

— Vou apresentá-la a Scott e Dale. Os dois são idiotas e abestados, mas são meus melhores amigos — ele disse, sorrindo.

Chegamos até uma rodinha de garotos que ergueram os olhos imediatamente ao nos ver.

— Eitaaa, Pat... pescou uma sereia? — um deles disse.

— Scott, deixa de ser imbecil, ou não vou te apresentar à Tillie.

— Acabou de apresentar, idiota — ele respondeu, e limpou as mãos na bermuda jeans antes de estender uma delas para mim.

— Oi — falei, rapidamente.

Antes que eu pudesse imaginar o que ele faria, o outro amigo, o loiro cheio de cachos, me puxou para um abraço e falou no meu ouvido:

— Dois segundos como ele vai ficar puto, quer ver?

Foi sutil, mas senti o empurrão de Patrick no amigo, para que se afastasse de mim.

— Chega, Dale. Porra... O que ela vai pensar que vocês são? Animais? — ralhou.

— Só estamos felizes em ver que a sereia está bem, não é, Scott? — o loiro, com cara de anjo, mas sorriso de demônio, disse.

— Totalmente.

Fiquei sem entender o porquê estavam falando aquilo, até que Patrick explicou:

— No dia que tirei você do mar, eles estavam comigo. Você não se lembra? — sussurrou no meu ouvido.

Acenei negativamente com a cabeça. Eu não me lembrava mesmo. Aquele dia era apenas um borrão. Lembro-me, sim, do meu irmão me abraçando desesperado, e da presença de Patrick, como um anjo negro, talvez por causa de seu traje de surfista.

— Desculpa... não me lembro.

— Tudo bem. Venha aqui... Vamos conseguir algo para beber e comer — ele me chamou e pegou minha mão novamente.

Caminhamos até uma mesa onde as comidas estavam dispostas e olhei ao redor. Muitas garotas estavam extremamente à vontade em biquínis minúsculos. Os garotos esbanjavam físicos invejáveis em suas bermudas chiques. Um grupo disperso se arriscava na água, mas era raro ver isso, já que muita gente ia a este tipo de festa apenas para mostrar a grife de suas roupas ou trajes de banho, e não especificamente para entrar na água. *Deus as livre de estragar os cabelos e maquiagens.* Porque era o que eu via. As garotas estavam maquiadas como se estivessem em uma festa ou balada noturna. Cheguei a me ofuscar por duas vezes e percebi, só depois, que se tratava de um brinco de diamante ou brilhante que havia refletido a luz do sol diretamente nos meus olhos.

Quando Patrick colocou o prato nas minhas mãos, percebi que tinha perdido o foco e estava olhando ao redor.

— Desculpa. Me distraí.

— Tudo bem. Olha... vamos escolher aqui o que comer. Daí podemos nos sentar e saio pra buscar algumas bebidas, o que acha? — ofereceu.

— Pode ser. Obrigada.

Definitivamente ele era um fofo.

Servi-me de frios e patês, enquanto Patrick caprichou no prato dele. Ele olhou para mim e deu de ombros.

— Sou um cara em fase de crescimento — justificou.

— Hum-hum.

Achamos um canto de cadeiras estofadas reclináveis e nos sentamos. Uma mesinha ao lado de cada uma permitia posicionar os pratos sem que tivéssemos que manter tudo no colo. O guarda-sol era chique e coisa de outro mundo. Parecia que estávamos em Cancun ou algo assim.

— Você quer algo especial?

— Uma Coca está ótimo, obrigada.

— Eu já volto. E não mexa na minha comida — disse e apontou para o prato enorme.

Fiz um gesto de juramento e ele saiu rindo dali.

Enquanto o aguardava, apenas belisquei as azeitonas que eu tinha me servido. Deixei meus olhos percorrerem o lugar. Embora estivéssemos afastados, ainda podíamos ser vistos e observar as pessoas.

Patrick voltou cerca de dez minutos depois.

— Eu juro que não mexi em nada. Mas aquele sanduíche estranho olhou para mim — brinquei.

— Sério? Vou comê-lo primeiro e averiguar essa informação para saber que história é essa de estar assediando a minha garota — falou, enquanto colocava o copo de Coca na minha mão.

Como virou as costas para se sentar, suspirei aliviada porque ele perdeu meu rosto adquirindo tons de vermelho outra vez. *Ele disse que eu era "a garota dele"? Como assim?*

Comemos em um silêncio tranquilo. Era fácil ficar na companhia de Patrick. Eu não sabia explicar a razão.

— Então, Tillie... Como você tem passado? — ele perguntou.

Okay. Resolvemos deixar de ignorar o elefante branco sentado na sala. Afastei as migalhas da minha blusa e olhei à frente, para o horizonte.

— Estou caminhando muito bem... creio eu.

— Sério?

— Hum-hum.

— Você percebeu que quero conhecê-la melhor? — perguntou, na lata.

Olhei para ele, sem saber o que responder.

— Digamos que temos um passado. Recente, mas temos — ele falou.

Comecei a rir.

— É mesmo?

— É. De alguma forma muito estranha, posso até dizer que já meio que nos beijamos, só não do jeito certo — ele disse, e seus olhos eram tão intensos que praticamente queimavam os meus. Azul límpido que mais pareciam tempestuosos agora.

— O-o q-quê?

— Não sabia?

Acenei a cabeça sem entender.

— Eu fiz respiração boca a boca em você.

Oh. Senti meu corpo inteiro se aquecer.

— Como eu disse, de uma forma torta, eu beijei você. Mas vou esperar a hora certa para que me permita beijá-la da maneira apropriada.

Patrick me olhava com um propósito. Eu não sabia o que dizer àquilo.

Àquela investida óbvia.

— Ahn...

— Não precisa dizer nada. Podemos seguir a trilha dos bons amigos, que tal? Aqueles que acabam evoluindo para algo mais sem nem ao menos perceber...

Minha nossa. Realmente fui pega com as calças abaixadas. O ditado me caiu bem. Não em um sentido literal, mas eu estava meio que congelada e sem saber o que responder. Patrick havia tirado aquela habilidade de mim.

Minha vida estava uma puta bagunça. As emoções, que deveriam ser as que comandavam as decisões para qualquer atitude, estavam tumultuadas desde a morte de Katy, e agora é que eu podia dizer que estavam caminhando, talvez, para um trilho certo.

Será que eu queria aquele tipo de complicação para mim?

Porque venhamos e convenhamos... relacionamentos podem ser benéficos em muitos sentidos. Trazer uma luz abundante e despertar emoções que nunca antes foram exploradas, mas também podiam criar um viés louco e deixar tudo mais complexo do que já estava.

— Você só tem que acenar a cabeça para cima e para baixo — ele disse com um sorriso.

— Isso não seria você induzindo a resposta que quer?

— Exatamente. Minha mãe costuma dizer que sou extremamente sagaz para conseguir o que estou intencionado em conquistar — afirmou e piscou.

Eu nem reparei, mas, naquele pequeno intervalo de conversa, Patrick havia se sentado mais perto e estava bem ao meu lado. Espera... estávamos cada um em sua respectiva cadeira. Agora parecia que ele estava na minha. Invadindo totalmente o meu espaço pessoal...

— É alguma espécie de hipnotismo ou algo assim? — perguntei, à medida que via seu corpo se inclinando contra o meu.

— Não faço ideia do que está falando — respondeu baixinho. Cada vez mais seu rosto se aproximava.

— O que aconteceu com o "ser apenas amigos que depois evoluem para algo sem perceber..."? — perguntei. Eu podia sentir que estava ficando vesga, tentando acompanhar a aproximação da boca sedutora em direção à minha.

— Nem sei porque falei isso. Podemos queimar essa etapa ou encurtar o caminho.

Quando sua boca estava a menos de um centímetro da minha, suspirei encantada com a emoção que sabia que estava por vir...

— Pat!

Um grito interrompeu o momento. Patrick fechou os olhos e inspirou o ar profundamente, como se estivesse buscando paciência. Ele parecia estar puto.

Apenas virou a cabeça, sem afastar-se muito de mim, olhando para a pessoa que havia interrompido e quebrado a magia ocasional daquela preliminar de beijo.

— Natasha...

Oh... uma garota.

— Estávamos procurando você. Marcy e Grey querem saber se não quer fazer parte do time de vôlei de praia, mas parece estar ocupado... — disse e pude sentir o veneno na voz. Mesmo sem vê-la.

— Que bom que viu que estou ocupado, Natasha... então, obrigado. Não vou jogar.

— Tem certeza? — a garota insistiu.

— Absoluta.

Aquela única palavra foi dita entre os dentes.

Quando a garota se afastou, Patrick respirou fundo antes de voltar o rosto para o meu. No olhar havia um pedido mudo de desculpas.

Antes que ele pudesse dizer alguma coisa, eu sorri e disse:

— Está tudo bem, Patrick. Por que você não participa dos jogos com seus amigos e assim fica bom para todos nós?

Ele continuou me encarando com algo que eu não conseguia definir no olhar.

— O que fica bom para mim é estar na sua companhia, não na deles. Convidá-la para vir aqui foi apenas a desculpa perfeita para te chamar para sair — admitiu.

— Sério?

Ele acenou com a cabeça e passou a mão no cabelo, num gesto de irritação.

— Droga...

— Ei, Patrick...

Ele encostou a testa à minha e fechou os olhos.

— Venha... vamos circular por aí antes que mais alguma criatura apareça e estrague o que estava sendo o momento perfeito... — disse, triste.

Segurou minha mão e caminhamos pelas rodinhas de seus amigos.

Não posso dizer que aquele dia foi de todo um desperdício.

Ali eu soube que havia um garoto lindo que sentia uma atração irresistível por mim, segundo suas palavras e a expressão de seu olhar, e, o mais fantástico de tudo... percebi que estava caminhando para voltar a... sentir.

Constatar que eu ainda era normal e podia desfrutar de sentimentos tão simples foi o mais surpreendente.

Podia dizer que me sentia congelada. Anestesiada e incapaz de demonstrar nada mais do que uma parcela de atenção a toda e qualquer coisa que cercasse minha vida, desde que a depressão adentrou meu sistema.

Agora eu podia sentir as fagulhas dos sentimentos me aquecendo outra vez. Como a chama de uma vela derretendo a parafina da estrutura que a sustentava. Eu podia sentir o calor emanar ao redor da estrutura rígida que teci ao redor dos meus sentimentos... e podia sentir-me derretendo. De dentro para fora.

E perceber aquilo era lindo. Mostrava que eu estava viva. Estava inteira. Não estava tão destruída como imaginei. Eu poderia, sim, me reconstruir e voltar a ser alguém que já fui.

Naquele dia fiz o que costumava fazer em companhia de Katy, mas dessa vez acompanhada de um garoto que se esforçava para mostrar, através de pequenos gestos, toques e palavras, que minha companhia era tudo o que ele mais prezava no momento.

Dancei abraçada a ele, à luz da fogueira. Ri do momento em que o namorado de Marcy Jane a levou no ombro para o mar e entrou com roupa e tudo, com ela a tiracolo, estragando seu cabelo e maquiagem.

Pude me divertir com seus amigos, Scott e Dale, permitindo-me apreciar as piadas e trocas de farpas entre os caras, bem como as brincadeiras que mostravam que mantinham uma amizade há anos.

Na hora em que Patrick me levou para casa, eu estava me sentindo mais leve, como há muito tempo não me sentia.

Ele estacionou o Jeep à frente da minha casa, desceu e me ajudou, como um perfeito cavalheiro. Também fez questão de me acompanhar até a porta de casa, dessa vez.

Chegando lá, segurou minhas mãos e deu um beijo em cada uma, antes de dizer:

— Vamos repetir um encontro. Dessa vez sem interrupções, tá bom? Posso te ligar?

— Claro...

— Então... apenas me espere — disse, e beijou minha testa, me puxando em seguida para um abraço longo e cheio de propósito ao demonstrar

Castelo de Sombras

95

que suas intenções eram verdadeiras.

— Okay.

Ele foi andando de costas, com um sorriso no rosto. Quando chegou à porta do carro, acenou e devolvi o cumprimento.

Entrei em casa e recostei-me à porta assim que a fechei.

Coloquei a mão no coração esperando que aquele gesto pudesse acalmar um pouco os batimentos acelerados do órgão que agora teimava em demonstrar que estava mais vivo do que eu supunha.

Capítulo Catorze

Qui nescit orare, pergat ad mare.
Quem anda no mar, aprende a rezar.

PATRICK

A vontade que eu sentia era de sufocar Natasha Pembroke. Bom, não literalmente, claro. Eu apenas queria que ela não existisse na minha vida, simples assim. Porque eu tinha certeza de que aquela víbora dos infernos havia ficado à espreita durante a festa de Marcy para interromper meu momento perfeito com Tillie.

Nunca havia jogado a merda de um jogo de vôlei de praia na vida e Marcy e Grey nunca me convidariam, porque o mínimo que poderiam deduzir era que eu negaria veementemente. Então aquela desculpa esfarrapada foi ridícula e despropositada. Inventada na hora por aquela cretina para atrapalhar o beijo que eu ansiava desde o momento em que tinha visto Tillie mais cedo.

A garota não tinha consciência do encanto próprio. Sequer deve ter se dado conta de que o short que colocou ficou mais sedutor do que os biquínis minúsculos que muitas das garotas ostentavam durante a festa. A simplicidade de seu penteado a tornava o que eu mais queria para mim. Ela não tinha artifícios. Não era superficial.

E eu queria beijá-la. Não a repetição do tocar de lábios, onde tive que respirar por ela, para devolver-lhe o oxigênio necessário. Eu queria o beijo real. Aquele de aquecer as entranhas e fazer ferver tudo ao redor. De queimar os miolos.

Queria deixá-la desfalecida nos meus braços, mas não porque estava afogada e com água nos pulmões, e sim porque um simples beijo meu foi capaz daquilo.

Estacionei o carro na garagem de casa e passei a mão no cabelo, puto pra cacete. Entrei e segui para o meu quarto. Não queria ver ninguém. Nem tomar banho eu queria, para dizer a verdade, embora soubesse que seria o mais correto a se fazer, para retirar o excesso de areia das pernas. Só que eu queria conservar o cheiro doce de Tillie, no instante em que a tive em meus braços, quando a tirei para dançar perto da fogueira. Foi um breve momento, mas ficaria gravado na minha memória por um longo tempo.

Retirei a camisa e fiz o que nunca imaginei fazer: cheirei o tecido para ver se ainda conservava seu perfume. Provavelmente a maresia teria levado todo e qualquer resquício, mas não custava nada. Ah... lá estava... Um cheiro único e sutil. Do momento em que ela apoiou a cabeça no meu peito. Tillie era uma cabeça mais baixa em estatura, mas para mim criava um encaixe perfeito nos meus braços.

O cara que disser que não aproveita o momento em que tem uma garota nos braços, para dançar, para apreciar as curvas e reentrâncias de seu corpo, está mentindo descaradamente. Tillie era macia em todos os lugares. Por vários instantes senti meus dedos formigarem de vontade de deslizar pela pele que estava exposta de seus braços, costas...

Droga. Eu precisava de um banho frio. Tipo... urgente.

No dia seguinte, desci para o café da manhã tardio de todo domingo. Meus pais já estavam à mesa, lendo o jornal, mas não havia sinal de Carrick.

— Bom dia — cumprimentei e abri a geladeira, em busca de leite.

— Bom dia, querido. Como foi a festa ontem? — mamãe perguntou.

— Foi boa — respondi e me sentei, colocando o leite no copo e em seguida me servindo de um pão doce que estava dando sopa por ali.

— E o encontro com Tillie, como foi? — inquiriu.

Ergui a sobrancelha e olhei para ela, assombrado.

— Como a senhora sabe que a levei para um encontro?

Dessa vez minha mãe foi quem ergueu o olhar e as sobrancelhas. A fisionomia mostrava um sorriso de satisfação materno que só elas sabem dar.

— Por favor, Pat. Até hoje não descobriu que sua mãe tem superpoderes? — papai respondeu, sem erguer a cabeça do jornal.

— Estou vendo.

— Sei de tudo o que se passa com meus filhos. Sei, por exemplo, que Carrick está fugindo de mim... — ela disse.

— Por quê?

— Porque o idiota fez o favor de brigar na escola, sexta-feira, e levou uma advertência.

— Uau... e qual foi o motivo da briga? — perguntei com curiosidade.

— Aí já é demais, né, Pat? Não tenho como saber...

— Mas se a senhora tem superpoderes...

— Tá, tudo bem... para detectar nuances e informações que ficam no ar. Além de coisas aleatórias. Outras coisas terão que ser reportadas por vocês, de livre e espontânea vontade, ou pressão.

Comecei a rir e quase me engasguei com o pãozinho que comia.

— Entendi, mãezinha. Tática de coerção para obter informações sigilosas?

— Exatamente... por exemplo, como foi o encontro com a garota, Tillie Bennett?

— Foi ótimo.

— Vai repetir a dose?

— Quanta curiosidade, senhora Griffin — papai ralhou.

— Só estou averiguando as reais intenções do meu filho. Quero saber se ele tem noção de que aquela garota ali não é para brincar ou sacanear...

— Ai, mãe. Eu sei. Relaxa...

— Você teve algumas meninas no currículo por quem não demonstrou a mesma cortesia — mamãe salientou.

— Eu sei. Mas estou querendo crer que estou amadurecendo e que fui educado da melhor forma por vocês. Além do mais, ela é... diferente. Não sei explicar.

— Nem precisa. Eu sei que ela é — mamãe disse, e piscou.

— Ela vai continuar sendo sua paciente?

— Não. Encaminhei para um excelente profissional. Aleguei conflito de interesses — disse, rindo.

— Conflito de interesses?

— É. A partir do momento que banquei a alcoviteira para o meu filho,

Castelo de Sombras

99

o interesse passa a ser de vê-la como um acréscimo ao ninho da família. Isso já vai me permitir ficar ao redor dela, mas não posso ser responsável pela parte de sua saúde mental, sob o risco de ela ficar constrangida — ela informou. — Você já disse que é meu filho?

— Ainda não.

— Está esperando o quê?

— A oportunidade?

— Isso é uma pergunta ou uma resposta?

— Não faço ideia — respondi, mastigando o pão.

— Não fale de boca cheia.

— Desculpa.

Carrick entrou na cozinha naquele momento. Um olho estava inchado e roxo.

— Eita, pelo visto a briga foi feia e você apanhou também — caçoei.

— Meu rosto foi de encontro ao cotovelo do imbecil. Mas foi apenas um momento antes de eu apagá-lo com um chute no saco.

— Uuuuh... — gemi, sentindo a dor do desafeto de Carrick.

— Qual foi o motivo da briga, filho? — papai perguntou.

— O idiota xingou uma garota da sala e ainda teve a ousadia de colar chiclete na cadeira dela. A menina ficou com a saia do uniforme totalmente destruída. Nunca vi uma garota chorar tanto na minha vida — ele falou.

— Minha nossa. É amiga sua? — mamãe perguntou.

— Nunca tivemos amizade, mas a conheço da escola. Fazemos algumas matérias juntos. Mas não ser amigo dela não me faz ser cego ao comportamento ofensivo de Kurt Barnes — ele disse.

Carrick podia ser um pentelho, às vezes, mas eu sentia orgulho em ver como ele partia em defesa de qualquer pessoa que julgava necessitada de sua proteção. Isso o tornava o projeto de homem honrado, a meu ver.

— Bom, está justificado você ter entrado numa briga e ter levado a advertência, mas apenas porque meu filho é um cavalheiro que não permite que as mulheres sejam maltratadas por garotos machistas e imbecis — mamãe disse, passando a mão no rosto inchado. — Está doendo muito?

— Não.

— Ótimo. Uma marca de guerra. Ainda bem que não abriu um talho, ou ficaria uma cicatriz — ela acrescentou.

— Mas eu ficaria mais sexy que o Patrick. Ele não resistiria a isso. Seria um baque na autoestima do pobrezinho. Deus não quis ser tão cruel com meu mano — o idiota zombou.

— Afff... quando sinto uma pontinha de orgulho de você, você me solta uma frase dessa e estraga tudo — falei e joguei um pano de prato na cabeça dele.

Terminamos o café da manhã entre risos e a troca comum de informações familiares.

Depois resolvi pegar minha prancha e seguir para a praia. Mandei uma mensagem para Scott e Dale, combinando o horário.

Quando parei no estacionamento, digitei outra para Tillie.

> Estou nesse momento olhando para o rochedo da agulha e apenas imaginando que ali foi onde a conheci... quer dizer... foi onde tudo começou. Estou preocupado de não conseguir surfar adequadamente hoje, por ficar encarando o exato ponto onde vi seu cabelo voando pela primeira vez, o que atraiu minha atenção de onde eu estava na água... Bom domingo. Espero que esteja pensando em mim, como estou pensando em você. 😉

Apertei a tecla de enviar antes que perdesse a coragem. Quando estava encarando o lugar de onde ela caiu, senti o celular vibrar na minha mão. Um sorriso cobriu meu rosto, de orelha a orelha, provavelmente.

> Poxa, não quero perturbar sua performance para pegar ondas... espero que consiga uma perfeita. Meu domingo está sendo enfadonho. Garanto que o seu está sendo muito mais legal. Mas vou dar o braço a torcer e dizer que já perdi o fio da meada umas três vezes ao tentar resolver as equações de Química, apenas pensando em você... Isso o satisfaz? :)

Eu sorri, mais do que satisfeito. Senti o coração vibrar e aquecer ao mesmo tempo.

> Não classifico mais as ondas perfeitas como algo para pegar no mar, desde alguns dias atrás... Peguei algo muito mais perfeito, então o padrão subiu. Pobres ondas... nem chegam aos pés do que eu realmente gostaria de ~~pegar nesse exato instante~~... risque isso.
>
> Mentira. Não risque. . Fico feliz em saber que estou atrapalhando sua concentração... Um beijo, Tillie. Sem ser boca a boca. E sem ser interrompido, dessa vez. Vai ser mais do que o suficiente para perturbar seu juízo, porque somente o desejo em partilhar isso com você... já que tem perturbado o meu...

É. Definitivamente... eu estava brega.
Observei as bolinhas se mexendo e um simples emoji surgiu na tela. Comecei a rir.

Devolvi com outro...

Eu podia imaginá-la naquele momento, com o rosto corado de puro embaraço. Ela era muito fofa. Sua óbvia timidez, associada com os momentos em que conseguia responder e argumentar à altura das minhas tiradas, a tornavam única. E olha que ainda não tínhamos nos conhecido profundamente, mas era como se eu a conhecesse há séculos.

Como não houve mais nenhuma troca de mensagens, guardei o celular no porta-luvas e tirei a bermuda, pegando o traje de neoprene assim que vi o carro de Scott estacionar ao lado, com Dale no banco do carona.

Vesti rapidamente e retirei a prancha do suporte do teto do meu Jeep.

Esperei que os bundões vestissem suas roupas e, enquanto isso, passei o protetor no rosto. Eu podia ser um cara, nem estar ligado nessas coisas de beleza e tals, mas me cuidava para não ter câncer de pele, né?

— E aí, mano? — Scott começou enquanto vestia sua roupa. Eu já sabia que vinha merda. — É gata a sua mina, hein?

Revirei os olhos.

— Ainda bem que você usou o pronome certo, né? — caçoei.

— Qual? — Dale entrou na história.

Scott riu e deu um tapa na cabeça dele.

— Não viu que ele está literalmente todo possessivo? Pronome possessivo, seu burro. *Sua* mina.

— Ah, porra... Estamos em pleno domingo e vocês querem estudar pronomes? Vão à merda, gente.

Quando os dois estavam prontos e já com as pranchas debaixo dos braços, fomos correndo para a areia. Na beira, puxei a corda do zíper do traje, às costas, fechando o macacão; amarrei a tornozeleira da prancha e gritei:

— O último que chegar beija a bunda do professor Rasmussen!

Isso fez com que os manés acelerassem os passos para se jogar na água, remando rumo ao trecho onde poderíamos pegar as ondas antes da arrebentação.

Surfar era simplesmente maravilhoso. Era uma sensação boa demais, primeiro ficar à deriva esperando o momento perfeito, e depois, ver a onda, ou o prenúncio do que você imaginava, em sua mente, como um tubo fenomenal se formando, vindo em sua direção.

Então você tinha que lutar contra o efeito da gravidade e tentar se manter de pé na prancha em movimento, com uma inclinação adequada que fizesse com que ela cortasse a onda, deslizando. Inclina para cá, para lá, mantém o alinhamento de forma que a prancha não fure a onda e te leve para o fundo e pronto. Você está surfando.

Guiando seu corpo contra o inimaginável. Dobrando a força das águas... Fazendo dela seu playground.

Uma coisa que todo surfista que se preza tem é um profundo respeito pela mãe natureza. Saber que a água é quem manda ali. Somos apenas um elemento microscópico que tenta se mesclar à sua magnitude para bailarmos junto às moléculas fantásticas que transformam as ondas em majestades do mar.

Falamos em domar as ondas, mas são elas que nos regem. E eu amava tentar me tornar um elemento único com o mar. Era o momento em que me sentia livre. Alguns homens curtiam voar. Desafiar a gravidade e flutuar contra os ventos. Eu podia fazer aquilo quando uma manobra aérea me levava para o alto e eu tinha que aterrissar numa curvatura perfeita para continuar deslizando como se estivesse patinando em uma pista compacta ao meu espaço pessoal.

Depois de quase três horas entre remadas, ondas, caldos e risos, resolvemos que o domingo havia sido proveitoso e já tinha dado por aquele dia.

Eu, Scott e Dale demos nosso sagrado compromisso por encerrado e cada um seguiu para suas casas.

Eu fui, mas pensando na garota que estava me tirando o foco há um tempo...

Capítulo Quinze

Sub nive quod tegitur, dum nix perit, omne videtur.
Não há segredo que, tarde ou cedo, não seja descoberto.

TILLIE

Patrick cumpriu o prometido. Durante toda a semana, a cada momento do dia, ele enviava mensagens espontâneas, com assuntos nada a ver, ou simplesmente perguntando como eu estava.

Não podia negar que ficava aguardando o momento em que meu celular vibraria anunciando a chegada de uma nova mensagem.

As aulas passavam rapidamente, e talvez possa até ser efeito do remédio que eu estava fazendo uso, mas já não levava a vida como se houvesse um peso nas minhas costas, não acordava com a sensação de que queria continuar a dormir, porque, no estado do meu sono, eu não precisaria enfrentar absolutamente nada.

Não. Agora estava bem-disposta para quase tudo. Até faxinar meu quarto entrou na lista de tarefas que consegui desempenhar. O que mais surpreendeu meus pais talvez tenha sido eu sair para caminhar, duas vezes naquela semana, logo depois que cheguei da escola.

Era como se eu estivesse com energia acumulada dos dias em que a retive e guardei em algum compartimento secreto dentro de mim. Agora ela estava livre e precisava extravasar ou eu corria o risco de explodir.

— Ei, você vai fazer o trabalho de Inglês sozinha? — Mark perguntou, repentinamente.

Olhei para o lado e me surpreendi com sua abordagem. Há tempos que ele não se aproximava. Desde quando Katy havia se afastado. Mark sempre fez parte da turma dos mais populares da escola.

— Provavelmente, por quê?

— Queria saber se está a fim de fazer em dupla comigo...

O quê? Mas por quê? Aquelas perguntas fiz internamente. Acho que o choque ficou registrado no meu rosto, porque ele passou a mão no cabelo e suspirou, respondendo:

— Olha, sei que fui um babaca. Na verdade, muita gente aqui na escola foi. Sabrina orquestrou para que todos a isolassem, e como você e Katy já não mantinham a amizade, todos acabaram entrando na onda.

— Tudo bem, Mark. Não precisa me explicar nada — falei e comecei a reunir minhas coisas.

— Ei, Tillie — ele disse e segurou minha mão. — Por favor... é só um trabalho.

— Olha, vamos fazer assim... — Minha vontade era dizer um sonoro NÃO, mas lembrei-me da doutora Griffin. A mudança tinha que começar em mim... — Tudo bem. Esse trabalho, okay? Apenas isso.

— Beleza. Podemos nos reunir na sua casa ou na minha. O que acha?

— Pode ser na biblioteca também — tentei argumentar.

— Bom... Okay.

— Amanhã, pode ser? — O trabalho seria para a próxima segunda-feira. O dia seguinte era uma quinta, então daria tempo de ajeitar e cada um fazer sua parte em casa. Assim não precisaríamos de muitos encontros nem nada.

— Onde?

— Na Biblioteca Central. Acho que lá teremos os títulos necessários para o trabalho.

— Tudo bem. Valeu, Tillie — disse, e apertou minha mão.

Nós nos separamos e cada um seguiu para sua respectiva aula. Quando o sinal bateu alertando que o último tempo havia encerrado, saí do prédio, conferindo que uma mensagem havia acabado de chegar.

> Sua aula acabou?

Sorri e sacudi a cabeça em descrença. Que pergunta providencial...

> Sim. Graças a Deus e aos relógios que marcam as horas com pontualidade.

Castelo de Sombras

105

> Então olhe para frente...

Eu sabia que andar mexendo no celular era perigoso. O risco de acidente era grande, como despencar da escadaria, cair numa fonte, trombar com outra pessoa.

Só não sabia que ao erguer a cabeça e deparar com Patrick recostado contra a lateral de seu Jeep, numa pose despretensiosa, com os braços cruzados, como se estivesse me aguardando, fosse me fazer tropeçar e quase voar no gramado. Tive que segurar na barra lateral para evitar o mico épico.

Atravessei o gramado tentando evitar que a vermelhidão do meu rosto ficasse mais evidente, mas, pelo riso de Patrick, era provável que eu já devia estar da cor de um tomate maduro.

Droga.

Parei à sua frente.

— Oi — ele disse.

— Oi... — respondi, e inclinei a cabeça. — O que faz aqui?

— Estava passando na vizinhança — respondeu e piscou.

— Hummm — resmunguei e ri. Eu sabia que era mentira.

— Decidi que somente mensagens de texto não são suficientes. Então, vim te pegar para tomarmos um sorvete. O que acha?

— No meio da semana?

— E existem hora e dia certos para tomar sorvete? — questionou com uma cara de espanto.

— É verdade.

— Então, vamos?

— Meu carro está aqui...

— Eu trago você aqui de volta — retrucou.

— Okay.

Patrick deu um sorriso lindo e abriu a porta para mim, ajudando-me a entrar no carro monstruoso no processo.

Quando se instalou atrás do volante, piscou e disse:

— Que os jogos comecem...

Não entendi ao que ele se referia especificamente, mas tive que rir de sua referência óbvia.

Estávamos na segunda bola de sorvete e eu podia jurar que meu estômago estava estufado.

— Então, vamos brincar? — perguntou.

— O quê? — retruquei, rindo. — Brincar de quê?

— De um conhecer o outro com uma pergunta e resposta simples.

— Tá.

— Sorvete ou bolo? — perguntou.

— Poxa... essa é difícil. Mas vou escolher sorvete.

— Eu também. Sabor?

— Chocolate. Sempre.

— Morango. Bom, acho que você percebeu isso, né? — Comecei a rir, porque realmente eu havia notado seu vício pela fruta e pelo sabor. — Filme?

— Comédias românticas e ação.

— Eu gosto de suspense. E ação. — Fez um sinal de *high five* para um cumprimento. Bati a mão com a dele e ganhei um sorriso fofo. — Personagem favorito?

— De livro?

— De super-heróis. Tipo, Batman ou Superman?

— Thor.

— Mas não dei essa opção — ralhou.

Dei de ombros.

— Gosto da mitologia nórdica e toda aquela coisa de Asgard e tal.

— Tudo bem. Escapou por pouco.

— E o seu? — perguntei.

— Capitão América.

— Mas você também não tinha dado essa opção. E isso não é Marvel e os outros dois não são DC?

Patrick arregalou os olhos.

— Meu Deus! Você também é fã de heróis? Casa comigo?

Quase me engasguei com a colherada de sorvete que tinha acabado de enfiar na boca.

— Livro ou seriado? — perguntou. Graças a Deus tinha mudado o foco do assunto.

— Livro. Claro.

— Poxa... E o que vamos fazer com a Netflix?

— O que você gosta de ver?

— Vikings, Stranger Things, House of Cards, Demolidor... Sei lá. Depende do momento.

— Eu não conheço absolutamente nenhuma.

— Tudo bem... — Patrick olhou para cima, como se estivesse falando com os céus: — Senhor, perdoe esta alma, porque ela não sabe o que faz.

Tive que rir. E bati em seu ombro também. Ele era tão bobo.

— Coca-Cola ou Pepsi? Tá. Já sei sua resposta: Coca.

— Acertou. Mas também gosto de Sprite.

— Poxa! Eu também. Adoro Soda limonada, mas é da concorrente da Coca-Cola... Então somos meio que inimigos, né?

— Ninguém é perfeito — brinquei.

— Melhor filme de todos os tempos?

— Titanic? Embora não me conformo que Rose não tenha dado espaço para o Jack naquele pedaço de madeira. Cabia o cara ali, com certeza — falei.

— Poxa, eu também acho. Ela foi uma vadia egoísta. E burra, porque pensa comigo... Se o Jack tivesse deitado na prancha com ela, poderia ter ficado abraçadinho e ter esquentado a criatura, né? Ela não teria ficado com aquela boca roxa — falou e comecei a rir.

— Exatamente! Mas e o seu filme?

— A Saga do Senhor dos Anéis e Tubarão. Então, estou errado na resposta porque não dei um filme só. Desculpa. Não consigo falar só um.

— Tudo bem. Mas me diga... Você ama Tubarão... e surfa? Não tem medo de dar de cara com um desses no mar? — perguntei e senti um arrepio de pavor só em imaginar.

— Naaan... ao menos na nossa costa o risco é mínimo e não há estatística de ataques de tubarões, muito menos o registro de um sequer nos últimos anos. Então, vou manter a fé de que eles se concentrem em outras águas e fiquem longe das minhas.

— Certo.

— Praia ou piscina? — perguntou.

— Praia. Adoro sentir a areia nos pés. — Fiquei encantada com o sorriso que ele deu por conta da minha resposta.

— Monopólio ou Perfil?

— Nenhum dos dois. Gosto daquele jogo que temos que descobrir quem foi o criminoso e com que arma ele matou quem...

— Detetive? Massa! Eu tenho. Podemos jogar algum dia.

Seria interessante.

— Cinema ou parque? — perguntou.

— Depende. Para o quê?

— Para sair comigo num próximo encontro.

Senti o coração batendo acelerado.

— Bom, isso que estamos fazendo aqui já não conta como um encontro? — indaguei, corajosamente.

— Mas quero um com direito a te buscar em casa de novo e nada de pressa para voltar. Um que tenha cara de encontro mesmo e não algo improvisado. — Ele inclinou a cabeça e sem que eu me desse conta, passou o polegar no canto da minha boca. Só depois percebi que deve ter limpado algum resquício de sorvete. Que mico.

— Tudo bem... então... escolho o parque.

— Tem medo do escurinho do cinema na minha companhia? — perguntou, e deu um sorriso sem-vergonha.

— Nãooo...

— Então vamos de parque. Tem o parque Glenwood que está instalado perto das docas. Podemos ir até lá na sexta. Que tal?

Sexta-feira. Dali a dois dias...

— Tudo bem.

— Certo. Acertado esse detalhe, vamos a outro...

— Tem mais? — perguntei engolindo o nó da garganta.

— Sim, tem. Porque não quero que pareça que foi algo premeditado, vou fazer questão de falar agora, antes que pareça pior mais à frente...

Nossa... pelo tom sério, achei que realmente o assunto era intenso.

— Você nunca perguntou meu sobrenome.

Franzi as sobrancelhas sem entender onde ele queria chegar. O que aquilo tinha a ver?

— Ahn... tudo bem? Qual é o seu sobrenome?

— Patrick Ian Griffin — respondeu. Meu cérebro levou cinco segundos para computar as informações. Griffin. A mãe dele trabalhava na clínica onde fiquei internada.

Oh. Meu. Deus.

Afastei a cadeira com o intuito de me levantar, sentindo uma súbita onda de vergonha.

— Antes que você queira sair correndo, como parece ser o que quer fazer nesse exato momento, deixe-me dizer o que aconteceu, okay?

Acenei com a cabeça e esperei.

— Nem eu ou minha mãe sabíamos da história um do outro. Ela não soube, especificamente, a quem eu tinha resgatado do mar naquele dia. E somente dois dias depois, quando ela comentou em casa, e um dos meus amigos fez uma alusão ao fato de eu ir para a praia porque estava na esperança de vê-la de novo, foi que ela deduziu que a garota que estava sendo tratada na clínica era a mesma que eu tinha resgatado, ou seja, você.

Eu ouvia atentamente. Podia ver que Patrick estava nervoso. Ele passava as mãos constantemente no cabelo.

— Minha mãe não abriu absolutamente nada pra mim, digo, da sua vida, pode acreditar nisso. Ela só me disse que você estava lá e eu... eu fui te ver. Porque queria. Porque precisava saber como você estava...

Eu não sabia processar as informações que ele estava me dizendo. Acho que meu silêncio prolongado disse mais do que o que eu queria e ele interpretou errado. Ouvi o suspiro abatido e o som da cadeira arrastando.

— Venha... Vou deixá-la para pegar seu carro. Também não quero que volte para casa, sozinha, muito tarde — disse de forma gentil e agora mais retraída.

Saímos da sorveteria e seguimos o mesmo protocolo de sempre. Patrick abriu a porta para mim, me ajudou a entrar e deu a volta no carro, cabisbaixo.

Quando colocou o carro em movimento, falou novamente:

— Olha, não quis te aborrecer, tá? Só achei que tinha que saber. Uma hora ou outra você acabaria tomando conhecimento de que minha mãe foi a sua médica na Life Price.

Continuei olhando para fora pela janela. Até criar coragem e poder falar o que queria.

— Sei que não tem nada a ver eu estar chateada, nem nada — disse, calmamente. — É só que... é tão constrangedor...

Senti a mão de Patrick segurar a minha, que estava sobre a coxa.

— Você não tem que ter vergonha de absolutamente nada, Tillie. Não consigo entender a dinâmica dos seus sentimentos, ou o porquê de estar tão grilada com o que os outros pensam, mas... porra... não precisa se preocupar com esse tipo de coisas que só servem para te atormentar.

— Patrick, você não entende! É algo como... não me sentir normal. Em momento algum. Sinto-me diferente da maioria das outras garotas da minha idade. Eu me sinto anormal... e... você sendo exatamente o filho da médica que está cuidando do transtorno que me atormenta... é meio perturbador.

— Por quê? Tillie, eu não vejo nada de anormal em você. Nada! Não sei por que resolveu se rotular como algo que você não é! — ele disse, enfaticamente. — Olha... eu não te conheço há muito tempo, mas o pouco que já vi me mostra uma garota fantástica que simplesmente despertou o imenso desejo de querer conhecê-la mais a fundo, porque você é... *muito* envolvente e corajosa. E daí que esteja fazendo um tratamento psíquico? Psiquiátrico? Qualquer merda dessas?

— Patrick, estou tendo que tomar remédio para regular isso aqui! — exclamei, batendo o dedo na testa e me lembrei imediatamente da garota April, da clínica. Afastei a mão da cabeça como se tivesse sido queimada.

— E daí? Meu Deus! Quantas pessoas tomam remédio para outras coisas? Eu tomei anti-inflamatórios por um tempão quando tive uma lesão no ombro, meses atrás, por conta do beisebol. Carrick, meu irmão, vive tomando antibióticos, porque sempre tem infecções de garganta. Além de tudo, ele usa bombinha broncodilatadora porque tem asma. E daí? Minha mãe usa remédio para enxaqueca. Aposto que alguém da sua família toma algum medicamento para algum mal.

Bom, meu pai tomava remédio para pressão.

— Eu não sei... é diferente.

— Será diferente só se você quiser que seja. Ou se você fizer disso uma grande coisa. Olha... taca um foda-se e pronto. Você não deve satisfações a ninguém, tem apenas que se concentrar em melhorar. Se está tendo que usar algum remédio, é porque, no mínimo, minha mãe viu necessidade para isso.

Abaixei a cabeça, sem-graça.

Ele apertou minha mão. Vi que havíamos chegado ao estacionamento da escola.

Patrick se virou para mim e me encarou.

— Tem um monte de adolescentes e pessoas morrendo porque se recusam a se tratar por causa de preconceitos bobos, Tillie. Que são apenas isso. *Pré*-conceitos de algo que acham que a sociedade vai ditar. Do que as pessoas vão dizer. Você pode ser muito mais forte do que eles. Só em estar fazendo tratamento, já mostra que quer sair de qualquer lugar escuro onde entrou. Significa que não aceita viver sendo escrava do que quer que a sua mente tenha programado para você.

Olhei assombrada para ele.

— Você é bem filho da Dra. Griffin mesmo, não é? — falei, e dediquei-lhe um sorriso tímido.

— E tenho muito orgulho disso. Ser um filho da mãe — caçoou e piscou.

Eu ri da cara que ele fez.

Patrick segurou minhas mãos entre as suas. Afagou-as com seus polegares.

Castelo de Sombras

111

— Você precisa de um exército ao seu lado para sair de onde está?

— Eu tenho depressão, segundo sua mãe, Patrick. O meu tratamento está sendo todo específico para isso.

— Então... você precisa de uma guarda armada para te ajudar a enfrentar essa filha da puta, certo? Você tem o remédio, que é uma muleta para ajudar algo aí dentro do seu corpo. Você tem o médico, que te dá o suporte adequado para controlar qualquer episódio. E você pode ter os seus amigos ao redor.

Mal sabia ele que eu não os tinha assim em abundância como achava.

— E estou me oferecendo para ser um dos que vai caminhar ao seu lado.

— Por quê?

— Por quê, o quê?

— Por que isso? Você pode muito bem se envolver com outras garotas muito mais equilibradas, que não caem de rochedos e acabam internadas como se fossem suicidas em potencial. Que não passaram dias enfiadas no quarto, sem querer sequer tomar banho, ou comer. Você pode ter uma garota tão intensa quanto você...

Ele segurou meu rosto e aproximou do seu, encostando o nariz ao meu.

— Mas é aí que está, Tillie. Eu não quero essas garotas. Eu quero aquela que mergulhou de cabeça no mar. Quero aquela que estava sentada em um jardim na clínica que minha mãe administra, com um fone de ouvido, olhando para as carpas como se elas fossem objetos preciosos do saber. Quero a garota complicada para descomplicar com um simples beijo. Quero a garota espertinha que sei que tem aí dentro. Essa é a garota que eu quero.

Nossa. Ele podia ser bem persuasivo quando queria.

— Eu quero a garota que tem atormentado meus dias desde o momento em que a conheci. A mesma que está bem aqui na minha frente.

— Oh...

— E eu quero saber se posso beijar você...

— Você não disse que teoricamente já nos beijamos quando fez a manobra de RCP em mim? — perguntei baixinho.

— Ali eu estava focado em fazê-la voltar à vida, então não me concentrei direito nos seus lábios. Quero a chance de fazer isso agora, sem interrupções. — Ao dizer aquilo, Patrick olhou para todos os lados pelos vidros do carro. Fiz o mesmo, conferindo se havia alguém do lá fora no estacionamento que pudesse atrapalhar o que quer que fosse rolar ali dentro.

— Tudo bem.

— Tudo bem o quê? — perguntou.

— Você pode me beijar.

— Achei que nunca ia dizer isso — ele disse, e abaixou os lábios suaves contra os meus. E foi como se uma explosão tivesse sido acionada de dentro para fora do meu corpo.

Patrick beijava de maneira reverente, como se eu fosse um bem precioso, que estivesse prestes a quebrar. Eu precisava mostrar que não era tão frágil quanto ele supunha. Então fiz o inimaginável. Enlacei seu pescoço no espaço ínfimo do carro, fazendo com que nossos corpos ficassem mais grudados e ele pudesse aprofundar o beijo.

Eu queria arder em chamas quentes e suaves. Sabia que uma coisa era o oposto da outra, mas era assim que me sentia. Como se estivesse em uma transição da Tillie mais inocente para a mais arrojada e selvagem.

Ouvi o rosnado de Patrick contra a minha boca e imaginei que estava fazendo algo certo. Uma de suas mãos segurou um punhado do meu cabelo enquanto a outra apertou a base da minha coluna contra seu peito forte. No espaço apertado do carro era impossível ter qualquer conforto e é óbvio que bati um joelho no painel, mas quem ligava para isso?

Minha nossa... eu já tinha sido beijada antes, mas não com aquela intensidade e frisson todo.

Acho que somente quando ambos tivemos que recuperar o fôlego foi que afastamos nossos lábios. Mantive meus olhos fechados, com medo de abrir e ter corações no lugar das pupilas, tal qual aquele emoji apaixonado.

Senti um beijo na ponta do nariz e só aí criei coragem para encará-lo.

— Bom, isso é o que eu chamo de um baita beijo — disse, com um sorriso.

— Você acha que se tivesse me dado um desses no dia que me afoguei e me tirou do mar, eu poderia ter ressuscitado? — perguntei, e comecei a rir com a gargalhada que ele deu. Patrick afundou o rosto na curva do meu pescoço e eu podia sentir as vibrações de seu riso contra minha pele.

— Eu não sei se te acordaria, mas que chocaria geral, com certeza isso faria — admitiu ainda rindo.

— Não ia parecer aquela cena clássica do casal rolando na areia e a água do mar batendo contra eles enquanto trocam um beijaço?

As gargalhadas continuaram.

— Não... porque você estava apagada e nem um pouco cooperativa. E eu não estava com uma sunga estilosa como o ator famoso do filme preto e branco. Estava de neoprene. Mas poderíamos dizer que era uma versão moderna total... Quando você estiver acordada e não vomitar as tripas e a água do mar que não devia ter bebido, podemos dramatizar essa cena, que tal? — perguntou e levantou o rosto, encarando-me.

— Eca... Eu vomitei?

— Bom, era água. Não reparei se saíram algas ou peixinhos no processo, mas a água que consumiu... saiu toda.

— Que nojo.

— O importante é que fiquei com a garota no final — disse, encarando-me.

— Oh...

— Isso mesmo. Oh... bom... antes que alguém apareça para checar porque os vidros estão embaçados — conferi e estavam começando a ficar —, melhor levá-la até seu carro. Qual é?

— Estou com o Mustang do meu irmão. Aquele ali — disse e apontei para o carro de Hunter.

Estava perto, mas Patrick insistiu em colocar o carro em movimento e estacionar bem ao lado.

— Sério. Não precisa descer para me ajudar... — Tentei fazer com que ele se mantivesse no volante. Ganhei apenas um bufo.

Patrick abriu a porta e dessa vez quando me tirou do carro, me pegou pela cintura e, ao depositar-me no chão, deixou que meu corpo escorregasse suavemente pelo dele. Senti o arrepio deslizar pela minha pele.

Afastei-me dele devagar e abri a porta do carro, mas ele ainda conseguiu prender meu corpo contra a lateral e a porta aberta, antes que eu entrasse.

— Sexta-feira às cinco... está bom pra você? Dá tempo de sair da escola e chegar em casa, certo?

— Hum-hum.

— Ótimo — disse e abaixou o rosto para me beijar de novo.

Quando estava evoluindo para mais um beijo abrasador, ele se afastou como se tivesse sido queimado.

— Bom, deixa eu ir, antes que não saia daqui de jeito nenhum e nem deixe você sair.

Patrick retrocedeu de costas, com um sorriso. Da mesma forma que fez no sábado quando saímos pela primeira vez.

Acenei com um sorriso em resposta e nos despedimos ali.

Capítulo Dezesseis

Qui non zelat, non amat.
Quem tem amor, tem ciúme.

PATRICK

— Ei, cara. Sabe que temos a porra do trabalho do professor Rasmussen, não é? — Dale perguntou, comendo o sanduíche de peito de peru com nenhuma elegância.

— Hummm.

— Nem adianta conversar com ele. Nosso amado Pat está desconfigurado hoje — Scott caçoou.

— Desconfigurado? — perguntei rindo.

— É. Parece a merda de um computador bugado precisando de atualização constante. Quando menos esperamos, entra em modo de hibernação.

— Deixa de ser bundão. Não estou assim — falei.

— Está. Completamente aéreo. Dale te pediu dinheiro agora há pouco e você falou "beleza". Quando na vida você falaria isso?

— Nunca neguei grana para nenhum de vocês, seus idiotas — respondi.

— Porra, claro que não, mas Dale pediu 20 mil dólares — Scott disse rindo.

Cuspi o suco que estava tomando.

— Relaxa, *bro*, eu estava te zoando. Não vou cobrar esse empréstimo. Hoje — Dale retrucou, gargalhando.

— Vocês dois são muito bestas.

— Obrigado, mano. Também amamos você pacas — Scott disse. — Mas vamos lá. Depois da aula, podemos ir até a Biblioteca Central, o que acha? O professor Rasmussen disse que quer o trabalho com referências bibliográficas específicas.

— E por que não podemos pegar isso na internet? — perguntei.

— Porque ele vai sacar na hora, *bro*. Vamos lá. Você nem precisa de nota, mas eu e Dale, sim. Então colabore e nos dê uma ajuda substancial, okay? Ainda tem aquela porcaria de ensaio para o fim do mês, então, eu e Dale estamos tensos.

Dale olhou para Scott e ergueu a sobrancelha.

— Tenso? Quem disse que estou nesse estado físico e mental debilitante?

Scott deu um tapa na cabeça do mané.

— Me ajude a convencer o Pat, seu burro.

O tapado se virou para mim, fazendo o olhar do Gato de Botas do maldito Shrek e disse:

— Pelo amor de Deus, Pat... Isso é um verdadeiro S.O.S, mano. *Save Our Souls...*

— Tá. Beleza. Mas só porque não temos treino hoje. E só posso ir hoje, amanhã tenho compromisso — falei. Porém não queria dizer o quê.

— Uuuh... isso está cheirando a encontro com a gatinha do final de semana — Dale caçoou.

— Cala a boca — ralhei.

Terminamos a refeição e esperamos o sinal bater para que voltássemos para as duas últimas aulas. Minha cabeça não parava de pensar, realmente, em Tillie. A garota estava revirando meus miolos e transformando-os em geleia.

Quando a última aula acabou, e percebi que mal tinha registrado a matéria, ou merda, nem conseguia me lembrar que professor havia dado a disciplina, percebi que o caso era grave.

Scott e Dale seguiram juntos comigo para o meu carro.

— Vamos todos juntos? — perguntei.

— Melhor, não? Depois você nos deixa aqui ou pegamos um Uber e voltamos para buscar nossos carros — Scott respondeu. Dale estava concentrado em mexer no celular.

— Pare de olhar esse telefone, seu tapado, e preste atenção.

— Estou marcando um encontro com Lilly Carlton amanhã, então, por favor... não me interrompam. Meu investimento tem que render — Dale respondeu.

— Investimento? — perguntei rindo.

— Claro. Tempo dedicado a enviar mensagens, alguns bombons, fora dois ingressos para o cinema que comprei na esperança de ela aceitar, por fim, meu convite. Espero faturar ao menos um avanço para a segunda base. Se chegar ao *home run*[3], já será um bônus.

— Você é muito idiota mesmo — falei, enquanto colocava o carro em movimento.

Chegamos à Biblioteca Central, o prédio monstruoso da cidade, em dez minutos. Estacionei o carro e seguimos até a entrada. Eu não gostava muito daquele ambiente. Achava tudo muito silencioso e fúnebre. Sei lá.

Passamos pela recepcionista e subimos à área específica onde acharíamos os livros para o trabalho de Inglês. Droga. Eu odiava pesquisar naqueles livros. Primeiro, porque nunca encontrava nada naquelas prateleiras, mesmo os livros estando na minha cara. Segundo, porque eu sempre espirrava em algum momento.

Entramos na ala azul, que a bibliotecária indicou ser a apropriada para o fim que precisávamos. As mesas estavam abarrotadas de alunos aplicados. Provavelmente todos haviam tido a mesma ideia, ou os professores estavam sacaneando geral para o final do semestre colocando trabalhos com exigências monstruosas.

Estava quase me sentando quando levei um cutucão nada singelo nas costas.

— Ai, porra! — sussurrei para Dale, o imbecil. — Por que quase furou meu rim com seu indicador, seu merda?

— Aquela ali não é a sua garota do salto de penhascos?

Olhei ao redor na direção onde Dale apontava e a vi sentada com um cara, com as cabeças encostadas e concentrados no que estavam fazendo. Aparentemente, um trabalho de dupla.

---

3 Home run é uma rebatida na qual o rebatedor é capaz de circular todas as bases, terminando na casa base e anotando uma corrida, com nenhum erro cometido pelo time defensivo na jogada que resultou no batedor-corredor avançando bases extras.

Oh, uau. Fale em fisgada pontiaguda de ciúmes que brotou lá dentro do meu corpo. Sempre fui desapegado desse sentimento. Mas por mais incrível que pudesse parecer, era o mesmo que estava me beliscando naquele exato instante.

— É ela mesmo.

Decidi sentar-me à mesa, distante, sem me fazer anunciar, para não atrapalhar o que quer que estivessem fazendo.

Scott já tinha ido à busca do Santo "livro" Graal. Evitei olhar na direção de onde Tillie estava sentada conversando intimamente com o panaca. Porra... estava sendo injusto, pois nem sabia se o cara que estava lá era um panaca, certo? E mais, ela estava em um ambiente totalmente escolar, não é? Remetia a estudo e tal. Nada a ver com encontro furtivo e essas coisas.

Por mais que tentasse, não conseguia. Meus olhos pareciam ser atraídos para o ponto exato onde ela estava sentada. Levei dois cutucões de Dale que quase me fizeram dar um tapa em sua cabeça em pagamento pela indiscrição.

Scott sentou-se ao meu lado, obstruindo minha visão, mas ainda assim, eu disfarçava e chegava o corpo ora para frente, ora para trás, para olhar o mais discretamente possível na direção dela.

— Mano, você está prestando atenção ao que estamos falando? — Scott ralhou em um sussurro irritado.

— Claro que não, seu burro. Não está vendo que a atenção dele está em outro lugar? — Dale retaliou.

Lancei um olhar enfurecido e arrematei com o dedo médio. Dale apenas riu. Idiota.

— E posso saber em quê?

— Na garota-sereia dele — Dale respondeu.

— Cala a boca, Dale.

Escutamos um coro súbito de "shhhhh" e ignoramos solenemente.

— Cadê? — Scott perguntou e olhou ao redor sem nenhum tato. — Aaah... entendi agora.

Quando voltou o rosto para mim, estava com o sorrisinho estúpido de quem conhecia o mal que me afligia no momento. Minha vontade era fazê-lo comer página por página daquele livro maldito que cheirava a poeira.

— Okay, idiota. Por que não vai até lá, diz um oi e volta para finalizar o trabalho? Acho que se você fizer vai sossegar a mente, que tal? — orientou.

— Claro que não. Ela está fazendo... algum trabalho. Estudando, sei lá.

— E daí? Vocês não estão tipo... se conhecendo? Se pegando? Sei lá?

— Fica quieto, Scott — falei, entredentes. — Vocês não têm nada a ver com isso, então não se metam, porra.

— Uau... só queremos ajudar você, mano. É bem óbvio seu estado de agitação aqui. Está trazendo energias negativas ao recinto. — Dale fingiu um arrepio ao dizer aquilo.

— Juro que tem hora que me pergunto por que ainda continuo sendo amigo de vocês...

— Porque somos muito fodas, seu burro — Dale respondeu e Scott bateu o punho em cumprimento com o idiota.

Resolvi ignorar a encheção de saco dos dois e peguei o livro, conferindo a minha parte do trabalho. Forcei o cérebro a concentrar na tarefa à qual havíamos nos proposto.

Depois de quarenta minutos, entre olhadelas fugazes, Scott espreguiçou o corpo e disse:

— Cara, eu preciso ir ao banheiro mijar. Minha bexiga parece que vai explodir. — O imbecil não tinha um pingo de educação. Pelo menos três outras pessoas ao redor ouviram o que ia fazer.

— Eu preciso encostar a cabeça na mesa e tirar um cochilo. Acho que meu cérebro fritou — Dale disse e coçou os cachos.

Com os dois idiotas fazendo exatamente aquilo, fiquei livre para fazer o que senti vontade desde o início, assim que o plano tomou forma quando detectei a presença de Tillie no mesmo espaço que eu.

Peguei o celular e digitei a mensagem:

> Gostei muito dessa blusa. Combina com você. E o seu cabelo desse jeito fica muito sexy também. Se eu falar que tenho vontade de beijar o seu pescoço, vou parecer de alguma forma um tarado repulsivo?

Observei atentamente para ver se ela perceberia o recebimento da mensagem no aparelho. Vi quando olhou para o canto da mesa e levantou o iPhone, lendo o que estava escrito longe dos olhos curiosos do colega panaca.

Tillie colocou uma mão no rosto, o que só poderia indicar que havia ficado envergonhada e sentia a pele quente, e ergueu a cabeça. Olhou para todos os lados, até que nossos olhares se conectaram. Um sorriso tímido tomou forma e ela acenou discretamente, ao longe.

Toquei a ponta dos dedos na testa, em uma espécie de cumprimento/ continência, devolvendo o sorriso, mas de forma mais eloquente. Eu não era nada tímida. Então por que fingiria algo que não era?

Mantive os olhos nela, até ver que digitava algo. Em poucos segundos, recebi uma mensagem de retorno.

> Há quanto tempo está aí?

Pensei no que responder.

> Sei lá. Uma hora, talvez... Mas não respondeu à minha pergunta... Acharia que sou um tarado repulsivo? Perdi completamente a noção do que vim fazer, de que matéria deveria estudar ou fazer um trabalho... desde quando percebi que estava aqui.

Admiti, sem vergonha alguma.

> Oh... e isso foi quando? Digo, quando percebeu que eu estava aqui? E respondendo sua pergunta: eu não o acharia um tarado repulsivo, mas tenho que confessar que sinto cócegas no pescoço. :)

Comecei a rir baixinho e cobri o rosto com a mão.

> Então... Percebi que você estava aqui há... uma hora. Logo, não fui nem um pouco produtivo.
> Mas fico feliz por você, já que não te distraí.

Ela olhou para mim com os olhos arregalados. Deu uma resposta para o amigo ao lado e voltou a digitar.

> Essa não foi minha intenção. Juro. Mas, por que não falou comigo assim que me viu?

Cocei a cabeça e pensei no que responder. Como poderia admitir que não fui de imediato, porque estava com ciúmes do mané que está ao lado dela? É óbvio que, se ela estivesse sozinha, eu nem ao menos precisaria pensar duas vezes. O lugar onde me sentaria para fazer o trabalho com Scott e Dale seria o mesmo em que ela estava. Claro que, provavelmente, eu não conseguiria fazer muita coisa, mas... tudo bem.

> **Acredita que não sei a resposta?**

Scott voltou e se sentou ao meu lado, bufando qualquer obscenidade de merda que ignorei por completo. Dale ergueu o rosto e só não havia uma baba escorrendo pelo canto da boca porque o cara já era profissional em dormir nas carteiras do colégio. O rosto, porém, estava amassado e com o formato do título grafado do livro.

Comecei a rir.

— O que foi? — o parvo perguntou.

— Cara, você está com *On the Road*, do Kerouac, impresso na sua bochecha. Para ficar mais ridículo só faltava ser em letras douradinhas como a desse livro capa dura aqui.

Scott puxou o rosto de Dale e disparou a rir também. Peguei meu celular e bati uma foto.

— Isso daria uma foto massa para o *Instagram* — falei. — Será que se o professor vir isso vai valer algum ponto a mais no nosso trabalho? Algo como: "o momento em que o livro realmente ficou impresso em nossa pele".

— Não sei, seu mala — Dale respondeu, rindo.

— Bom, acho que considerando o que fizemos e... não fizemos, dá para cada um finalizar sua parte em casa. O importante é que estamos com o projeto definido — Scott conjecturou.

— É, isso aí.

— Cala a boca, seu palhaço. Sua cabeça nem aqui estava — Scott caçoou.

— Cara, posso ter voado para outro lugar, desejado estar com outra pessoa, mas minha mente brilhante conseguiu armazenar os dados necessários. — Pisquei de forma arrogante.

— Idiota — Dale retrucou. Aqueles dois sabiam que isso era verdade.

— Agora, se me dão licença, preciso dar um oi para a minha garota — falei, e me levantei, pegando a mochila.

— Eu estranharia se você não fosse — Scott falou rindo. — Ah, e não precisa se preocupar com a gente... Eu e Dale damos um jeito de voltar à escola para pegar nossos carros.

— O qu... — Dale começou a resmungar, mas eu já nem estava mais prestando atenção a eles.

Afastei-me dos meus amigos e caminhei lentamente em direção à mesa que Tillie ocupava com o panaca. Coitado, ele havia recebido aquele título de graça, só por estar ao lado dela.

Castelo de Sombras

121

Capítulo Dezessete

Amor caecus.
Paixão cega a razão.

TILLIE

À medida que ele vinha caminhando por entre as fileiras de mesas e estudantes empenhados em absorver todo tipo de conhecimento, meus olhos iam se arregalando. Eu podia sentir as palmas das mãos suando e limpei-as discretamente na calça jeans. Umedeci os lábios que de repente pareciam mais ressecados que o normal. Meus batimentos cardíacos estavam acelerados de maneira preocupante.

— Tillie? — Mark chamou minha atenção ao lado.

— Hã? — Virei a cabeça, desconectando o olhar de Patrick.

— Você ouviu o que falei? — perguntou.

Não, Mark. Não ouvi. Estava prestando atenção ao cara lindo que vem bem ali... Claro que não falei isso para ele.

— Desculpa, Mark. Não ouvi.

— O que acha de terminarmos na minha casa?

O quê? Ele estava louco?

— Ahn, eu acho que não vai dar, Mark. Além do mais, creio que fizemos o trabalho todo, não é? — argumentei.

Naquele momento, Patrick parou bem ao meu lado.

— Vamos lá, Tillie... — Mark insistia.

— Desculpa, mas não. Posso ficar com a parte da digitação.

— Eu ia propor que fôssemos para a minha casa e poderíamos fazer isso lá — falou.

Senti a mão de Patrick sutilmente mexendo no meu cabelo.

Mark percebeu a presença dele naquele instante.

— Desculpa. Humm... Qual o seu nome? Mike? — Patrick perguntou.

— Mark — ele corrigiu.

— Então, Mark, Tillie já tem compromisso agora. Sinto muito. Mas garanto que o trabalho de vocês ficará devidamente digitado e pronto a ser entregue — ele disse.

— Ah, okay. — Mark reuniu suas coisas e ergueu o olhar para Patrick, que permanecia de pé. Alguma espécie de comunicação parecia estar havendo ali. Depois de um aceno rápido em minha direção, saiu.

Peguei os cadernos e guardei na mochila. Antes que conseguisse ficar em pé, Patrick fez o que disse que faria na mensagem de texto: ele abaixou discretamente, por trás de mim e depositou um beijo suave na lateral do meu pescoço. Senti o arrepio deslizar por todos os pelos fininhos dos braços. Levantei da cadeira, mas nem assim ele havia se afastado o suficiente, fazendo com que nossos corpos se roçassem por uma questão óbvia de espaço confinado. Perdi o fôlego por um instante.

— Pronta?

Acenei afirmativamente e sorri quando ele pegou minha mão, atraindo a atenção de todos os outros estudantes que ainda estavam à mesa. Descemos as escadas apressadamente e chegamos ao saguão de frente ao estacionamento. Já devia ser quase seis horas da tarde e uma chuva torrencial tornava o ambiente mais deserto ainda. Ficamos debaixo do alambrado, pensando se corríamos ou não.

— Você veio de carro? — ele perguntou.

— Sim.

Patrick escaneou o ambiente à procura do carro do meu irmão. Quando o detectou, olhou para mim.

— Vou buscar meu Jeep e venho te pegar aqui, o que acha?

Eu não sabia o que pensar, para ser honesta. Ultimamente minha mente não funcionava em uma sintonia que eu reconhecesse. Desde a entrada de Patrick, ela parecia querer fazer coisas que eu não era habituada.

Minha vontade, naquele momento, era correr na chuva. Havia lógica

Castelo de Sombras

123

naquilo? Para uma mente tão racional quanto a minha, não.

— Por quê? — mesmo sabendo qual era a intenção dele, ainda assim perguntei.

— Não quero que se molhe.

— É apenas água, Patrick — respondi com um sorriso.

Na atual conjuntura, todos os elementos da natureza, em sua forma mais intensa, faziam com que eu me sentisse viva.

— Siiiim... mas você pode muito bem chegar sequinha ao seu carro.

— E se eu quiser correr na chuva? — desafiei.

Ele me deu um sorriso atrevido e perguntou:

— Você quer correr na chuva, senhorita Bennett?

— Vai me acompanhar, senhor Griffin? — retruquei.

Patrick ajeitou as alças da própria mochila nas costas, mexeu nas minhas para ver se estava tudo okay e pegou minha mão.

— Pronta?

Engraçado. Ele já havia perguntado isso agora há pouco. Mas parecia que, com Patrick, aquela pequena palavra adquiria uma conotação de algo muito maior. Tinha sabor de aventura. Gosto de emoção.

Acenei e saímos correndo na chuva.

Não contávamos com as poças d'água que encharcaram nossos calçados, muito menos com os risos que nos dominaram.

Patrick acabou fazendo o inesperado. Ao invés de seguir direto para o carro – e naquela altura do campeonato eu nem sabia se era o meu ou o dele –, ele parou no meio do estacionamento e me puxou para os seus braços. E girou o corpo, fazendo com que rodopiássemos como se eu não pesasse nada. Éramos uma bagunça de risos, mochilas e corpos ensopados.

Quando Patrick se acalmou da onda devastadora de impulso juvenil para brincar na chuva, parou e abaixou meu corpo devagar. Segurou meu rosto entre suas mãos frias e olhou por um tempo muito longo para mim.

— Você fica linda quando se permite ser apenas a garota que deveria ser — falou.

Como ele poderia saber daquilo? Patrick havia me conhecido já no meu pior momento. Nunca havia tido contato com a Tillie de antes. Aquela garota despreocupada, de antes de todo o drama que havia se instalado na minha vida. Antes de receber o golpe que nunca esperei.

— Como você poderia saber? — perguntei, baixinho.

— Porque seus olhos podem parecer tristes agora, Tillie, mas, quando você se permite, eles emitem um brilho incrível que é impossível apagar ou esquecer.

Depois de dizer aquilo, Patrick me beijou. Com tanto carinho e cuidado que senti uma gota deslizar pelo meu rosto e pensei até mesmo ser uma lágrima, mas percebi ser nada mais que uma gota de chuva que escorria do meu cabelo.

Meus braços ganharam vida própria e enlaçaram o pescoço dele. Nem reparei que a mochila pesava às minhas costas. Sequer me atentei se outras pessoas poderiam estar se dirigindo para seus carros naquele momento e poderiam nos ver. Não me importei por estar fazendo algo completamente aleatório ao que eu normalmente faria.

Resolvi que romperia aquela barreira e que começaria dali. A Dra. Griffin agia na minha vida de muitas maneiras. De certa forma, ela fora um anjo mais do que salvador. Além de ter cuidado das minhas necessidades no meu momento de desespero, mesmo que eu relutasse em admitir que realmente precisasse de ajuda, ainda me fornecera aquele garoto que vinha em forma de energia para viver tudo aquilo que ela me sugerira fazer.

Beijei Patrick com toda a força do meu ser. Deixei que meus lábios exprimissem o agradecimento por ele estar me mostrando naquele instante que eu ainda valia a pena. Que eu merecia rir, apreciar a chuva, curtir o momento e apenas... viver.

Senti quando meu corpo foi imprensado à lateral de um carro e supus que fosse o dele. Ou assim eu esperava. O abraço de Patrick ficou mais apertado ao meu redor. O beijo se tornou mais intenso e por um instante precisamos respirar. Compartilhamos o fôlego um do outro.

— O que você está fazendo comigo? — perguntou, atordoado.

Ele questionava, mas eu estava mais confusa do que ele, isso era certo. Preferi ficar em silêncio porque não fazia ideia do que responder.

— Meu Deus, Tillie... não consigo pensar direito quando estou perto de você. Não consigo nem mesmo raciocinar quando estou distante. Você preenche meus pensamentos... Noite e dia. — Patrick estava com a testa recostada à minha. Os olhos permaneciam fechados. — Tem noção de como isso é perturbador?

— Nã-ão.

Ele ergueu o rosto e me encarou naquele instante.

— É. Pra caralho. Eu só consigo pensar em você. E sabe o que senti hoje quando vi aquele cara ao seu lado?

Acenei negativamente com a cabeça.

— Que ele era um panaca que estava roubando o lugar que me pertence. O que isso me torna? Eu nunca fui ciumento.

Mais uma vez fiquei sem ter o que responder. Estávamos tendo uma conversa no meio de um estacionamento, à noite, durante a chuva. Por mais que a intensidade estivesse menor agora, ainda assim as gotas caíam numa constante.

— Vou acompanhá-la até a sua casa — falou e passou as mãos pelo meu rosto, afastando a água. — Merda, você está ensopada.

Comecei a rir do disparate.

— Não estou diferente de você, Patrick.

— E se você ficar doente? — perguntou, preocupado.

— Não vai acontecer...

— Como sabe?

— Sei lá. Eu posso chegar em casa e tomar um chá — respondi, dando de ombros.

Seus dedos continuavam as leves carícias, como plumas acariciando minha pele.

— Por que continua me olhando assim? — perguntei. Eu podia sentir meu rosto quente contra a frieza das gotas.

— Porque você é linda.

— Mesmo parecendo um rato molhado?

— Você nunca pareceria um roedor nojento como esse — respondeu, rindo. Beijou minha boca novamente. E mais uma vez. — Meu Deus... se eu não parar, seremos presos.

Comecei a rir.

— É sério. Você está rindo, mas estou sendo muito sério aqui. Olha, nosso encontro está certo para amanhã, não é? Nada de dar uma desculpa esfarrapada de que ficou gripada porque pegou chuva no dia anterior com um cara gostoso e sem noção... — ele disse, e escondi o rosto em seu peito, abafando o riso.

— Sim, Patrick. Está combinado para amanhã.

— Então, eu te pego na sua casa às cinco, pode ser? — confirmou. — Dá tempo de chegar da aula e descansar, não é? E não dá tempo de você desistir.

— Eu não vou desistir, seu bobo.

— Estou contando com isso. Venha. Vou deixá-la no seu carro.

— Está perto. Vou andando.

— Não. Eu a levo.

— Vou molhar todo o estofado.

— E daí? Os bancos já estão acostumados a bundas molhadas. Eu sento a bunda aqui direto quando saio da praia. — Piscou de jeito brincalhão e abriu a porta.

Sentei meio sem jeito, mas aceitei a carona, porque era uma forma de prolongar ao menos em alguns segundos a mais o momento ao lado dele.

Patrick acionou o ar quente, disposto a tentar melhorar meu desconforto e diminuir os tremores que no mínimo podia perceber saindo do meu corpo, mas mal ele sabia que muitos deles eram frutos das sensações do beijo trocado. Do momento vivido.

— Promete que vai chegar em casa e trocar essa roupa molhada imediatamente, entrando logo debaixo das cobertas? — perguntou.

Dei uma risadinha, constrangida, mas acenei afirmativamente com a cabeça.

Ele estacionou ao lado do meu carro.

— É sério. Dessa vez não precisa descer. Eu entro rapidinho e podemos seguir caminho. Não faz sentido você pegar mais chuva só para me acompanhar do lado de fora.

— Mas eu já estou molhado. Que diferença faz?

— A diferença é que agora você está aqui dentro, ligou o ar quente, não precisa sair lá fora de novo. Por favor.

— Tillie...

— Por favor... olha — acionei o alarme do carro de Hunter —, eu vou descer e entrar imediatamente.

— Seu carro tem pelo menos ar quente? — perguntou.

— Sim, *papai*. — Revirei os olhos e comecei a rir.

— Estou falando sério.

— Eu também.

Antes que perdesse a coragem, saí do carro dele, sem nem ao menos dar margem para querer continuar ali, sentindo o cheiro de seu perfume combinado à sua pele molhada.

Entrei no carro e joguei a mochila no banco ao lado, tentando evitar que a chave caísse da minha mão antes que a colocasse na ignição. Ainda estava tremendo. De frio e emoção.

Dei partida e saí do estacionamento, percebendo que Patrick me seguia por todo o caminho. Meus olhos o buscavam mesmo sem querer através do retrovisor.

Quando cheguei à frente da garagem de casa, ele esperou um pouco até que saí correndo e entrei. Somente quando fechei a porta é que foi

Castelo de Sombras

embora.

Respirei fundo, tentando buscar calma e equilíbrio para os sentimentos que assolavam meu peito naquele instante. Minha mente era uma bagunça completa. Então, estaria eu pronta para permitir que meu coração trilhasse um caminho que poderia complicar ainda mais as coisas?

Estava preparada para mergulhar naquele mar revolto e perfurar as ondas, ou meu corpo afundaria completamente inerte ante um sentimento nunca experimentado?

— Tillie? — meu pai chamou, saindo da cozinha.

— Oi, pai — respondi, e abaixei a cabeça, seguindo em direção à escada.

Eu evitava fazer contato visual com meus pais e meus irmãos desde o ocorrido. A vergonha ainda me martirizava em alguns momentos. E naquele instante nem poderia dizer que tinha algo a ver com todo o drama familiar. Eu estava era com vergonha por ser pega no flagra viajando por causa de um garoto.

— Você está toda molhada, minha filha — constatou o óbvio.

— Err, peguei chuva ao sair da biblioteca onde estava fazendo um trabalho, pai — expliquei.

— Quer que eu prepare um chá? — perguntou.

— Não precisa. Vou tomar um banho e depois desço para tomar um leite quente ou algo assim. Obrigada — disse, e comecei a subir as escadas.

— Tillie? — chamou outra vez. Apenas olhei por cima do ombro.

— Sim?

— Estamos orgulhosos do progresso que vem fazendo a cada dia.

Sorri brandamente e acenei a cabeça. Meus pais não faziam ideia dos pensamentos tumultuados que muitas vezes tomavam conta da minha mente.

Não se davam conta das lágrimas derramadas no meu travesseiro, quando eu simplesmente argumentava comigo mesma, num duelo interno, a razão de estar passando por aquilo.

Eu revisitava todas as fases da minha vida, desde os momentos em que era uma criança despreocupada e feliz, sem grandes expectativas ou conflitos. Voltava às lembranças dos risos e brigas com Katy, de nossa amizade construída desde pequenas.

Minha mente chegava ao momento onde eu conseguia me ver definhando em uma onda de tristeza, enfiando-me em uma concha de silêncio triste. Onde eu aguentava tudo calada e deixava transparecer para a família que tudo ia bem. Era como se tivesse o poder de me ver de cima, fora do meu corpo. E era estranho porque eu conseguia visualizar a pessoa destruída, abatida e patética sentada em um canto do quarto, sem firmeza para enfrentar tudo aquilo que a afligia.

Preferi me calar. Viver cercada de mentiras, deixando todos pensarem que minha vida era um mar de rosas. Fingia ter amigas, quando já não tinha nenhuma. Fingia ter uma vida, quando não sentia a presença e nenhuma vontade. E percebi que eu permiti isso. Deixei que a doença se instalasse de maneira sorrateira ao longo dos dias... que se tornaram semanas... meses... quase um ano.

As lágrimas se intensificavam quando a memória chegava até o momento em que recebi a notícia da morte de Katy. O exato instante. O depois. Os dias em que não tinha forças para sequer levantar da cama, não sentia vontade de tomar banho, comer. Eu só queria ser deixada sozinha. Só queria ficar calada, vivendo em um mundo de silêncios preciosos. Onde as vozes que mais falavam eram as da minha cabeça. Achava que, se me calasse e me trancasse, poderia identificar o que minha cabeça estaria querendo sinalizar.

Embora não sentisse a menor vontade de sorrir novamente, porque achava que era injusto que pudesse fazer aquilo e Katy não, eu também sabia que nunca chegaria ao ponto de colocar fim à minha miséria. Entendia que algo não ia bem comigo, mas não sabia a dimensão de tudo aquilo.

E por mais que a Dra. Griffin, e agora o novo médico, Dr. Rogers, dissessem que eu estava no caminho para a minha recuperação, que as pílulas que eu usava seriam mais do que suficientes para me devolverem a habilidade de sentir as coisas com mais intensidade novamente... Ainda assim, havia os momentos em que uma onda vinha com mais força do que o normal e me deixava à deriva.

Era como ser colocado em um bote no mar aberto. O mar podia se agitar em horas inoportunas e, quando você menos esperava, poderia cair ou sentir-se prestes a cair. O remédio era como um colete salva-vidas. Indicando que mesmo que eu caísse, ainda assim flutuaria. Não seria afogada nas ondas do completo desespero.

E naquela analogia tão louca com o oceano, nunca supus que um dos meus suportes fosse um surfista em uma prancha branca e brilhante. Esqueça os príncipes nos cavalos brancos. Patrick havia assumido uma nova concepção de salvador para mim.

Ele estava me salvando dos meus pensamentos sombrios. Depois de

Castelo de Sombras

conhecê-lo, de passar aqueles momentos com ele, eu já não deixava que as dúvidas me assolassem no silêncio da noite. Minha mente não abria espaço para isso, apenas para... ele.

Eu me via suspirando. Acho que nem mesmo por Hayden Clark, minha primeira paixonite no primeiro ano, senti tanta empolgação.

Tinha que me controlar para não desenhar corações nos cadernos. Não procurar por ele em redes sociais. Não suspirar pelos quatro cantos.

Suspirar como estava fazendo naquele exato momento. Percebi que tinha acabado de desenhar um coração no boxe do banheiro. Céus. Eu era patética demais.

Mesmo assim, sorri. Tillie Bennett estava, sim, caminhando para abandonar as torres de seu próprio castelo de sombras.

Capítulo Dezoito

Amor tussisque non celantur.
O amor é como a tosse: impossível ocultar.

PATRICK

Cheguei em casa e desci do carro mais rápido que o Flash Gordon com dor de barriga. O que pode pintar uma imagem hilária, mas mostra o desespero para entrar despercebido.

Estacionei o carro de qualquer forma, pouco me lixando se Carrick ficaria puto por eu obstruir a sagrada descida da rampa para o seu skate.

Entrei na suíte e arranquei as roupas molhadas, com um sorriso estúpido o tempo inteiro no rosto. Acionei a água quente, mesmo sabendo que deveria tomar um banho gelado para apagar a completa excitação em que Tillie me deixara.

Enfiei o rosto debaixo da ducha e deixei os pensamentos vagarem para o momento perfeito. Nada nunca substituiria aqueles instantes na chuva. Eu achava que devia andar com um caderninho para anotar o Top Five vivido ao lado dela naqueles poucos dias. Tinha certeza de que seriam ultrapassados em pouco tempo. O primeiro beijo real; a dança no luau; o encontro no jardim da clínica; o encontro para um sorvete; vê-la na biblioteca; o beijo na chuva... Sim. Já havia ultrapassado cinco tópicos fácil, fácil.

Resolvi que não daria um prejuízo aos meus pais tomando um banho de duas horas, então desliguei o chuveiro e saí enrolado na toalha, enquanto usava outra para secar o cabelo. Esperava que ela tivesse tirado as roupas molhadas e tomado um banho quente também... opa. Merda. Eu não podia pensar em Tillie tomando um banho. Nope. Não. Nananina. Porcaria. Já estava pensando agora. Pernas longas... corpo perfeito. Droooooga.

Acabei me jogando na cama de bruços, bufando no travesseiro. Ela estava bugando meu cérebro. Era a primeira vez que não sabia muito bem o que fazer com uma garota. Qual o próximo passo a ser dado. Eu sentia que pisava em ovos ao lado dela. Sabia que tinha que ir devagar, sem forçar absolutamente nada, sob o risco de assustá-la, e não era aquilo que eu queria.

Quando terminei de me debater um pouco com a frustração que meu corpo sentia, peguei o celular largado na mesa de cabeceira. Ainda enrolado na toalha, recostei-me à cabeceira da cama e liberei a tela.

> Passando só para dizer que fiquei meio encucado com sua saída brusca do meu carro... Você sequer se preocupou em me dar um beijo, ou perguntar se eu estava bem, se minha temperatura corporal estava adequada... Eu podia estar queimando de febre, sabia?

Esperei com um sorriso idiota no rosto.

Levou pouco mais de quatro minutos para que a resposta viesse. E, putz, eu estava me sentindo um perseguidor de merda, contabilizando os minutos.

> O quê? Você está reclamando porque saí do seu carro?

Pensei na próxima coisa que eu escreveria.

> Não porque você saiu, mas "de repente", assim, do nada... pá... abriu a porta e nem ao menos deu um ""tchau, Pat... vou morrer de saudades de você. Venha aqui para eu conferir se você está com febre." Aí você poderia me dar um beijo na boca (o que é um ótimo lugar para conferir a temperatura corporal, sabia? Já reparou que as enfermeiras adoram colocar os termômetros ali?), e dizer: "Hum... sem febre. Agora sim... tchau, Pat... vou dizer de novo... vou sentir saudades..."

Os pontinhos dançaram alguns segundos depois. Freneticamente.

> Hahaha... Meu Deus. Você é louco?

Ali estava. O momento em que eu poderia ser sucinto e ainda assim bem verdadeiro. Dizem que admitir a verdade pode ser libertador.

> **Estou ficando... mas por uma garota.**

Tillie ficou um tempo sem mostrar reação. Ou assim pareceu, já que não houve o balé dos pontinhos. Somente depois de uns minutos é que a resposta chegou.

> **Não sei o que responder.**

Hummm... Eu podia vê-la embaraçada, mesmo sem estar ao seu lado.

> **Você não precisa dizer nada, Tillie. Apenas sentir. Entre no buraco do coelho comigo...**

Nada como usar uma referência de Alice no País das Maravilhas. Mostrava que eu não era um mané total e tinha uma baita cultura. Ou era pelo menos estudioso à beça.

> **O buraco do coelho, bem como o próprio coelho, pode ter um simbolismo um tanto quanto estranho no contexto, Pat...**

Ah, como amei ver meu nome reduzido, o apelido com que todos me chamavam, sendo usado por ela... Ainda assim, era meio louco que eu quisesse que ela encontrasse uma forma única de me chamar?

> **Olha, repetindo o que meu professor de literatura disse em uma aula, o buraco do coelho é a representação da adolescência que vivemos. Com todas as suas loucuras e desventuras. Todos os seus conflitos e tribulações. Vivemos tempos loucos... pensamentos desconexos e zoados... não compreensíveis a ninguém, salvo a nós mesmos. Seja minha Alice e eu serei o seu Coelho branco.**

Mais três minutos contados e a mensagem chegou.

> **O Coelho branco é medroso e sempre está contra o relógio, acelerado pelo tempo. Onde isso o coloca?**

Castelo de Sombras

Ah, porra... Essa garota era esperta ou o quê? Sorri abertamente porque, cara... eu amava garotas inteligentes e com conteúdo.

> O único medo que esse Coelho aqui, no caso, eu, tem... é o de você não querer dar um minuto do seu tempo. Minha obsessão com o relógio é porque mal vejo a hora de o dia passar para poder vê-la de novo... Conto os segundos, os minutos...
>
> Então, sim... eu sou um Coelho Branco medroso.

Ah... por que mesmo meu trabalho de inglês não poderia ter sido sobre a obra de Lewis Carroll? Eu ia arrebentar. Espera. Era isso. Minha redação individual seria sobre a minha garota. Minha Alice pessoal.

> Oh... uau. Quantos anos você tem? :O

Comecei a rir. Até eu mesmo estava assombrado com minha sagacidade. Bom, eu poderia estar passando um ar de psicótico, talvez. Dizem que, quando estamos muito envolvidos com alguém, nosso lado mais obsessivo ganha vida. Eu temia que o meu pudesse estar totalmente desperto.

> Eu sou um garoto na pele de um Jedi. Espera. Ou seria um Jedi na pele de um garoto?

Os pontinhos vieram em sequência.

> Você é surpreendente. Bom, vou dormir. Amanhã tenho teste.

Droga. Esqueci que a vida continuava e não existia um buraco do coelho real para nos enfiarmos.

> Não se esqueça do nosso compromisso amanhã, okay?

Confesso que estava me sentindo um idiota inseguro, mas queria garantir que a mensagem era clara. Queria passar um tempo com ela. Na verdade... eu queria *toda* ela. Era isso.

> Sim, senhor. Às cinco. Um beijo, Pat.

Infelizmente era a hora de nos despedirmos. Porém, se eu pudesse, passaria a noite inteira conversando com ela.

> Boa noite. Tenha bons sonhos. Sonhe com chuva... com pingos gelados compartilhados com os beijos que trocamos...

Rá. Sorri, porque sabia que ela estava vermelha. Meu Deus, eu faria daquilo meu novo esporte, depois do surfe. Podia até ter soado um pouco brega, mas aceitaria fazer papel de bobo todas as vezes, se dessa forma eu arrancasse um sorriso naquele rosto tão expressivo e lindo.

Ela não respondeu de novo. Suspirei extasiado, colocando o braço dobrado atrás da cabeça, apenas pensando na vida. Depois de uns minutos percebi que ainda estava meio nu. Meio, não. Inteiramente. Apenas a toalha me recobria.

Levantei da cama e coloquei a calça de pijama, resolvendo descer em seguida para tomar o maldito chá.

Estava descalço, diante da geladeira, pensando no que fazer, quando mamãe entrou na cozinha.

— De pé no chão, sem camisa e na frente do refrigerador. Qual é a meta? Pegar uma pneumonia? — perguntou, enquanto ia até a máquina de café e acionava uma dose em sua xícara.

Revirei os olhos e peguei a jarra de leite. Deletei o chá da cabeça.

— E se eu falar que ainda tomei um baita banho de chuva hoje, somado a isso, qual a chance de amanhã estar na UTI? — cacoei.

— Nem brinque com isso, Patrick — ralhou, olhando-me de cara feia.

— Mãe, a senhora está cansada de me ver chegar ensopado da praia, depois de ter passado o dia inteiro surfando, mesmo em dias de chuva. Ando descalço desde que me dou por gente, e chupo gelo direto do congelador. Nunca tive um resfriado.

— Esse argumento é válido, mas, ainda assim, sou sua mãe. É minha função encher seu saco até você casar — falou e bebericou o café. — Até mesmo depois, se deixar.

Sentei-me à mesa e mamãe fez o mesmo. Ficamos em um silêncio confortável por alguns segundos, até que perguntei:

— Mãe, é normal que eu esteja tão ligado em Tillie assim? Como nunca estive antes por nenhuma outra?

Ela me observou com atenção por um tempo, depositou a xícara de café na mesa e cruzou as mãos à frente do rosto. Adotou a típica pose de psiquiatra experiente.

— Você é jovem... sujeito a ver as paixões com olhos coloridos e rebuscados de contornos belos. Na sua idade, não há preocupações, expectativas, conflitos absurdos. Vocês se preocupam em viver apenas o agora. A filosofia do hoje. Tudo é mais intenso. Ganha proporções assombrosas, às vezes — disse e continuou a terapia gratuita: — Mas sabe o que vejo? Você despertou para o verdadeiro sentimento que define o elo entre os namorados.

Namorados? Como assim? Era isso o que eu Tillie éramos? Ou estávamos fadados a ser?

— Na sua idade, vocês são regidos por hormônios sexuais. O corpo de vocês muda, tudo é regido por uma parte da anatomia...

Oh, céus. Pare, mãe... Não continue, pelo amor de qualquer coisa.

Cobri os ouvidos e abaixei a cabeça na mesa. Meu pai já havia tido aquela conversa milênios atrás. Eu nem era mais virgem. Não era um cara rodado e galinha, como Dale, mas já tive minha cota de garotas satisfeitas. Tá. Confesso que foram só duas que realmente levei às vias de fato, mas na minha idade... era até precoce.

— Patrick, não adianta posar de tímido — mamãe disse e riu. — Eu atendo pacientes da sua idade, seu bobo.

— Mas não são seus filhos, mãe. Essa conversa é bem... estranha.

— Estou apenas dizendo o que vejo. Tillie despertou em você não apenas o instinto sexual, ela despertou sua atenção mais intrínseca. O mais cabal... o sentimento primitivo de cuidado. Isso é o prenúncio para se permitir apaixonar, Pat. Digo, verdadeiramente.

Aquilo me deixou preocupado.

— Isso é muito... sério, mãe. Você não acha?

— O amor não escolhe idade, raça, religião, diferença cultural, Pat. Ele simplesmente... surge. Cabe a você cultivá-lo da forma correta ou não dar espaço para que cresça. Muitas pessoas sentem tanto medo de amar que sufocam qualquer possibilidade para usufruir o que há de melhor no amor.

— E se ela não retribuir?

— Vou dizer o que vejo, okay?

Acenei a cabeça afirmativamente, esperando que ela falasse.

— Tillie Bennett é uma alma sedenta por amor e por amar. Ela é a pura expressão do amor, apenas não se dá conta disso. Todo o sofrimento que cultivou no peito veio oriundo de um amor profundo que sentia por alguém que não soube retribuir em igual medida...

Aquilo me quebrou por dentro.

— Era... era um cara?

— Eu não deveria dizer isso. Ela deveria ser a pessoa a te dizer, mas não. Não era o amor romântico de homem e mulher. Falo do amor fraternal entre amigos. O *amor philos*. Regido por afeição, respeito, amizade total e completa. Lealdade acima de tudo. E ela teve isso ferido lá no fundo da alma. Uma pessoa que é capaz de dedicar um amor tão altruísta, é extremamente hábil para compartilhar o amor Eros... consegue me entender, Pat?

Franzi o cenho e encarei minha mãe. Depois voltei a atenção ao copo de leite que estava tomando. Aquele, definitivamente, não era um papo que eu ficava confortável em ter com ela.

— Pode alguém se apaixonar assim tão rápido, mãe?

Mamãe pegou minha mão e apertou em um afago confortador.

— Não estou dizendo que você a ama, com o total sentido da palavra, mas há aí dentro o sentimento acalentador que gere os poemas e músicas românticas. Aquele inexplicável e avassalador, que não vê limites para nada. O sentimento que apenas te deixa sentir. Que o transforma quando vê o objeto de seu desejo; que o deixa de joelhos quando um contato de pele acontece; que o faz sofrer pela mera distância ou ideia de que o outro pode estar sofrendo — ela disse e em seus olhos eu podia ver que realmente acreditava em tudo o que falava. E era como se estivesse destrinchando meu coração. — Acredito que você, aos 18 anos, deparou pela primeira vez com o mais intenso dos sentimentos, que o faz ver outra pessoa além de si mesmo, o bem-estar dela, os interesses, ansiedades e realizações dessa pessoa, como algo mais do que pessoal a se realizar. Você se alegra no que ela conquistar. E eu vejo isso em você.

— Mas eu mal a conheço, mãe. Estou assustado... porque nós nem nos conhecemos e não é normal eu me sentir assim.

— Inexplicável, lembra? — admoestou.

— Louco, isso sim.

— Eu e seu pai nos apaixonamos aos 16, Pat. E nunca mais deixamos de nos amar. Porque o amor se constrói. Ele não é meramente um sentimento. Ele também é decisão. Você *decidiu* amar Tillie Bennett.

Aquelas palavras pesaram fundo em mim. Seria verdade? Aquilo que eu sentia poderia ser algo tão mais profundo que só era definido com um estranho caso de... amor à primeira vista? Não poderia ser apenas um tesão entranhado pela garota que salvei e que me chamou a atenção?

— Não sei o que fazer — admiti.

— O que você *quer* fazer? — mamãe perguntou.

— Quero que ela seja minha namorada. Quero poder levá-la ao cinema, ao shopping, a qualquer lugar. Quero ensiná-la a surfar... se ela quiser aprender e não tiver ficado com medo do mar depois do que aconteceu. Eu a quero para mim, mãe.

— Então vá e conquiste sua garota, Pat.

— E se ela não quiser encarar isso por achar que não é a hora? Que não está preparada?

Mamãe se levantou, veio para o meu lado, passou a mão no meu cabelo e disse:

— Você vai lá e mostra para ela como é lindo viver um dia de cada vez. Exatamente como faz...

Com essa última frase, ela depositou um beijo no topo da minha cabeça e saiu da cozinha.

Fiquei ainda um tempo ali, absorvendo suas palavras e buscando alternativas e estratégias que me ajudassem a conquistar de vez o coração da garota que já tinha controle do meu e nem sequer fazia ideia.

Eu amava um desafio. Minha vida era enfrentá-los, e a cada onda trilhada com maestria, eu marcava um xis no meu placar de "desafio vencido com sucesso". Logo, eu não me assustava com facilidade pela dificuldade que este poderia apresentar.

Minha meta era mostrar a Tillie Bennett que eu queria segurar sua mão para guiá-la pelos caminhos que ela poderia sentir dificuldade em trilhar, e se, em algum momento, precisasse que alguém a carregasse, eu queria ser aquele que faria exatamente aquilo por ela.

Capítulo Dezenove

Afflicto non est addenda afflictio.
Não se aumente a aflição do aflito.

TILLIE

Olhei para o relógio da parede e faltavam apenas dez minutos para o sinal bater. Era a última aula do dia. Logo eu poderia ir embora e surtar no meu quarto. Literalmente.

Meu encontro com Patrick era daqui a duas horas, mas posso afirmar que estava suando frio e sentindo as pernas bambas desde o momento em que acordei. Estava tão distraída que sequer resmunguei quando a minha mãe colocou o comprimido que eu tomava todo dia pela manhã ao lado do meu copo de leite.

Normalmente eu que gostava de fazer aquilo. Nos primeiros dias que meus pais fizeram isso, acabei tendo um acesso de raiva e pedi que eu assumisse ao menos aquela tarefa, já que agora estava fazendo um tratamento e precisava me acostumar com ele. Eu sabia que havia agido de maneira rabugenta, quando meus pais só queriam ajudar, mas era mais forte do que eu. Fui levada à força para a clínica. Queria ter pelo menos a sensação de que era dona das minhas vontades em algum momento.

— Tillie? — Mark interrompeu meu devaneio.

— Oi? Ah, oi, Mark. Desculpa. Você estava falando comigo?

— Eu te chamei duas vezes. E então? Foi fácil finalizar o trabalho?

— Ah... sim. Digitei e já deixei formatado. Agora basta imprimir. Segunda-feira a gente entrega.

Pelo menos o final de semana seria livre de compromissos. Depois das mensagens de Patrick na noite anterior, acabei perdendo o sono, mesmo sabendo que precisava dormir para acordar bem-disposta para o teste de Gramática. Resolvi digitar logo tudo o que eu e Mark fizemos na biblioteca, mas depois minha mente dispersou, quando a lembrança de Patrick, na própria biblioteca, avacalhou com tudo.

— Legal. Escuta, você gostaria de... — Antes que ele completasse, o sinal bateu. Recolhi minhas coisas e enfiei na mochila.

Para dizer a verdade, se Mark estivesse com planos de me chamar para sair, como ele fizera questão de dar indiretas enquanto estávamos fazendo o trabalho, era melhor que eu cortasse suas ideias por ali.

— Desculpa, Mark. Tenho que ir.

Preferi sair pela tangente e zarpei da sala, indo em direção ao estacionamento. Quando estava chegando ao carro, tive a desagradável surpresa ao ver que Sabrina James estava encostada a ele.

— Ora, ora... se não é a chorona da escola — caçoou.

Ela havia passado a me chamar daquele jeito quando me flagrou derramando algumas lágrimas durante o processo de afastamento de Katy e logo após sua morte, quando tive que voltar às aulas.

— Você poderia me dar licença? — pedi com educação, mas sentindo o sangue ferver.

— Não. Está muito agradável ficar encostada aqui nesse carro bacana.

Era óbvio que era um carro bacana. Era do meu irmão. Um carro esporte estiloso que ele havida apelidado de *The Beast*, todo vermelho com uma faixa preta no capô.

Para piorar meu pesadelo, Steve James veio trotando de dentro da escola e parou ao meu lado. Eu tinha nojo daquele garoto. Ódio.

— O que está rolando aqui? — perguntou, olhando de mim para sua irmã insuportável.

— Eu apenas estou dando um oi para a amiguinha chorona da finada Katy...

— Cale a boca! — gritei, perdendo as estribeiras. Eles não tinham o menor respeito.

Embora a raiva estivesse me dominando, eu podia sentir as lágrimas assomando meus olhos.

— Uuuuhhh... tigresa! — Steve debochou. — Não sabia que a amiguinha gostosa de Katy era tão selvagem.

Olhei para ele, boquiaberta. "Amiguinha gostosa"? Foi daquilo mesmo que ele me chamou? Eu estava quase pegando a alça da minha mochila e arremessando na cara dele quando Mark parou ao meu lado, se colocando entre nós dois.

— Steve, estávamos te procurando, cara. Tem jogo agora e o treinador está à sua procura.

Steve deu um sorriso de lado, ergueu a sobrancelha e mostrou a língua em uma atitude lasciva.

— Ah, que ódio. Meu irmão e o péssimo gosto para garotas — Sabrina continuou, o olhar lançando faíscas. — Enfim... acho que vou sentir saudade de perturbar você, querida. Foi bem divertido fazer isso por esporte — ela disse, e se afastou do meu carro.

Passou ao meu lado e parou, olhando-me de cima a baixo. Eu controlava o meu temperamento, tentando não voar em seu pescoço, tentando não cair rendida aos prantos na sua frente.

— Fracas. É o que vocês são. Merecem ser esmagadas como formigas. Os mais simplórios da espécie não merecem coabitar o mesmo universo que nós... — ela disse com nojo e saiu.

Meu Deus. Como suas palavras eram nocivas e cruéis. Que espécie de família aquela garota tinha para sentir a necessidade de atingir alguém assim?

Entrei no carro de Hunter, sentindo as pernas trêmulas, as mãos suando frio. Uma opressão no peito tomou conta imediatamente. Comecei a ofegar, buscando oxigênio, mesmo sabendo que nada me impedia de respirar. Podia sentir as lágrimas descendo sem rumo, empapando minha camisa. Era um pranto sentido. Dolorido.

Eu apenas estou dando um oi para a amiguinha chorona da finada Katy.

Finada Katy.

Minha amiga nem estava mais ali para se defender de pessoas más como Sabrina e Steve. Optou por não fazer mais parte do mesmo mundo em que eles habitavam.

Os mais simplórios da espécie não merecem coabitar o mesmo universo que nós...

Por quê?

O que nos tornava tão diferentes delas, as abelhas-rainhas? As populares? Por que tínhamos que viver em classes numa sociedade onde deveríamos aprender a respeitar e equilibrar as diferenças?

Pessoas extrovertidas, falantes, tímidas, nerds, atléticas, estranhas, grossas, gentis. Pessoas conflituosas ou sem dramas e traumas. Ricas ou pobres. Cristãs, muçulmanas ou budistas, seja lá que religião professassem... Pessoas brancas, negras, orientais, árabes...

Castelo de Sombras

Tantas diferenças que poderiam conviver, ensinar e aprender entre si, mas que já mostravam, desde as fileiras mais jovens entre as paredes da escola, que uma superava a outra. A supremacia de um era favorecida em relação às classes que se formavam.

E aí se criavam os grupos. Abelhas-rainhas. As populares e invejadas. Faziam questão de mostrar às outras garotas que nenhuma outra "subespécie" se equiparava a elas. Muitas vezes, imperavam por meio de uma política de terror e humilhação. Do outro lado estavam os subgrupos: garotas nerds, normais, esquisitas.

Eu sempre fui a Suíça. Sempre evitei me envolver em conflitos. Fiz questão de estender minha amizade a todos os grupos que fizessem questão de me ter como amiga. Nunca diferi as pessoas por características, fossem elas físicas ou sociais.

E, mesmo assim, atraí, juntamente com Katy, o olhar de irritação e rancor de Sabrina James, a gêmea de Steve.

Nada me tirava da cabeça que Steve apenas quis se aproveitar de Katy. Que ele nunca a amou de verdade. Não na mesma medida em que ela dedicou o sentimento a ele.

E pensar que os dois podiam fazer aquilo de caso pensado, que talvez Sabrina tivesse induzido o irmão a seduzir Katy para...

Não. Era demais pensar nisso. Não poderia ser possível. Era maldade além do limite. Mas não havia, em nenhuma das palavras de Sabrina, um grama sequer de arrependimento pelo ocorrido com Katy.

Passei a mão no rosto com mais força do que o necessário, para afastar as lágrimas que insistiam em cair. Forcei meu corpo a voltar ao normal, olhando para fora do para-brisa tentando internalizar que estava no estacionamento da escola, que outros alunos poderiam passar por ali e me ver surtando no carro.

Liguei a ignição e fui embora. Em total e absoluto silêncio. Nem a companhia do rádio eu usei para afastar a onda de tristeza que preencheu minha alma.

Então o pensamento fugaz me sobreveio... aquela era a intenção de Sabrina. Minar qualquer entusiasmo que pudesse estar brotando em mim. E aquele dia era para ser especial.

Eu deixaria que ela e o irmão estragassem?

Cheguei em casa disposta a não me deixar abater. Passei rápido pela cozinha, peguei uma garrafa de água e subi para o quarto. Minha mãe devia estar no mercado e o pai ainda estava no trabalho.

Joguei o material em cima da cadeira à frente da escrivaninha e parei diante do espelho que ficava no canto do quarto.

Olhei o reflexo que me encarava de volta sem medo. Reparei nos mínimos detalhes. Os olhos azuis daquela garota, a Tillie do espelho, eram olhos brilhantes e resolutos. Havia olheiras logo abaixo deles, mas também compartilhavam um fulgor no meu rosto como há muito tempo eu não via. Podia ser efeito do choro convulsivo no carro, talvez o brilho que eu estava vendo também fosse meramente o resultado disso. Porém eu acreditava que essas reações tinham um nome: Patrick.

Então, por mais que eu olhasse o reflexo e soubesse que ele divergia em alguns momentos do que eu sentia por dentro, também me orgulhava por saber que era como se eu estivesse duelando contra uma força invisível que tentava me derrubar. E se eu estava duelando contra ela, significava que não estava disposta a entregar os pontos porque não queria desistir de lutar.

Chegaria o momento em que eu olharia para a garota do espelho e refletiria exatamente o que estava sentindo por dentro... a Tillie real. Mas o reflexo seria límpido, sem nuvens escuras, sem sombras, sem tristeza ou incertezas de que a luz no fim do túnel poderia se apagar a qualquer momento.

Capítulo Vinte

Pacta sunt servanda.
Trato é trato.

TILLIE

Tomei banho muito rápido. Quase que em uma velocidade recorde. Escolhi uma roupa que não fosse nem tão fuleira e nem provocante. Bom, se pensarmos que o parque de diversões era o ambiente ideal para um casaco, a escolha do meu suéter preto veio bem a calhar. Preto combinava com tudo. Com todas as ocasiões. Até com o humor. O estado de espírito.

Coloquei uma calça jeans e uma botinha que eu amava. Ajeitei o cabelo, fazendo com que tivesse um pouco mais de volume, e me dei ao luxo de colocar um brinco pequeno. E só uma gota de perfume. Okay, duas. Uma de cada lado do pescoço. Só. Peguei apenas o protetor labial para o caso de estar ventando e sentir os lábios rachando pelo frio.

O celular eu coloquei no bolso do casaco e a identidade, com algumas notas de dinheiro, enfiei no bolso de trás da calça.

Desci as escadas e percebi que mamãe já estava fazendo o jantar. Entrei na cozinha para jogar a garrafa de água no lixo e ela olhou por cima do ombro, da imensa massa de pães que estava fazendo.

— Vai sair?

— Sim — respondi, sucinta.

— E pode dizer para onde?

— Vou sair com... um amigo.

— Aquele mesmo amigo?

Senti o rosto esquentar. Meus pais não eram muito de perguntar ou averiguar minha vida pessoal, até mesmo porque nunca dei trabalho nesse campo, mas era meio embaraçoso dar explicações.

— É... — Cocei a cabeça sem saber o que responder.

Minha mãe fechou a torneira, secou as mãos no pano de prato ao lado e se virou. Um sorriso bobo enfeitava seu rosto. Não entendi a razão.

— O da outra vez? Vamos, Tillie, compartilhe mais informações comigo — implorou.

— É, mãe. — Pronto. Acabei revelando porque senão ela ficaria no meu pé até descobrir. Ou colocaria o Greg para buscar a informação.

Mamãe arregalou os olhos e sentou à mesa, como se as pernas tivessem ficado bambas.

— Você vai sair com o garoto que te salvou, de novo?

— Sim, mãe. Por quê?

— Tem mantido contato com ele?

Como poderia dizer que, desde o luau, eu e Patrick meio que estabelecemos uma relação de amizade engraçada que acabou nos levando a conversas divertidas pelo celular? E que vez ou outra ele dava um jeito de aparecer nos lugares onde eu estava?

— É uma longa história... Posso contar outro dia?

— Ah, Tillie... — ela suspirou, e eu podia jurar que de seus olhos saíram corações. — Que romântico! — Não falei? Corações.

— Mãeee...

— Eu achei lindo. — Ela pegou um pedaço do pano de prato e secou uma lágrima. — Estão namorando?

— Não exagera, tá?

— Vocês vão em algum lugar especial?

— Ao Parque.

— Glenwood?

— Acho que sim.

O Parque Glenwood era uma atração itinerante que circulava entre as cidades costeiras da região da Califórnia. Armava a estrutura e ficava por cerca de dois, três meses em cada localização.

Eu tinha que confessar que não era muito de parques. Na verdade, não era muito fã de saídas noturnas. Gostava muito mais de eventos diurnos do que o contrário, mas estava feliz em poder ter aquela experiência com Patrick.

Seria uma primeira vez. Uma primeira saída com um garoto especial que vinha aquecendo meu coração de uma forma inexplicável.

Castelo de Sombras

Conferi o celular e vi que já ia dar cinco horas. Meu coração acelerou e a garganta secou por um momento.

E quando pensei em sair e esperar na calçada, como uma louca tentando fugir da campainha tocando e alertando os familiares que alguém estava indo te "buscar" para um encontro, a dita cuja soou, alta e estridente. Merda.

Mamãe levantou de um pulo e pensou em me seguir, mas virei para trás.

— Mãeee...

— Tá bom... Eu só queria espiar para saber como ele é.

— Por favor, não deixe isso ficar mais esquisito do que já está — implorei.

— Tá, tá. Vá, Tillie. Antes que seu pai ou Greg cheguem.

Aquela informação fez com que eu acelerasse meus passos e abrisse a porta rapidamente. Dei de cara com um Patrick lindo, usando um suéter... preto. Ele olhou para mim, de cima a baixo e começou a rir.

— Somos alguma espécie de dupla de espiões ou agentes secretos? — brincou.

— Não. É meramente uma coincidência. — Saí e fechei a porta atrás de mim.

Patrick me guiou até o seu carro e tentei evitar o clima de constrangimento. Eu já tinha passado por aquilo, não é? No dia do passeio no luau. Não era nenhuma novidade. Então só precisava inspirar e expirar. E procurar não hiperventilar no processo.

Como o perfeito cavalheiro que era, Patrick abriu a porta para mim. Sorri de volta e disfarcei o suspiro com o sorriso que ele me devolveu.

Os primeiros segundos do trajeto até o parque foram feitos em um silêncio singelo. Até que Patrick resolveu rompê-lo.

— E então, como foi seu dia de aula hoje?

Comecei a rir baixinho enquanto colocava uma mecha do cabelo para trás da orelha.

— Estamos conversando amenidades agora?

— É assim que puxamos papo para depois emplacar um assunto mais descontraído — brincou e deu um sorrisinho torto.

— Foi um dia... como outro qualquer. — Não revelaria o acontecido ao final. Não havia necessidade.

— O meu foi uma droga.

— Por quê? — perguntei, e virei-me de lado para observá-lo melhor.

— Ah, sabe como é... Estou contando como um maldito cronômetro o tempo para que as aulas acabem e eu me veja livre de todo o tormento — admitiu.

Ele expressou meus sentimentos.

— Poxa... eu também.

— Viu? Você é muito igual a mim. Até no quesito de amar o mar com tanto empenho — caçoou.

Tive que rir da piada.

— Alguns poderiam afirmar isso mesmo, dado o mergulho sinistro que dei, né?

— Com certeza. Mas olha — Patrick olhou de relance para mim —, foi muito bom aquele seu momento de refrescar a cabeça... literalmente.

Cobri o rosto com as mãos, escondendo o riso e o embaraço. Hoje, quando eu olhava para a imagem que ele pintava, conseguia ver como uma espécie de filme. E, para mim, pelo menos, parecia uma cena tosca de filme comédia-pastelão.

— É sério, Tillie. Eu fui o sortudo. Teria sido hilário se estivesse surfando por ali e pá! Você caísse nos meus braços do nada, pensa... — falou como se estivesse devaneando. Bom, eu achava que estava enlouquecendo com a imagem que projetou na mente.

— Eu teria afundado a todos nós, além da sua prancha, no processo — falei brincando.

— Nenhuma possibilidade de isso acontecer, garota. Seria o mesmo que uma estrela cadente caindo do céu...

Quando disse aquilo, Patrick me olhou por um tempo mais longo do que o necessário e piscou.

Chegamos ao parque poucos minutos depois. Assim que estacionou, desci para evitar que abrisse a porta para mim. Ignorei o olhar enviesado que ele me lançou assim que chegou ao meu lado para pegar minha mão.

Paramos na portaria e Patrick comprou as entradas na bilheteria. Mesmo que eu tivesse oferecido em contribuir, apenas o olhar do "mal" que recebi foi o suficiente para calar quaisquer argumentos.

Ele me guiou entre a multidão que enchia o lugar, mesmo àquele horário. Crianças corriam de um lado ao outro. A barulheira era típica de um lugar que refletia exatamente ao que se destinava o estabelecimento: diversão.

— Okay, aonde você quer ir primeiro? — perguntou com a cara mais inocente do mundo.

— Só não na roda-gigante. Juro que fico com náuseas e não quero

Castelo de Sombras

147

vomitar nos infelizes que estiverem no carrinho de baixo — falei, meio constrangida.

— Tudo bem. Roda-gigante eliminada. Dança maluca? — Neguei veementemente.

— Carrinho bate-bate? — sugeri.

— Ahá! Eu sabia que tínhamos mais alguma coisa em comum. Vamos lá, garota!

Nós nos encaminhamos para o local onde o brinquedo estava instalado e Patrick providenciou para que ficássemos na fila.

Quando entramos, ele disse com a maior cara de safado do mundo:

— O meu carro é o vermelho, por causa do Relâmpago McQueen.

Revirei os olhos e disse:

— O meu é o preto, por causa de Velozes e Furiosos.

— Droga. Por que não pensei nele antes? — resmungou.

Sentamos em nossos carros respectivos e esperamos que a luz se acendesse, indicando que a brincadeira teria início.

E eu poderia dizer, com toda certeza, que não tenho lembrança, nos últimos tempos, de ter rido tanto como ri ao desfrutar daquele momento com Patrick Griffin.

Ele levou a sério o alvo de acertar apenas o meu carro, mesmo que eu tivesse encontrado alguns pequenos defensores pelo caminho que resolveram proteger meu carrinho de ser atingido tão covardemente.

A cara de ofendido que ele fazia era hilária. Acho que repetimos a volta na pista mais uma vez, por insistência dele, e quando saímos dali estávamos suados. Como, eu não entendia, já que o brinquedo nem exigia tanto esforço físico. Será que rir de uma maneira extrapolada gerava esse efeito fisiológico?

— Meu Deus... meu pobre Relâmpago McQueen vai para o ferro-velho, senhorita. Depois que aqueles gêmeos do mal resolveram que seriam seus guardiões e vingariam sua honra — debochou, enquanto pousava um braço sobre meus ombros.

— Eu não tenho culpa. Você estava meio obcecado em disputar um racha com o meu carro esporte, então eles acharam por bem interferir — brinquei, tentando não demonstrar que meu coração estava acelerado, mais do que o normal.

— Vamos à barraca do tiro. Ali eu vou dar uma surra em você. Meu lado competitivo está aflorado — brincou e saiu me puxando.

— Mais?

— Mais o quê? — perguntou, virando para trás, rindo.

— Mais uma surra? Você já não me castigou o suficiente ali nos carrinhos?

— Não. Agora é que vou começar. — Piscou e meu coração derreteu.

A barraca de tiro ao alvo estava cheia, mas aguardamos nossa vez pacientemente. Patrick sempre aproveitava um momento ou outro para afastar meu cabelo do rosto, dando a desculpa de que queria me mostrar algo. Chegava perto de mim e sussurrava amenidades em meu ouvido. Em um determinado momento, disfarcei o susto quando ele me abraçou por trás enquanto esperávamos.

Ai, meu Deus. Era como se fôssemos um casal de namorados.

— Vamos lá, pombinhos. Quem começa? — O moço da barraca sorriu e entregou a espingarda que usaríamos para a brincadeira.

A meta era atingir os patos que passavam em uma fileira móvel. A velocidade aumentava conforme o grau de dificuldade e, em um determinado momento, os patos começavam a mudar de posição.

Placar final: Patrick 10. Eu, 16. É isso aí. Eu era muito boa em tiro ao alvo.

— Sua pistoleira! Você estava disfarçando essa habilidade, não é? — Patrick caçoou, quando o homem informou que devíamos escolher o prêmio.

Como fui a campeã, nada mais justo que escolhesse o bichinho de pelúcia ao meu critério. O dono da barraca ainda disse que, por eu ter feito um placar muito bom naquela noite, poderia escolher o maior.

E meus olhos, de repente, bateram diretamente sobre uma imensa Orca, réplica das famosas baleias do parque aquático Sea World. E, podem me chamar de boba, mas pensei em Patrick e no amor que demonstrava pelo mar e seus elementos.

— Eu quero aquela ali. — Apontei para a pelúcia e o vendedor sorriu.

— Boa escolha, senhorita.

Patrick estava distraído, olhando para os lados.

Peguei a baleia imensa e abracei, sorrindo como uma idiota quando ele se voltou para mim e sorriu também ao vê-la.

— Shamu!

Nós nos afastamos um pouquinho da banca, para um local isolado, até que o puxei pela mão, sinalizando que queria que ele parasse.

Erguendo a sobrancelha sem entender, Patrick parou e aguardou o que eu diria.

Castelo de Sombras

149

— Pat... — chamei, baixinho, criando coragem. Mesmo que não tivesse nada a ver, olhei para os lados. — Eu quero dar a baleia a você...

Ele arregalou os olhos de início, sem entender, talvez, até que sorriu abismado.

— Para mim?

Apenas acenei afirmativamente com a cabeça enquanto ainda mantinha a baleia abraçada contra o peito.

Patrick abaixou o olhar para o objeto que eu ofertava e de volta para o meu rosto.

— Você está falando sério? — perguntou, sem acreditar.

— Sim. É sua. Acho que tem tudo a ver com você.

Ele ergueu uma sobrancelha e chegou mais perto de mim, puxando-me para um abraço, mantendo a pelúcia espremida entre nós.

— Você me acha parecido a uma baleia? — caçoou.

Mesmo sentindo meus lábios se curvando em um sorriso, revirei os olhos com sua gracinha.

— Não, seu bobo. Você e o mar. E todos os seres que nele habitam. Você é o Tritão. Lembra?

Nunca pensei que um sorriso pudesse me fazer ter a certeza de estar apaixonada. Até ver o de Patrick Griffin naquele momento.

Ele segurou meu rosto em suas mãos, de uma forma carinhosa e delicada. Como se eu fosse uma porcelana rara. Seus olhos azuis observavam todos os meus traços.

— Nunca nenhum presente vai superar esse, Tillie. Obrigado — disse, e beijou-me devagar.

Apenas um leve toque de lábios. Até que ele quis experimentar mais, como todas as vezes em que nos beijamos – as poucas, claro. Sua língua gentilmente pediu passagem por dentre os meus lábios e eu permiti. O parque sumiu. Os ruídos desapareceram. Os gritos eufóricos das crianças, as músicas de cada atração. Tudo simplesmente evaporou.

Eu sentia. Com Patrick, voltei a sentir. Tudo. Com intensidade assustadora. Esmagadora. Era lindo e, ao mesmo tempo, aterrorizante.

Quando afastou a boca da minha, disse:

— Você tem gosto de mel...

— É por causa do protetor labial que estou usando — respondi, sem ver. — É de mel de abelhas.

Patrick começou a rir e escondeu o rosto no meu pescoço, puxando-me para um abraço confortador e maravilhoso.

— Não estrague a minha frase épica e romântica sendo tão literal, Tillie.

Comecei a rir também.

— Ahn, desculpa.

Ele levantou o rosto de onde estava enfiado e me olhou atentamente outra vez.

— Vou falar uma coisa para você, mas preciso que não surte — ele disse, atraindo minha total atenção. — Para amenizar o impacto, vou usar dois verbos quando deveria utilizar apenas um. Como acredito que seja uma aluna muito boa, basta fazer a análise sintática da frase. Descubra o sujeito, o verbo e o objeto da oração...

Fiquei esperando enquanto ele me olhava com seriedade.

— Okay.

Patrick voltou a segurar meu rosto entre as mãos, agora meio trêmulas, como pude perceber.

— Eu acho que amo você.

A frase em si já foi impactante. Quem espera ouvi-la assim, do nada? Ainda mais de alguém que você mal conhece? De alguém que também tem remexido com suas entranhas de uma forma desconhecida? E, some a isto, vinda de um garoto como Patrick Griffin?

Meu cérebro congelou para a importância do momento e só depois percebi o que perguntei:

— Ahn... Por que te dei uma baleia de pelúcia?

Patrick sorriu e beijou minha testa, a ponta do meu nariz, para só depois depositar outro na minha boca antes de dizer:

— Não, sua boba. Por você ser exatamente quem é.

Oh, céus.

Illic est oculus qua res quam adamamus.
Os pés irão onde quiser o coração.

PATRICK

A primeira vitória depois de abrir meu coração para Tillie foi não vê-la sair correndo para as montanhas. Tudo bem que não havia nenhuma nas redondezas, mas ela poderia levar a sério o fato de o Parque Glenwood estar instalado nas docas e resolver, talvez, dar um mergulho no mar e sair fugindo para qualquer reino aquático, o mais distante possível de mim.

Porque... se eu pensasse racionalmente, acharia louco o fato de me declarar completamente apaixonado por uma garota que conhecia há tão pouco tempo e ainda mais em circunstâncias tão peculiares. Perceber que amo alguém com quem troquei apenas poucos beijos e nada mais. Interações tão reduzidas através de palavras aqui ou acolá. Encontros clandestinos...

Sempre pensei que o amor fosse algo que se constrói em um relacionamento que já dura há muito tempo. Porque daí a pessoa tem a certeza do que sente, conhece os defeitos, e não somente as qualidades, da pessoa com quem está convivendo. Podemos ter certeza se existe a famosa química e afinidade sexual... porque, querendo ou não, essa acaba sendo uma parte importante na cabeça da maioria dos caras.

Então conheci Tillie Bennett e tudo o que eu pensava caiu por terra. Porque percebi que, sim, posso amar uma garota que tive em meus braços, quando a retirei desfalecida do mar, semanas atrás, e posso ter ficado fascinado já naquele primeiro momento, assim que abriu os olhos. Sim, encantei-me com seu jeito meigo e sarcástico, tudo em um mesmo pacote, embalado com uma dose de tristeza que não deveria estar lá. E fui fisgado pelo sorriso suave, às vezes espontâneo, quando ela não percebia, que abrilhantava seu rosto e que, muitas vezes trazia um brilho único aos seus olhos azuis.

Era meio tosco dizer que eu queria cuidar daquela garota? Pode ser que ela nem mesmo precisasse de um príncipe encantado, ou um guardião, mas eu queria ser exatamente aquilo na vida dela. Queria protegê-la das feiuras do mundo, ou ao menos blindar seu coração contra tudo aquilo que trouxesse um grama sequer de tristeza à sua alma. Eu queria vê-la sorrir, não chorar. Se fosse derramar lágrimas, que fossem de alegria, não por outra razão. Queria vê-la fora do limbo em que acreditava estar estagnada. Fora da névoa seca que perturbava sua mente.

Era isso. Eu, aos 18 anos, estava apaixonado. Acho até que apaixonado é uma palavra simples para definir. Eu estava amando mesmo. É estranho demonstrar o sentimento. Já havia tido rolos com outras garotas, nada sério, já cheguei a pensar que estava apaixonado por Violet Shields, quando eu tinha treze anos, mas isso não conta. Fui movido por hormônios sexuais da adolescência, então... por favor... eu era um cara experiente até.

Porém nada se comparava ao que estava sentindo por ela. Em tão pouco tempo. E aquilo me assombrava pra caramba. O que importava para mim, naquele instante, era que... meu coração não parecia ser do domínio de seu hospedeiro. Ele estava sendo guiado e atraído como ímã na direção de Tillie Bennett. Onde ela fosse, assim ele iria. Como um fiel seguidor.

Depois que disse as palavras que nunca imaginei dizer tão cedo a alguma garota, posso afirmar que não esperava, sinceramente, que ela respondesse em igual medida. Seria até mesmo assustador se o fizesse.

Queria conquistá-la. Ganhar seu coração pouco a pouco. Vencer qualquer barreira que tivesse colocado à sua volta, fazendo-a desabrochar só para mim. Queria seu afeto, sua atenção... seu amor. Na hora certa, e não no calor do momento, quando poderia ser alardeado sem a veracidade dos sentimentos que eu compartilhava.

Então, sim. Estabeleci ali uma meta e um desafio. Esqueça o lance de

Castelo de Sombras

153

surfar a maior onda de todos os tempos no Hawaii. Eu seria bem-sucedido quando conseguisse alcançar o coração de Tillie Bennett e não me espatifasse nos corais no fim do percurso.

Para amenizar o clima, depois que soltei a bomba e deixei que ela absorvesse o impacto da revelação, abracei minha garota – porque era assim mesmo que eu a considerava –, e comecei a traçar meus planos para a conquista final.

Eu começaria por deixar claro que estava sendo muito sério em minhas intenções e que, a partir dali, não estávamos mais apenas na "brincadeira" de "amigos".

Puxei Tillie para outro canto do Parque, agora levando meu novo presente, que deixaria em um lugar especial no meu quarto – como uma espécie de troféu –, indo em busca de comida.

Uma área reservada com mesas ao estilo piquenique ficava próxima às amuradas das docas, então era ali mesmo que nos sentaríamos enquanto eu fosse à luta para comprar alguma coisa.

— Muito bem. Agora que perdemos calorias no duelo de Velozes e Furiosos, literalmente, já que você massacrou meu carro — zombei —, além de ter mostrado todo o seu potencial como atiradora de elite da Swat, que tal comermos alguma coisa? — perguntei, e esperei sua resposta.

— Tudo bem.

— O que você quer?

— Um cachorro-quente?

— Isso é uma pergunta ou uma resposta? — brinquei.

— Engraçadinho. Uma resposta.

— Então um cachorro-quente para você. Fique aqui. Vou caçar seu alimento — disse, e pisquei.

— Seu bobo.

— Coca-cola, né?

Ela apenas sacudiu a cabeça à medida que eu saía andando de costas.

Fui rapidamente atrás da barraquinha e decidi que eu comeria o mesmo. Não queria perder tempo comprando um hambúrguer gigante que me satisfaria, sendo que cada minuto a mais longe dela era um minuto perdido ao seu lado.

Depois de dez minutos, consegui voltar, e ainda arrematei com um pacote de algodão-doce para sobremesa. Eu sou romântico assim...

— Obrigada, Pat. Mas você sabe que eu poderia ter ido com você até a barraquinha e feito o pedido, não é? — ela disse, constrangida.

— Eu sei, mas você não percebeu que te usei para guardar os nossos lugares? Olhe ao redor agora... não tem uma mesa vaga — retruquei.

Tillie fez conforme instruí, dando-se conta realmente de que o local estava lotado.

Sentei-me ao seu lado – o mais perto possível –, entreguei seu lanche e desembalei o meu.

Acho que para muitos, o ideal – ao menos para o plano que eu queria colocar em prática naquela noite – seria um jantar romântico, em um lugar bacana, tranquilo, não cercados de ruídos e toda a cacofonia de um parque de diversões, mas eu também sabia que Tillie era do tipo de garota que estava precisando ver a vida com outros olhos. E era aquilo que eu estava disposto a fazer.

Depois de duas mordidas, onde comíamos em um silêncio quase reverente, limpei a boca no guardanapo de papel – eu sou bem-educado mesmo –, antes de falar:

— Então, Tillie... por onde você quer que eu comece? — perguntei e ela me olhou sem entender nada.

— O quê?

— Eu te trouxe a este passeio, numa sexta-feira linda, com um objetivo em mente — admiti, sem a menor vergonha na cara.

Tillie arregalou os lindos e expressivos olhos azuis e quase se engasgou com o gole do seu refrigerante. Comecei a rir e dei dois tapinhas suaves nas costas dela.

— Calma, não vim aqui para fazer nada proibido nem nada disso — brinquei.

— O-okaay.

Terminei o cachorro-quente e bebi meu próprio refrigerante antes de voltar a falar, dessa vez sentindo o coração martelando. Porra. Eu estava nervoso.

— Quero que você seja minha namorada, Tillie. Nada de amigos se conhecendo aos poucos. Quero você para chamar de minha, levar para sair sempre que quiser, para onde quiser. Até mesmo para poder mudar aquele bagulho de status de relacionamento que existe nas redes sociais. Quero te levar à praia, sem ter que te salvar de um afogamento. Quero te beijar ali, sem precisar fazer uma respiração boca a boca para você voltar a respirar — falei e, à medida que eu abria meu coração, ela ia ficando mais vermelha. — Quero te colocar na minha prancha e te levar para dar um rolê... quem sabe ensiná-la a surfar... Podemos começar com umas aulas básica de

Castelo de Sombras

155

Stand-up paddle. Mas é isso. Eu quero você. Tipo, de verdade.

Eu podia sentir meu coração espancando minhas costelas. Sério. Estava nervoso. Até meu estômago estava meio revoltado, como se eu tivesse dado vinte voltas seguidas em uma roda-gigante. As mãos estavam suadas, mas disfarcei bem, segurando a lata gelada do refrigerante o tempo todo.

Por que eu estava nesse estado de nervos? Porque eu tinha medo de ela dizer não. De ela simplesmente achar que não estava preparada, que não era hora... que não tinha tempo para isso. Ou, pior... que não queria viver isso. Eu estava apavorado que ela não levasse a sério os sentimentos que eu deixava transparecer a cada palavra, cada gesto, mesmo que mínimo... E tinha medo de que ela não quisesse se arriscar por medo. Do desconhecido mesmo. Que achasse algum empecilho dentro de sua mente.

Eu queria que ela vivesse tudo. Mas e se ela não quisesse viver a plenitude de um amor recém-descoberto ao meu lado?

Memento vivire.
Viva o momento.

TILLIE

Quero que você seja minha namorada, Tillie.
A frase ainda estava revoando na minha cabeça, enquanto ele me olhava com expectativa. Cada palavra dita era como uma carícia na minha alma. Eu não sei o porquê. Nunca fui muito de ficar em busca de um romance de contos de fadas. Talvez, quando muito, escutava uma canção aqui ou outra ali e sonhava acordada pensando se algum dia encontraria alguém que seria capaz de dedicar sentimentos tão profundos a mim.

Patrick já havia deixado as palavras impactantes momentos antes. Eu ainda nem havia me recuperado delas.

Eu acho que amo você.

Minha nossa... Ele queria que eu fosse sua namorada? Tipo... namorada na expressão da palavra?

— Tillie? Você ainda está aí ou foi abduzida? — Patrick apertou a ponta do meu nariz com gentileza.

Dei um sorriso e voltei ao planeta Terra, porque realmente estava viajando.

— Desculpa. Estou... sem palavras.

Patrick suspirou audivelmente e mudou a posição em que estava sentado no banco. Agora ele tinha uma perna de cada lado, como se estivesse montado num cavalo, ou numa prancha, e aquilo quase me fez rir. Pensei que o hábito de surfar deve ter feito com que seu cérebro o condicionasse a se sentar sempre daquela forma.

— Não era minha intenção deixá-la assim, constrangida ou embaraçada. Sei lá. Eu só queria dizer a real, entende?

— Sim.

— Eu sei que a gente se conhece há pouquíssimo tempo, que o ideal seria seguirmos conforme o combinado... sendo apenas amigos — brincou e deu um sorriso safado —, que se beijam vez ou outra, claro, mas eu não gosto de incertezas. Eu já vivo essas incertezas no mar, quando fico à deriva e à espera de uma onda ou não, então, quando posso garantir que minha vida seja organizada fora dali, é assim que faço. Tudo acertado. Não quero acordar sem saber se vou te ver ou não. Se o fato de te mandar uma mensagem é algo esperado por você ou não.

Suspirei diante de suas palavras veementes.

— Quero esperar suas mensagens de texto e quero que você anseie pelas minhas. Quero saber que posso ir buscá-la tal dia, porque você está com preguiça de dirigir. Quero beijá-la quantas vezes quiser, sem parar. Quero as pequenas e grandes coisas, Tillie. Tudo ao seu lado.

— Nossa...

— Isso... nossa...

— É... — Coloquei uma mecha atrás da orelha tentando disfarçar meu desconforto. — Você entende que não estou vivendo uma época muito tranquila na minha vida, Pat?

— Não. É você quem está fazendo disso uma tempestade num copo d'água. Já disse que para mim você é uma garota normal. Não há nada de diferente em você.

— Eu não sei nem como um namoro funciona, porque nunca namorei de verdade — admiti, constrangida.

— Eu também só tive ficadas. Você será minha primeira namorada séria. A que quero levar para conhecer meus pais, meu irmão. Será um aprendizado para mim também, Tillie. Por que não podemos aprender juntos? — perguntou.

Eu sabia que o meu medo era muito mais arraigado nos conflitos que eu levava na minha mente do que em outra coisa. Imagens de Katy e Steve, da loucura do relacionamento que tinham, acabaram poluindo todo o ideal de namoro que eu poderia ter.

Restava saber se eu abriria mão de viver algo intenso e que poderia ser maravilhoso para mim, por conta de medos infundados, e pela experiência de outras pessoas, ou se pegaria a chance e abraçaria a oportunidade como quem abraça uma boia salva-vidas.

— Eu não sei o que você espera de mim ou o que esperar de você... — eu disse e abaixei a cabeça.

Patrick ergueu meu rosto colocando o dedo em meu queixo.

— Nós viveremos um dia de cada vez. Ninguém precisa anular o outro, porque não é isso o que eu quero. Mas é óbvio que seremos exclusivos. Você é minha, eu sou seu. Nunca fui ciumento, mas percebi que com você eu sou — admitiu e deu de ombros. — Não se preocupe que não é nada em um nível doentio. Se eu quebrasse a minha prancha na cabeça daquele panaca, Mick, que estava com você na biblioteca, seria de maneira sutil. O máximo que ele ganharia seria um galo... ou uma concussão. Sei lá.

Comecei a rir e abaixei a cabeça, sendo abraçada por Patrick, que chegou mais perto ainda de mim. Minha nossa! Eu estava quase sentada no colo dele daquele jeito!

— Você está rindo, mas é verdade.

— Você está falando do Mark?

— Esse é o nome dele? Não era Mick? Mike? Munk? Qualquer coisa dessas? — debochou.

— Seu bobo. Ele estuda comigo. Estávamos fazendo um trabalho da escola. Você não faz trabalhos de escola em grupos? — perguntei.

— Com Scott e Dale! — falou, exaltado. — Onde estão as meninas para serem suas duplas?

Meu semblante caiu naquele instante. Patrick percebeu imediatamente.

— Porra... me desculpa, Tillie... eu não quis...

Cobri sua boca com a minha mão para impedi-lo de continuar.

— Eu sei. Algum dia eu te conto a história toda e você compreenderá porque o fato de ter feito o trabalho com Mark, aquele dia, ainda foi surpreendente — retruquei, por fim.

Ele me abraçou com mais força ainda.

— Me perdoa.

— Não há o que perdoar.

Passados alguns segundos, ele me soltou um pouco e pudemos nos olhar outra vez.

— E então... O que me diz? Qual será sua resposta positiva? — perguntou, esperançoso.

Comecei a rir baixinho.

— Você está induzindo a resposta outra vez, sabia?

— Estou? Onde? O que eu fiz? Só perguntei qual será sua resposta sim, ué...

Encarei aqueles olhos azuis tão lindos e suplicantes e suspirei. A oportunidade que eu tinha era aquela. Estava diante do meu rosto. Eu poderia viver o momento e apreciar cada pequena conquista que me sobreviesse, ou poderia afastar as coisas boas que poderiam advir de um relacionamento com ele.

— Tudo bem.

— Tudo bem, o quê? — perguntou, fazendo-me revirar os olhos.

— Tudo bem, aceito ser sua namorada.

— Com tudo o que tenho direito? — insistiu.

— Meu Deus, Patrick... eu mal comecei e já estou com medo do que você quer. Tem alguma espécie de contrato com cláusulas? — zombei.

— Não — respondeu sorrindo. — Você é só minha?

— Sim.

— Nada de Matt?

— Quem é Matt? — perguntei, sem entender.

Foi a vez de ele revirar os olhos.

— Qualquer panaca que queira dar uma de engraçadinho para cima de você.

— Nada de qualquer panaca que queira dar uma de engraçadinho para cima de mim. Eu prometo. E quanto a você?

— Graças a Deus eu não tenho nenhum panaca dando em cima de mim, Tillie — caçoou, com um sorriso sem-vergonha.

Dei um soco no seu braço, mas quem sentiu dor fui eu.

— Você entendeu!

— Nada de garotas intrusivas querendo roubar este corpo sexy que agora só pertence a você. Só a você.

— Você vai muito à praia — falei o óbvio.

— Yeaaap...

— E lá tem muitas meninas de biquínis...

— Hummm... e daí?

— Isso pode ser tentador... — perturbei.

— Eu fui fisgado por uma garota que foi à praia de suéter e calça jeans e resolveu mergulhar vestida desse jeito. Sem me mostrar um pedacinho de pele sequer... Viu? Você me conquistou já dali. Não precisou expor sua forma física para que eu me apaixonasse pelo conteúdo.

Patrick sabia ser tão intenso com as palavras que me assustava às vezes. Chegava a pensar se não havia um poeta encubado dentro daquele corpo sexy, como ele mesmo afirmava ter.

— Você é muito bom com as palavras, sabia?

— Mas sou melhor com a língua — respondeu, com um sorriso sacana.

Escondi o rosto em seu peito novamente, sentindo a vibração de suas risadas.

— Vamos, eu trouxe sobremesa pra gente comer como um casalzinho de namorados bem grudento — falou, e ajudou-me a levantar.

Patrick agarrou o pacote de algodão-doce e saiu caminhando segurando a minha mão. Paramos perto do mirante que dava vista para o mar, agora praticamente mesclado com o céu escuro da noite. Ao longe, víamos apenas a luz do farol de Monterey.

Pat parou na amurada e recostou-se ali, puxando meu corpo para que me encaixasse entre suas pernas. A pose era íntima e embaraçosa, o que me fez tentar sair do seu agarre, mas um de seus braços me impedia totalmente. Sem que eu tivesse me dado conta, Patrick já tinha o pacote do doce aberto.

— Esse é um jogo. Você vai ter que ser rápida no gatilho, como foi no tiro ao alvo — falou, e franzi o cenho sem entender. — Ou vou acabar comendo sozinho, entendeu?

Ele mordeu um punhado e deixou apenas um pedaço para fora, sinalizando que eu deveria morder diretamente da sua boca. Senti meu rosto quente na mesma hora.

O braço que me mantinha cativa na posição em que estávamos me puxou para estimular o movimento que ele queria que eu fizesse. Acabei mordendo e sentindo o doce derreter na boca no momento exato em que meus lábios tocaram a textura do açúcar.

Patrick completou com um beijo doce. Literalmente.

Agora eu entendia o objetivo do *jogo* que ele propôs. Se eu demorasse a buscar minha porção na boca dele, o açúcar derreteria todo e apenas ele comeria o algodão-doce.

Safado.

Aquela brincadeira durou por alguns minutos, entre risos e mordidas.

Castelo de Sombras 161

Beijos doces e intensos. Até que quando o último grão de açúcar derreteu, Patrick deixou o pacote vazio do lado e puxou-me para um abraço mais íntimo do que o que já compartilhávamos. E aprofundou o beijo com todo o empenho.

Era fácil sentir o sabor do doce. Mas era nítido perceber o de Patrick. Um sabor único e inigualável. Sabor de entusiasmo e encantamento, que fazia com que eu me entregasse sem reservas e usufruísse daquele momento como se ele fosse o meu ar para respirar.

Meus braços ganharam vida própria e enlaçaram seu pescoço, fazendo com que nossas posições ficassem mais encaixadas, arrancando um gemido de Patrick.

Eu podia sentir que nossos beijos estavam melados, definitivamente. E aquilo acabou me fazendo rir. No meio do beijo.

Patrick parou um instante e afastou a cabeça apenas o suficiente para me olhar por baixo de suas pálpebras semicerradas.

— Por que está rindo, senhorita?

— Bem que você falou que seríamos um casal de namorados grudentos... — brinquei e lambi a boca. Os olhos de Patrick acompanharam o movimento.

Sem dar margem para outras palavras que eu pudesse dizer, ele me beijou uma, duas, três... quantas vezes mais quis.

Bem que ele disse que queria me beijar em quantas oportunidades tivesse... sem parar.

O mais assustador de tudo aquilo é que eu queria exatamente a mesma coisa.

Capítulo Vinte e Três

Experta est linguas auris iniqua malas.
Quem escuta, de si ouve.

TILLIE

Era isso. Estávamos namorando sério. Há quase três semanas agora. Desde aquele dia no parque de diversões, posso dizer que minha vida pareceu dar uma guinada.

Era engraçado falar isso, mas era assim que me sentia. Patrick trouxe uma leveza aos meus períodos sombrios. Eu já dormia bem melhor, não tinha crises de choro ou tristeza intensa. E nem surtei quando a irmã de Katy, Susan, me ligou certo dia.

— Tillie? — A voz do outro lado fez uma batida saltar erraticamente no meu peito.

— Susan...

— Querida, como tem passado? — Susie perguntou, como se estivesse perguntando sobre o tempo.

— Estou indo, Susan. E você? Seus pais, como estão? — Nunca mais consegui ir à casa deles. Era vergonhoso admitir isso.

— Estão bem. Melhorando a cada dia. É difícil se reerguer quando algo assim abate a família, mas com fé em Deus a ferida no coração irá curar. E você?

— Estou bem...

— Falei com Jared há um tempo, Tillie. — Aquela simples frase fez com que meus argumentos caíssem por terra.

— Ahnn...

— Ele me disse que você... que...

— Não vá por aí, Susie. Houve um mal-entendido com a minha família, que eles parecem fazer questão de não querer entender de jeito nenhum. Eu não atentei contra a minha própria vida. Eu juro.

O silêncio do outro lado da linha foi enfático.

— Eu juro, Susie. Pela amizade que tive com Katy, por todos os anos que dediquei o meu carinho a ela, à sua família.

— Eu acredito em você. Mas você está... está fazendo um tratamento para se cuidar?

Era difícil ainda admitir aquilo.

— Sim. Desde o episódio, estou tratando de depressão. A médica disse que eu já estava passando pela doença, mas não percebi. Mas estou me cuidando.

— Fico feliz, Tillie. Tudo o que eu queria era ter podido estar ao lado da Katy, para que pudesse ter identificado qualquer sinal de algo errado com ela, e assim, poder fazer alguma coisa para ajudar... Infelizmente, Deus não quis que fosse assim.

— Eu me culpo por isso, sabe?

— Se culpa pelo quê, Tills? — quando ela me chamou pelo apelido que Katy também me chamava, senti as lágrimas saltando livres.

— Por não ter lutado por ela para mostrar que algo estava errado.

— E o que você teria feito, menina? Nada. Katy estava vivendo o que achava que queria viver. Você não tem culpa alguma das péssimas escolhas da minha irmã. Ela optou em se envolver em um relacionamento abusivo, e não teve forças para sair dele. Ela afastou você. Afastou meus pais. Até mesmo a mim, Tills. Katy vivia, nos últimos tempos, em prol do namorado que tinha. Ele era como o vício dela. Juro que em alguns momentos cheguei a suspeitar se Katy não estava usando algum tipo de droga, induzida pelo idiota, mas não tive tempo hábil para sair daqui de Londres e ir averiguar por conta própria.

Enxuguei as lágrimas com a barra da camiseta. Eu sabia que bloqueava as explicações que ouvia sobre o comportamento de Katy, assumindo uma culpa que não era minha.

— Escuta... o que você poderia fazer? Entrar à força no quarto da minha irmã e fazê-la ver a verdade quando ela mesma não queria? O primeiro que tem que querer algo é a própria pessoa. Nós somos meros observadores dos erros que outros irão cometer. Muitas vezes, eles precisarão cair para levantar pelas próprias pernas. Muitas vezes, cairão e não se levantarão mais, como aconteceu com Katy. Mas você não pode arcar com uma culpa que não é sua. Não pode querer ser um mártir. Levar para si uma luta que nunca te pertenceu. Carregar as dores do mundo sobre os ombros. Você dedicou sua amizade para Katy. Com todo o seu coração. Foi a pessoa que esteve em seus melhores momentos. Então... chegou a hora de você guardar para você, agora, os bons momentos que deu a ela, e que viveu ao lado dela. Os risos de infância. As brincadeiras de criança. Os segredos compartilhados da adolescência.

Cada palavra dita por Susan era com um processo de limpeza de um ferimento infectado e podre. Por mais que doesse o procedimento, ele levaria à limpeza da área, permitindo que a cura fosse completa e, no final, sobrasse talvez somente uma cicatriz de lembrança.

Susan cicatrizava minha alma. Eu sabia que levaria as marcas do que aconteceu para sempre. Quem esquece algo assim? Quem apaga da memória uma amizade tão querida?

Mas também sabia que precisava escutar tudo aquilo, precisava calar as minhas próprias vozes acusadoras, para que pudesse ouvir, por fim, meu coração.

— Você entendeu, Tills?

— Sim, Susie.

— Quando eu voltar à Califórnia, quero vê-la bem. Não quero saber que há uma sombra sequer cobrindo a pessoa iluminada que você sempre foi, entendeu?

— Sim.

— Jared vai continuar me dando notícias suas, como um bom fofoqueiro.

Comecei a rir. Sabia que meu irmão mais velho e Susan já haviam tido um rolo, paquera, sei lá. Prevaleceu a amizade entre irmãos mais velhos, que só querem proteger os mais novos.

— Vou continuar ligando para saber, de tempos em tempos, como você está. E não hesite em entrar em contato comigo, sempre que quiser. Sei que seus irmãos podem ser um saco e não entendem nada de assuntos de mulheres, então... vou assumir essa tarefa.

— Tudo bem.

— Eu te amo, garota. Fique bem.

— Eu também te amo, Susie. Obrigada.

Depois que encerrei a ligação, chorei. Chorei rios de lágrimas de saudade de um tempo que nunca voltaria. Mas sabia que as palavras de Susan haviam servido como um bálsamo para me ajudar em mais um passo em direção à cura que eu tanto almejava.

Aquele telefonema foi um divisor de águas também. Até mesmo o psicanalista que me atendia reparou a mudança considerável.

As aulas prosseguiam em um ritmo lento, mas agora eu já podia vislumbrar, graças a Deus, o final do ano letivo. Faltava muito pouco.

Evitei Mark o tanto quanto possível, mas ele estava empenhado em tornar meus dias uma constante de fugas escondidas para o banheiro ou biblioteca da escola. Nem ao refeitório eu ia mais. Até que não pude mais evitá-lo.

— Tillie! — gritou ao correr em minha direção.

Respirei fundo e parei. Não dava para fingir que não o havia escutado, pois, se fizesse, os alunos à volta diriam que sou surda.

Quando chegou esbaforido ao meu lado, estava com um sorriso no rosto e quase senti remorso por estar tratando o garoto com tanta negligência.

— Oi, Mark.

— Poxa, você tem se escondido ou o quê? — perguntou, rindo.

— Não, desculpa. Estou estudando muito. Na reta final para acabar, então...

— É, eu sei. Enfim... escuta... teremos, nesta sexta-feira, depois das aulas, uma atividade no ginásio, uma espécie de ensaio geral para a formatura, você ficou sabendo?

Nem estava me ligando em formatura. Quanto mais em ficar sabendo de alguma coisa.

— Não.

— Então... os alunos estão convocados para saberem tudo o que vai rolar e tal. Pediram para eu te avisar.

Achei estranho aquilo. Eu não me envolvia com nada da escola. E por que usariam Mark para ser um pombo-correio quando poderiam enviar a comissão de formatura? Ah, claro. Sabrina James era da comissão. Ela nunca viria dar um recado.

— Não sei. Não estou querendo participar de nada.
— Por quê? — perguntou.
— Porque não gosto.

Eu estava mentindo. A Tillie de antes gostava de dançar e se divertir. A de agora evitava esse tipo de demonstrações públicas de alegria. Eu estava começando a voltar ao que era agora... ao lado de Patrick Griffin.

— Olha, parece que vai haver até uma lista de presença...
— Tudo bem, Mark... mas se eu não for participar da formatura, não haverá razão para a minha ausência me prejudicar em nada — afirmei.
— Olha, só apareça para ver se te interessa. Que tal? Acho que falaram até de fazer uma homenagem a Katy.

Aquilo fez com que meu corpo enrijecesse, em angústia. Que porra era aquela?

Depois de racionalizar, percebi que seria o mais lógico, e poderia ter sido até mesmo um comando da escola, já que Katy estudou ali desde criança. Nada mais justo.

— Tudo bem. Vou ver se apareço.
— Beleza. A gente se vê lá.

Ele se afastou e caminhei apressadamente para o meu carro. Quer dizer, de Hunter. Olhei para os lados para ver se o ser inominável não estava por perto.

Não. Nem sinal. Graças a Deus.

Estava fazendo meu trabalho de história quando o celular apitou:

> Olá, coisa linda. Como tem passado?

Comecei a rir e pensei no que responder.

> Tenho passado muito bem, querido surfista. E você?

As bolinhas fizeram sua dança hipnótica e esperei.

> Estou à deriva... com saudade de uma sereia que me enfeitiçou... Você a tem visto por aí?

Balancei a cabeça e percebi que um sorriso besta quase rasgava meu rosto.

> Não sei. Ela tem cauda ou mergulha de calça jeans?

O celular tocou na minha mão.

— Ela é engraçada. É bonita pra caralho. Usa jeans como ninguém e dirige o carro invocado do irmão como se fosse dela. Dizem que ela se chama Tillie. Preciso encontrá-la urgentemente. Estou com um vírus mortal e o médico disse que somente o beijo dessa sereia é o antídoto que pode me curar — falou, e deu um suspiro dramático do outro lado da linha. — Não quero morrer tão jovem.

— Pobrezinho. Posso tentar encontrar essa sereia para você...

— Jura? Se eu for à sua casa, você marcaria um encontro para nós dois aí? — perguntou, esperançoso.

Olhei o relógio de cabeceira e vi que já eram mais de seis da noite. Nem era tão tarde.

— Tudo bem. Vou tentar falar com essa garota que você tanto quer.

— Chego à sua casa em dez minutos.

Patrick desligou e comecei a rir. Saí do quarto e desci as escadas, achando meu pai na sala de TV.

Ele, mamãe e Greg já haviam conhecido Patrick. Mamãe chegou até mesmo a fazer uma lasanha para ele. Gerou ciúmes em Greg, mas foi resolvido com uma torta de banana que ela fez só para o estômago do egoísta. Jared estava dando birra e não queria vir conhecer meu namorado e Hunter zombou dizendo que estava limpando o fuzil M14 na próxima vinda para casa.

— Ei, pai. Patrick vai chegar daqui a pouco, tá? — falei, sem graça.

Ele olhou para trás, por cima do sofá e franziu o cenho.

— Ele já jantou?

Revirei os olhos.

— Provavelmente, pai.

— Ah, tá. Porque sua mãe foi no encontro das vizinhas aqui do bairro. Algo como um jantar ou essas coisas, e ela não está aqui...

Meu pai, mesmo que não fosse um excelente anfitrião, ainda estava sendo atencioso, preocupado se Patrick iria querer algo para comer.

— Não precisa se preocupar, pai. Só estou te avisando, tá?

— Tudo bem. Vai esperar aqui ou quer que o mande lá para cima quando chegar?

— Você poderia pedir para ele subir?

— Claro, bonequinha.

E foi isso. Dezesseis minutos depois, a porta do meu quarto abriu e um Patrick sorridente entrou.

— Seu pai ficou fofocando comigo dois minutos, então desconte o atraso aí. O resto foi culpa do trânsito — falou, enquanto vinha em minha direção. — Cadê minha sereia?

Ele me abraçou imediatamente e me beijou. Calou minhas palavras com toda a paixão que sempre fazia questão de exprimir em gestos.

Colei meu corpo ao dele, porque ultimamente parecia haver uma necessidade vibrante que ardia por dentro, obrigando-me a esfregar-me em Patrick como se ele fosse a lâmpada mágica de Aladim. Era até meio embaraçoso. Era como se meu corpo só se satisfizesse se eu estivesse em pleno contato físico com ele.

Depois de alguns minutos – isso mesmo, Patrick beijava por longos minutos –, ele afastou o rosto e me olhou.

— Eu adoro deixar sua boca inchada — disse, gabando-se e rindo em seguida quando lhe dei um tapa.

— Besta.

— Sério. Basta eu te beijar e voilà... você nunca vai precisar de aplicação de botox ou essas merdas que as mulheres fazem para preencher os lábios — falou, e fez um beiço demonstrando.

Comecei a rir.

— E aí, o que estava fazendo antes de ter que se vestir de sereia para mim?

— Estava estudando, seu bobo. História.

— Aaahh... que massa. Eu estava em casa fazendo meu ensaio de In-

Castelo de Sombras

169

glês. Acho que ficou fabuloso.

— E você é tão modesto que me assusta.

— Eu sei — afirmou, rindo. Depois deu uma piscada como quem não quer nada.

Patrick se deitou na minha cama quando pegou uma revistinha para ler e ficou por algum tempo, enquanto eu terminava o trabalho.

Assim que finalizei, espreguicei o corpo e levantei-me, vendo que ele acompanhava todos os meus movimentos.

— Venha aqui... — pediu.

Olhei para a porta, meio ressabiada. E se meus pais ou Greg entrassem de supetão?

— Venha, Tillie. Não vamos fazer nada. Ainda.

Aquela única palavra ao final foi o suficiente para me deixar vermelha como um tomate.

Cheguei até onde ele estava e Patrick me puxou para me deitar ao seu lado. Minha cabeça repousou em seu peito. Fiquei deliciada ao ouvir as batidas aceleradas de seu coração. A mão dele acariciava meu cabelo, fazendo com que eu quase ronronasse como um gato que ansiava pelo carinho do seu dono.

— Estava com saudades — falou, e senti as vibrações diretamente onde repousava.

— Eu também — admiti. — Mas nos vimos há três dias.

— É muito tempo.

Ri baixinho e pousei a mão em seu peito, passando brandamente sobre a camiseta cinza que ele usava.

— Eliminei um verbo da frase que disse a você dias atrás, Tillie — falou, baixinho.

Senti o meu coração acelerar, boca secar e o sangue rugir. Patrick nunca dissera as palavras novamente, mas sempre fazia questão de demonstrar nas pequenas coisas.

— Qual? — perguntei, baixinho.

Eu tinha tanta vergonha de ouvi-lo admitir seus sentimentos, porque ainda me sentia presa a reconhecer os meus próprios.

— Eliminei o acho. Porque tenho certeza mesmo.

A mão que acariciava meu cabelo parou a carícia. Ele ergueu minha cabeça para que meus olhos se conectassem aos dele.

— Minha oração a ser analisada sintaticamente passa a ser agora: Eu amo você. Onde eu sou o sujeito. O verbo amar é totalmente transitivo direto e você é meu objeto direto.

Patrick virou nossos corpos de modo que agora o meu estava meio abaixo do dele. O olhar azul tempestuoso me afirmava com todas as letras o que havia acabado de dizer:

— Eu te amo, Tillie.

E o pior é que eu o amava também. Já não achava nem nada. Eu só não conseguia dizer em voz alta.

Capítulo

Vinte e Quatro

Ex aspectu nascitur amor.
O amor entra pelos olhos.

PATRICK

Ela podia não afirmar com todas as letras, mas eu sabia que retribuía meus sentimentos. Era isso o que me fazia feliz a cada dia. Eu ainda a ouviria admitir sem medo. Porque ela precisava reconhecer para si mesma, antes de tudo. Tillie também precisava resgatar aquela parte que havia perdido, a confiança em seus sentimentos, pensamentos e emoções. Enquanto não internalizasse que tudo o que sentia era verdadeiramente seu, e não efeito de medicamentos, como achava que poderia ser, ela ficaria retraída.

E por essas e outras razões eu não forçava a barra em nada com ela, nem mesmo na intimidade que meu corpo ansiava. Eu sabia que chegaria o tempo certo.

Bastava que olhasse naqueles olhos azuis suaves que ela tinha para ter certeza de que meu amor era aceito e que ela me devolvia em igual medida. Então era apenas uma questão de tempo para que nosso relacionamento avançasse as etapas. Porque tudo tem seu tempo, como dizia minha mãe.

Desci as escadas e entrei na cozinha dando de cara com Marla e uma bandeja de bolo.

— Uau! Que delícia. É pra mim?

— Não, seu bobo. Hoje é aniversário do Carrick. Esqueceu?

— Eita! Esqueci. Obrigado por me lembrar, Marla. O que seria da minha vida sem você? — Beijei a bochecha rechonchuda.

— Menino, menino...

Carrick estava voltando do treino ainda, então Marla devia estar escondendo o bolo. Estava quase conseguindo passar um dedo na cobertura quando mamãe entrou sorrateiramente na cozinha.

— Tire o dedo do bolo ou vou bater com a colher de pau na sua bunda — ameaçou.

— Nossa, quanta agressividade.

Mamãe começou a rir e beijou minha cabeça.

— Oi, querido. Como está nossa Tillie?

Revirei os olhos, porque agora todo mundo se referia a ela assim. Embora ela ainda não tenha aceitado um convite expresso para um jantar ou almoço. Todos já sabiam, porém, que estávamos namorando, logo...

— Está bem, mãe.

— Ei... tive uma ideia. Como estou sentindo que Tillie parece estar meio resistente a vir aqui em casa, conhecer sua família, o que consigo entender a razão, já que somos muito intensos — ela disse, e eu ri sacudindo a cabeça —, que tal convidá-la para o aniversário de Carrick? Quer dizer... não para uma festa, mas para o bolo?

Minha mãe era genial. Realmente.

— Boa ideia, mãe! Por isso que te amo, sabia?

— Por eu ser sua mãe?

— Não. Por ter essas ideias brilhantes e ler minha mente antes que eu pudesse processar o pensamento.

— Hummm... você está insinuando que a ideia seria sua, mas eu me adiantei porque li sua mente?

— Tipo isso.

— Pat, deixe de ser anormal e admita que sou muito mais esperta e você nem tinha pensado nisso.

— Ainda. Mas tenho certeza de que quando passasse o dedo naquela cobertura do bolo e enfiasse na boca... a ideia surgiria como uma maldita lâmpada acima da minha cabeça.

Castelo de Sombras

173

— Hum, hum. Sei.
— Por que estão brigando? — Marla perguntou, quando voltou com o restante dos ingredientes para enfeitar o bolo.
— Patrick queria passar o dedo na cobertura — mamãe dedurou.
— O quê? Calúnia, Marla! Eu não faria isso...
Ela me olhou de cara feia e com um sorriso enviesado.
— Conheço você, menino. Nem seria discreto para futucar em um local invisível.
Dei de ombros. Eu fazia aquilo desde pequeno.
— Bom, vou tentar convencer minha garota a comer o bolo da Marla, dizendo que é o melhor de toda a América.
Saí com o som das risadas das duas mulheres.
Eu tinha uma missão. Já tinha vencido uma fronte de guerra quando cheguei de surpresa um dia na casa dela e Tillie não teve alternativa que não me apresentar seus pais. Depois, com meu jeito sedutor, consegui fazer com que me convidassem para um jantar em família.
Só de o irmão mais velho de Tillie, e mais próximo, pelo que ela me disse, não ter querido me matar, já foi ótimo. Faltava ainda conhecer o irmão militar, Hunter, então eu tinha que comprar, talvez, um colete Kevlar. Para o caso. E também o mais velho de todos, Jared.
Era chegado o tempo de Tillie entrar no ninho dos Griffin.

Peguei o celular e parti logo para o ataque. Nada de mensagens.
— Oi — ela respondeu do outro lado.
— Oi, coisa linda. Escute... preciso de você.
Escutei o riso e sorri de antemão.
— Está com outro vírus contagioso e precisa de um antídoto?
— *Nope.*
— O que é desta vez? — perguntou, desconfiada.
— Tenho uma tarefa difícil. Muito complicada. Preciso de ajuda.
— O que seria?

— Tenho que comer um bolo. Ele é grande. Não vai caber no meu estômago. Sério. Preciso de mais uma boca para me ajudar a devorar tudo.

O som de sua risada do outro lado trouxe um calor ao meu coração e acabei me deitando na cama, encarando o teto do meu quarto.

— Você tem cada tarefa engraçada, Pat.

— É sério. Você ri, mas é um bolo que não merece ser desperdiçado. É o melhor bolo do mundo. Camadas e camadas de chocolate com chantilly que desce como as espumas do mar. É algo lindo de se ver. E de comer.

— Uau. Pode ser que meu estômago tenha se interessado...

— Que maravilha. Você me ajuda?

— Tudo bem.

— Fantástico. Te pego às seis horas, tá?

— E onde comeremos esse bolo?

Agora era a hora derradeira.

— Na minha casa.

O silêncio foi contundente.

— O-o quê?

— É aniversário do Carrick.

— Pat...

— Você já se comprometeu a me ajudar...

— Mas...

— Só estaremos nós, Tillie. Marla sempre faz um bolo no dia do aniversário do pentelho para que ele não choramingue dizendo que ela gosta mais de mim do que dele. O que é verdade, diga-se de passagem...

Quando escutei seu suspiro do outro lado, porém, não uma negativa evidente, fiquei mais aliviado.

— Ai, meu Deus, Pat.

— Vamos lá, amorzinho... por favor. Eu já conheci seus pais. Você já conhece minha mãe. Falta meu pai e Carrick. Por que não eliminar logo essa etapa?

Alguns segundos de silêncio e mordi a unha do polegar. Porra. Estava tenso.

— Tudo bem.

Yeeeessss! Comemorei do lado de cá; não no telefone, claro.

— Maravilha. Te pego às seis. Venha de barriga vazia. O bolo agradece.

Ela riu baixinho.

— Ei, Tillie?

— Hum?

Castelo de Sombras

175

— Eu te amo, coisa linda.

O som de seu riso era o que eu precisava naquele momento. Faltava pouco para ela dizer: eu também te amo, Pat.

Capítulo Vinte e Cinco

Amicitia tibe junge pares.
Escolhe os amigos entre os teus iguais.

TILLIE

— Eu juro que não sei por que você está tão nervosa — Patrick me perguntou, quando estacionou o carro na garagem da imensa mansão onde morava.

Estava sentindo os joelhos bambos e nem tinha descido do carro ainda. As mãos estavam úmidas, o coração galopando. Enfim... eu poderia ter um piripaque a qualquer momento.

— Homens nunca entendem isso.

— Ei, homens também ficam tensos quando vão conhecer a família da namorada, sabia? — perguntou. — Mas tomei um chá de camomila antes e fiquei zen.

Comecei a rir. Não havia possibilidade de ficar de mau-humor ao lado de Patrick Griffin.

— Eu me esqueci de tomar um chá de camomila. E meu remédio deve estar perdendo o efeito, porque estou sentindo um pânico querendo me atacar nesse momento — admiti.

— Ei, ei... — Patrick se virou no assento e me abraçou. — Não precisa ficar assim, Tillie. Se quiser desistir, basta dizer. Não vou forçar você a fazer nada que não queira.

— Não... é... nervoso, só.

— Jura? — Afastou o rosto para me olhar atentamente.

— Sim.

— Então vamos lá. Você vai ver que os Griffin são bem amigáveis e gente boa.

Descemos do carro e seguimos de mãos dadas até a entrada imponente da casa. Minha família era de classe média, mas Patrick Griffin era do alto escalão. O bairro em que morava era um dos mais seletos, onde os milionários viviam.

Ele entrou e já alardeou nossa chegada.

— Ei, mãe! Olha quem eu trouxe! — Revirei os olhos porque nem para ser discreto.

Minha vontade era me enfiar por baixo do mármore chique da imensa sala. Confesso que procurei uma fresta providencial, mas não havia nenhuma.

A mãe de Patrick veio toda sorridente e não hesitou em me dar um abraço caloroso, cochichando ao meu ouvido:

— Oi, querida. Tudo bem? Como você está? — Quando nos afastamos, ela me olhou atentamente, como se eu fosse um sapo prestes a ser dissecado na aula de anatomia.

— Estou bem, Sra. Griffin...

— Opa! — interrompeu meu discurso. — Senhora? Onde está a informalidade que estabelecemos?

— Desculpa. Eu ainda não me habituei a isso.

— Mãe, consegui que Tillie viesse comemorar conosco o aniversário de Carrick, a muito custo. Não espante a garota, por favor.

Senti o rosto ficar vermelho, tamanho o meu embaraço.

— Isso não vai acontecer. Venha, querida. O bolo está maravilhoso, e Carrick não consegue se conter de ansiedade para comer toda a cobertura — ela disse e colocou um braço sobre meus ombros, guiando-me em direção à enorme cozinha.

Imaginei que a família de Patrick faria algo formal, na sala de jantar, com pratos chiques e porcelana refinada. No entanto, acabei sendo surpreendida pela simplicidade de tudo quando entrei no amplo espaço e os encontrei em volta da mesa, com o bolo decorado com morangos e muito chantilly. Tudo tão normal, como sempre aconteceu na minha casa.

— Pessoal, essa é a Tillie — a mãe de Patrick se adiantou e me apresentou. — A garota do Pat.

Meu Deus. Que o chão me tragasse naquele momento. Eu não esperava uma admissão assim tão pública. O pai de Patrick veio em minha direção e estendeu a mão, sorrindo com gentileza.

— Muito prazer, querida. Agora entendo por que o Pat anda viajando e sonhando nas nuvens... — brincou.

— O prazer é todo meu, senhor.

Patrick puxou minha mão para me salvar do abraço de sua mãe, levando-me em direção ao irmão. Carrick era a cópia de Pat. Numa versão mais jovem e com traços ainda juvenis, que se definiriam tal qual os do irmão.

— Olá — ele disse, com um sorriso meigo.

— Meus parabéns, Carrick.

— Obrigado, Tillie. Se o meu irmão largar a sua mão em algum momento, eu prometo te dar um abraço. Só não garanto que não fique loucamente apaixonada por mim e queira deixar esse otário para trás — caçoou.

— Cala a boca, imbecil. Ou nem mesmo seu aniversário vai te livrar de levar uns tabefes — Pat ralhou.

Consegui respirar com um pouco mais de calma, em alguns minutos, ao perceber que eles eram mais normais do que imaginei. Riam e provocavam a si mesmos, sem se importarem com nada ao redor. Acabei me sentindo parte do todo, e não deslocada, como temia.

Foi surpreendente perceber que comi até mesmo dois pedaços. Patrick foi além e comeu mais de três. E seu irmão, o dono do bolo, tinha chantilly espalhado por todo o rosto. Você não diria que ele estava completando dezessete anos, e sim, dez. Parecia um garotinho feliz.

— Okay, mãe. Vou levar a Tillie para conhecer o restante da casa — Pat disse, entusiasmado.

— Deixe-me ajudar sua mãe a recolher as coisas — falei, baixinho. Mesmo assim ela ouviu.

— Não, não. Nada disso. Você não precisa se preocupar, meu bem. Eu mesma vou apenas colocar tudo aqui na pia, e o restante do bolo... quer dizer... o que não restou do bolo... vou obrigar Carrick a comer.

Todos riram da brincadeira, enquanto Pat nem ao menos deu tempo de me despedir. Saiu me puxando pelas escadas.

— Vou levá-la ao meu quarto — cochichou.

— Esse não é o restante da casa, seu engraçadinho.

— Ninguém precisa saber. Eu te mostro a planta do lugar. Digo a disposição de tudo e pronto. Mas onde quero que você esteja agora, é no meu quarto.

Senti a boca seca.

— Patrick...

— Calma, garota... — respondeu, rindo, e trancando a porta logo atrás de si.

— Patrick! — gritei, baixinho.

— Relaxa, Tillie. Nós vamos assistir a um filme.

— E por que trancou a porta?

— Para que ninguém nos interrompa.

Ele me abraçou e beijou a lateral do meu pescoço.

— Vou ser um mentiroso de uma figa se não disser que pretendo te dar uns amassos no meio, enquanto passam os comerciais.

— Você sabe que Netflix não passa comercial, certo?

— Não tô nem aí. Eu dou um *pause* no negócio e podemos fingir que uma propaganda de meia hora está circulando.

Comecei a rir, à medida que ele me puxava em direção ao sofá no canto do quarto. De frente, uma imensa TV de tela plana, fixada na parede. O quarto de Pat era todo decorado com suas pranchas. Era notório o amor que ele sentia pelo mar e seus elementos, mas a decoração também não deixava a desejar, passando um pouco do ar de sofisticação que os Griffin exalavam pelos poros.

Ficamos lado a lado, com os dedos entrelaçados, onde vez ou outra Patrick depositava beijos suaves e mordidas fugazes. Em alguns momentos ele se esquecia do filme e enfiava o rosto na curva do meu pescoço, passando o nariz por toda a minha pele, fazendo com que arrepios subissem pelo meu corpo. Não foi afoito em instante algum. Apenas mostrava que não resistia aos toques e que necessitava ficar próximo. E aquilo estava me levando à loucura.

Até que esqueci o que estávamos vendo e virei meu rosto no segundo em que ele ia beijar minha bochecha. Nossos lábios se conectaram, enquanto os olhares ficaram fixos um ao outro. O tempo parou, como se estivéssemos decidindo o que fazer a partir dali.

Patrick assumiu a dianteira e colocou uma mão no meu rosto, alinhando-o diretamente ao seu. O beijo doce se transformou em algo tão intenso que eu podia sentir as labaredas ardendo no meu corpo.

Não sei como fui parar no colo dele, honestamente. Ou ele era experiente ao extremo e conseguiu me manobrar sem que eu percebesse, ou eu estava tão aflorada que me ajeitei da melhor forma para conseguir extrair daquele beijo tudo o que podia.

Até que tivemos que parar para respirar. Ou morreríamos ali mesmo.

— Minha nossa... acho que meu coração vai saltar pela boca — ele admitiu, sem vergonha alguma. — Não se mexa, pelo amor de qualquer coisa.

Entendi o que ele queria dizer quando encostou a cabeça no meu ombro e respirou profundamente. Suas mãos tremiam contra as minhas costas, mas eu podia sentir a resposta de seu corpo logo abaixo de mim.

— Não. Se. Mexa — pediu com os dentes entrecerrados.

— Tudo bem. Desculpa.

— Também não peça desculpas. Eu é que me desculpo. Não tenho conseguido me controlar perto de você — falou, e ergueu a cabeça do meu ombro. — Desculpa por... isso — disse e olhou para a área em que nossos corpos se comunicavam. Começou a rir logo depois. — Nem posso dizer que é involuntário. Eu fui muito bem estimulado por esse beijo escaldante.

Tentei sair de seu aperto, mas ele não permitiu.

— Não. Fique aqui, Tillie. Por favor... — Seu tom de súplica foi o que me comoveu.

— Okay.

— Eu te amo, sabia? — Em seus olhos ardia o sentimento que eu podia sentir vibrar através de cada gesto e palavra.

— Pat... eu... eu... tamb...

Patrick colocou o dedo nos meus lábios, impedindo-me de continuar.

— Ssshhh. Não quero que se sinta pressionada em momento algum a falar nada. Somente na hora em que perceber que não consegue mais segurar as palavras, como eu não consigo. Aí sim...

Mas eu sentia. Eu precisava dizer que o amava. Com todo o meu coração. Patrick era aquele que estava me ajudando a sair dos caminhos escuros pelos quais minha mente teimava em querer trilhar.

— Mas...

— Não... vamos fazer assim... acho que meu corpo se acalmou. Eu acho. — Patrick riu e olhou para si mesmo. — Levante-se com muita calma e finja que não viu nada. Não sentiu nada e... que nada aconteceu.

Seria impossível. Será que ele não sabia daquilo?

— Acho melhor eu te levar para casa. Ou não me responsabilizo por nada. Estou sendo um cara muito tranquilo neste momento... agindo com uma calmaria que não sinto no meu interior. — Levantou-se e me abraçou. Ou ia me abraçar. — Melhor não. Ainda estou muito sensível ao seu toque... meu Deus. Que situação. — Bufou e passou as mãos no cabelo, tornando tudo uma bagunça.

Patrick pegou minha mão e saiu me arrastando porta afora, diretamente para a escadaria. Não havia nem sinal de seus parentes em lugar algum, o que acabou me deixando mais embaraçada ainda. Eles certamente deviam estar pensando que estávamos no quarto de Pat, fazendo o quê?

Coloquei uma mão nos meus olhos, completamente mortificada.

— O que foi? — perguntou, rindo, ao mesmo tempo em que a porta de casa se abria.

— Pat... o que seus pais estão pensando agora? — sussurrei.

— Que eu estava com minha garota no meu quarto, assistindo TV?

O descarado riu e me abraçou enquanto seguíamos para seu carro.

— Eles não estão pensando em nada, amorzinho. Apenas que somos dois jovens muito bacanas e fofos que estavam se dedicando a assistir algo no Netflix. — Piscou e fechou a porta.

Durante o caminho inteiro para casa, Pat segurou minha mão, dando-me o conforto que eu precisava.

— Olha, amanhã eu te pego na escola, pode ser? — perguntou, e me olhou de soslaio.

— Tenho uma reunião, ou algo assim, da comissão de formatura.

— Beleza, você me informa o horário direitinho e onde posso te pegar. Eu te busco em casa pela manhã e te deixo na escola. E te pego depois. O que acha?

Não gostava de me sentir um fardo ou que estivesse dando trabalho a Pat. Eu poderia usar o carro de Hunter, como vinha fazendo.

— Vamos, Tillie... não me tire esse prazer...

— Tudo bem.

— Maravilha. Você me envia a mensagem quando quiser que eu te apanhe na escola. Mas me espere de manhã cedo na porta da sua casa — disse e mandou um beijo.

Comecei a rir. Não havia como ficar triste com ele ao redor.

— Certo, bonitão.

Paramos em frente de casa e ameacei abrir a porta.

— Não! Eu vou abrir. Por favor.

Cobri o rosto e ri baixinho por baixo das mãos. Ele era um surfista nato, mas um cavalheiro à moda antiga.

Quando abriu a porta ao meu lado, ajudou-me a descer e guiou-me até a entrada de casa. Ali ele me abraçou como sempre fazia, despertando em mim o desejo de ficar eternamente em seus braços.

— Até amanhã, sereia.

Dei um beijo delicado em sua boca e apenas acenei quando ele correu de volta para o carro.

Entrei em casa e recostei-me à porta, suspirando mais uma vez por todas as experiências que ele estava me fazendo sentir.

Eu estava muito apaixonada por aquele garoto. Só esperava não me afogar em todo aquele sentimento, da mesma forma que me sentia afogar nos meus próprios, em vários momentos.

Capítulo Vinte e Seis

Inimici sui amicum nemo in amicitia sumit.
Não pode ser meu amigo o amigo de meu inimigo.

TILLIE

— Mãe! Já estou indo! — gritei, esperando que ela ouvisse da área de serviço.

— Vai de carro? — perguntou, com a voz abafada.

— Não. Patrick veio me buscar.

Ela apareceu na cozinha com um monte de roupas nas mãos.

— É mesmo? — Um sorriso bobo ilustrava seu rosto.

— Sim. Ahn... ele já deve ter chegado. Estou indo, okay? Hoje tenho reunião da comissão de formatura... provavelmente chegue mais tarde.

Mamãe franziu a sobrancelha. Ela me conhecia bem. Sabia que eu não queria participar de nenhuma festividade.

— Você vai querer comparecer? Digo... à formatura?

— Não sei. Vou apenas ver o que será apresentado — falei, e dei um beijo rápido em sua bochecha.

Saí rápido de casa, fechando a porta de maneira brusca, mas com um sorriso idiota no rosto, ao ver o mesmo sorriso refletido em Patrick, que me aguardava recostado ao carro.

Ele se aproximou e me ergueu antes que eu estivesse preparada, sapecando um beijo na minha boca.

— Bom dia, meu amor.

— Bom dia.

— Você está mais bonita que ontem... Como pode?

Senti o rosto ficar vermelho de imediato. Ainda não havia me acostumado com os elogios de Pat.

A conversa no carro até a escola foi a mais trivial possível. Eu nunca me sentia na obrigação de conversar com Patrick, e ele falava por nós dois. Mas o que eu mais amava era que me sentia tão à vontade ao seu lado que poderia passar o dia inteiro, somente em silêncio, e já me sentiria feliz.

Ele beijou minha mão assim que chegamos em frente à escola.

— Espero você me informar o horário para vir te buscar, okay?

— Sim, senhor.

Patrick me puxou pela nuca para um beijo rápido, mas fechei os olhos sem querer imaginar que outros alunos pudessem nos ver pelo para-brisas do carro.

Fui para minha sala com um sorriso imenso, sabendo que meu dia seria lindo, somente por conta da presença de Pat.

Ignorei até mesmo o fato de que minha primeira aula seria na companhia nada agradável de Sabrina e Steve James, os gêmeos do mal.

Sentei-me no fundo da sala, como sempre vinha fazendo, desde que me isolei do mundo, mas meu coração estava leve. A professora entrou já avisando a todos que uma prova surpresa seria aplicada naquele instante.

Os resmungos da turma puderam ser ouvidos em quase toda a escola. Em silêncio, guardei os materiais embaixo da carteira e deixei apenas a caneta a postos. Mark sentou-se do outro lado, endereçando-me um sorriso amistoso.

— Olá! Preparada para esta prova?

— Creio que sim — respondi, sucintamente.

— E então... Você vai à reunião hoje mais tarde? — perguntou, e olhou para os lados.

— Acho que sim.

— Maravilha. Será por volta das quatro.

Bom, eu poderia avisar Patrick depois. Como eu tinha aula de música até as três, sairia dali direto para um lanche e a reunião.

— No ginásio, não é?

Mark olhou para trás e disse:

— Isso.

— Muito bem, alunos. Agora preciso de silêncio e nada de olhadelas para o colega do lado, sob pena de terem suas provas anuladas — a professora informou.

Eu sabia aquela matéria de cor e salteado, então deixei que todo o conteúdo viesse à minha mente como em uma enxurrada, preparada para conseguir uma boa nota.

Acredito que terminei a prova em menos de trinta minutos, o que me permitiu entregar o material e ficar apenas observando a interação dos outros alunos. Um sorriso de esgar surgiu na minha boca ao perceber claramente que Steve James colava de forma descarada da colega à frente, que fazia questão de lhe mostrar as respostas. Mais que isso até. Steve surrupiava a mão por dentro de sua blusa, sempre que podia. Revirei os olhos, pensando onde estavam as câmeras de segurança naquele momento.

O pior é que o idiota nem sequer supunha que a garota em questão tirava notas péssimas, porque ela mesma precisava colar de outros. Várias vezes, anos antes, tentara colar de Katy, mas sempre teve suas tentativas frustradas.

Sabrina usava do recurso tecnológico, colando diretamente de seu celular, enquanto a professora, distraída, mantinha-se lendo um livro, recostada à cadeira. Minha vontade era avisar à mesma que prestasse um pouco mais de atenção no que acontecia ao redor, mas eu sabia que, se fizesse isso, estaria sujeita a apanhar no refeitório.

Mark mordia a ponta da caneta, sem saber o que fazer. De rabo de olho, percebi que sua prova estava praticamente em branco. Pensei até se devia sentir-me culpada por não tê-lo permitido colar das minhas respostas, mas o pensamento foi fugaz. Eu não sentia culpa alguma. Por que eu deveria fornecer informação a quem deveria fazer o mesmo que eu: estudar?

O sinal bateu minutos depois e a professora saiu do transe em que se encontrava, levantando-se para retirar as provas dos remanescentes. Peguei meus materiais e me dirigi para a próxima aula. Quando estava passando pela mesa de Steve James, ele colocou o pé logo à frente, quase me fazendo tropeçar.

— Ops... cuidado, gatinha. Se quiser sentar no meu colo, basta pedir. Não precisa inventar desculpas esfarrapadas como estas.

A turma inteira riu, como os bons palhaços que eram, seguindo os comandos do idiota do lugar.

Pulei a perna que me impedia de sair e ignorei a resposta que eu queria dar. Minha vontade era mandar que fosse se fod... bem... que fosse fazer algo bem vulgar consigo mesmo.

— Essa vagabunda não conhece limites... — Escutei Sabrina dizer logo atrás de mim.

Fechei os olhos. Nos últimos dias, parecia que a víbora havia voltado os olhos em minha direção. Por qual razão eu não fazia ideia.

As outras aulas passaram como um borrão. Minha vontade agora era ir embora e nem ao menos comparecer a tal reunião.

Naquele instante lembrei-me de avisar Patrick.

> **Parece que a reunião começa às quatro, mas não faço ideia de que horas termina.**

Dentro de segundos veio a resposta.

> **Okay. E onde será a reunião? Aí mesmo na escola?**

Digitei rapidamente, antes que o professor percebesse. Quase tarde demais, acho que nem consegui finalizar.

> **Gi-**

Droga. Não consegui a tempo. Depois eu mandaria a localização.

Fiquei focada na aula, grata por não ter as companhias daqueles que decidiram me infernizar.

O professor passou um trabalho tão difícil que acabei perdendo noção da hora e quando vi, já tinha que sair para a aula de música, ou perderia os pontos necessários para a disciplina.

Corri pelo corredor e entrei com cinco minutos de atraso.

Dediquei um pouco da minha atenção à professora que tentava tão bem explicar os fundamentos da música, e acabei engatada em uma conversa animada no final da aula. Depois dali, passei no refeitório e tive tempo apenas de pegar um suco e um sanduíche. Sentei-me sozinha para apreciar aquele momento de sossego, antes que tivesse que me dirigir ao ginásio.

Estranhei o fato de estar tudo tão deserto, mas imaginei que todos os alunos que se formariam já deveriam estar reunidos ali, e eu seria a retardatária, como sempre.

Castelo de Sombras

Conferi no relógio e vi que já passavam de cinco minutos das quatro, e uma mensagem apitou. Imaginei que fosse de Patrick e peguei o celular já com um sorriso.

> **Onde você está, Tillie?**

Ops. Mark estava querendo saber do meu paradeiro. Tudo bem, eu estava a caminho, não precisavam aguardar por mim, precisavam?

Caminhei apressadamente pelo gramado que me levaria direto ao enorme ginásio do qual a escola se orgulhava e estranhei a porta fechada, apenas recostada. Empurrei com força e entrei pela fresta.

Dei apenas dois passos para dentro do lugar mal iluminado quando senti uma mão comprimir minha boca.

— Seu atraso vai lhe custar uma punição, sua putinha — Steve James sussurrou no meu ouvido.

Senti minha respiração falhar e o pânico tomou conta do meu corpo à medida que ele ia me levando para o meio do lugar.

Ali, Sabrina James me aguardava, junto com duas amigas e Mark, em um canto, olhando para baixo.

— Aaaahhh... que bom! Finalmente a vagabunda chegou! Odeio esperar. Vamos mostrar a você algumas lembranças bem felizes do que fazemos com as pessoas que não cumprem o que queremos, meu bem — ela disse. — Coloque nossa convidada aqui, maninho.

— O qu...? O que vocês querem?

Tentei me libertar dos braços de Steve, mas eram como barras de aço. Eu podia sentir as lágrimas querendo saltar, mas temia que aquilo daria munição a eles para me atormentarem mais ainda.

Steve me colocou na cadeira e Sabrina imediatamente mandou que Mark prendesse meus pulsos e colocasse uma mordaça na minha boca.

— Desculpa, Tillie — sussurrou, atrás de mim.

— Shhh, Mark. Nada de cair no feitiço dessa aí. Já basta Steve. E o idiota que agora anda com ela. Sabe-se lá Deus o que ela faz para conseguir isso...

Sabrina parou à minha frente e segurou meu rosto com força. Senti as unhas se afundando na pele da minha bochecha, mas me recusei a mostrar que estava sentindo dor.

— Você vai assistir a um vídeo lindo, preparado exclusivamente para que suas recordações sejam perturbadas — disse, com um sorriso de escárnio.

Na tela de projeção, imagens de Katy, algumas de nossas fotos desde a infância, adolescência... Os momentos em que nossa amizade era valiosa. Senti as lágrimas e não pude controlá-las.

As imagens mudaram para Katy embriagada, em atitudes que eu mesma recriminava e que nos levaram a encerrar a amizade de tantos anos. A imagem de sua decadência. Deitada em seu próprio vômito, com Steve apenas rindo, enquanto Sabrina tirava a *selfie* que agora ilustrava o vídeo macabro.

O que veio a seguir me assombraria pelo resto dos meus dias. Katy com marcas de que havia sido abusada, Steve levando-a presa pelo pescoço e, em sua fisionomia, eu podia ver a dor, podia ver a decepção, mas também sabia que ela se sentia presa ao relacionamento abusivo no qual se enfiou. Katy não se valorizava da forma como eu a valorizava, e imaginou que aquilo era o que deveria receber, depois da forma em que me tratou e jogou fora nossa amizade de tantos anos.

Fotos de Steve com outras garotas, enquanto Katy ficava em um canto, chorando silenciosamente.

A última imagem mostrava minha amiga sentada numa cadeira, amarrada, da mesma forma que agora eu me encontrava. Sabrina à sua frente, preparando-se para lhe esbofetear. Então o vídeo ficou escuro.

A algoz que atormentou minha amiga agora estava à minha frente, com um sorriso debochado no rosto.

— Eu disse a você. O mundo é pequeno demais para nós. Pessoas como você e sua amiguinha... não merecem compartilhar o mesmo espaço que nós. Entende? Você consegue compreender? — Sabrina abaixou-se até que o rosto ficou ao nível do meu. — Fale alguma coisa... Ops... você não pode, não é? Está amordaçada.

O primeiro tapa veio sem aviso.

— Ahhh! Como sempre quis fazer isso! — Ela vibrava de emoção. — Vamos ver se seu namorado riquinho vai querer continuar com você depois do que fizermos...

Mais dois tapas, alguns puxões de cabelos, e tudo acompanhado das palmas das hienas que sempre acompanhavam Sabrina James para onde fossem. Em certa altura da surra, levei um soco no estômago que me tirou o ar e fez com que eu dobrasse o corpo para a frente. Amarrada como estava à cadeira, acabei caindo, aterrissando com a testa no chão. A dor foi tão intensa que achei que morreria ali naquele momento. Ou que Deus poderia me levar mesmo... Dessa forma, eu ficaria livre do tormento que eu nem entendia a razão de estar sofrendo.

— Caralho! Ela está sangrando, Sabrina!

— Será que matamos a garota?

Eu podia ouvir ao longe, mas não identificava quem era quem. Senti que me desamarravam e me retiravam da posição ingrata em que me encontrava, com a cadeira atracada às minhas costas. Caí de lado no chão, tentando resgatar um pouco do fôlego perdido.

Senti mãos me revirando.

— O que está fazendo, Steve? — Mark gritou.

— Vou mostrar a ela o que um homem de verdade pode fazer e porque sua amiguinha nunca conseguiu se ver livre de mim... Vou fazê-la implorar por mim, exatamente como Katy fazia! — ele dizia, enquanto ia arrancando meu casaco.

Eu estava dormente. A pancada na cabeça havia me deixado mais do que letárgica, além do fato de não conseguir acreditar que aquilo estava verdadeiramente acontecendo.

Não... não. Não!

— Isso mesmo! Vamos ver se o bonitinho vai querer continuar com ela! — Sabrina vibrou e bateu palmas.

Senti a camisa sendo rasgada em pedaços. Lágrimas se misturavam ao sangue que deslizava pelo meu rosto.

Meu Deus, me leve. Implorei baixinho.

— Cara, para com isso! Isso é estupro, mano. É crime! Vocês não falaram sobre nada disso, porra! — Mark gritava do outro lado.

— Sai daqui, Mark! — Steve bradou, ainda com o corpo acima do meu.

— Gente! Tem alguém vindo para cá! — uma das lacraias de Sabrina disse em desespero.

— O quê? Como assim? — Sabrina deve ter ido averiguar. — Porra! Steve, larga ela aí! Agora!

Senti o corpo de Steve sendo arrancado de cima de mim, e apenas o vazio e solidão de quando eles passaram correndo e saíram pelo outro lado do ginásio, que daria diretamente no campo de futebol. Quem quer que fosse que estivesse chegando, não conseguiria pegá-los a tempo.

As lágrimas caíam em uma torrente. Eu podia ouvir um gemido ao longe. Alguém que agonizava, mas não podia detectar onde e porquê. Estava tão paralisada que temia me mexer e me quebrar em mil pedaços.

— Tillie!!!!

O vento chegou junto com um corpo logo acima do meu. Um olhar assombrado e cheio de terror, que mostrava que algo não estava certo. Mãos tentavam ajeitar trapos ao meu redor, delicadamente, porém eu não entendia a razão. Eu o conhecia. Patrick. Meu Patrick estava ali.

Mas o que eu fazia deitada no chão, destruída como uma boneca qualquer?

Capítulo Vinte e Sete

Serva me servabo te.
Se você me salvar, eu vou salvá-la.

PATRICK

— Droga. — A mensagem não completou. Apenas um "Gi". Okay. Como sou esperto, deduzi.

> Ginásio, boneca? É isso?

Nenhuma resposta de Tillie. Imaginei que sua aula pudesse ter começado, como a minha que tinha início naquele instante.

— Ei, *bro*... por que você está franzindo a testa? Isso dá rugas pra caralho, sabia? — Dale disse, com sua sabedoria de botequim.

Apenas lhe dirigi um olhar de escárnio.

— Ele está pensativo e tenho certeza que é sobre a namorada... — Scott retrucou do outro lado, anotando o que o professor já começava a destrinchar.

— Por que vocês gostam tanto de me encher o saco? Vão arrumar suas próprias garotas...

— Eu vou. Na hora certa. Mas bem longe de você, que é vingativo e vai querer me perturbar por conta da minha pentelhação — Scott deduziu.

Ele era esperto. Sabia que eu devolveria na mesma moeda. Comecei a rir.

— Bom, o que vamos fazer depois daqui? Treino hoje? — Dale perguntou.

— Sim. E depois tenho que buscar Tillie na escola dela — informei.

— Uhh... a coisa está começando a ficar séria mesmo, hein? Já buscando a gata em casa e levando na escola, buscando na escola e levando para cima e para baixo — Dale continuou a perturbação.

— Por ela, eu seria capaz de virar um chofer, mano. Com o maior prazer — admiti, e creio que dei um suspiro sonhador, porque logo em seguida levei um tabefe na cabeça. — Ai, porra.

— Para de sonhar acordado, mané. Ou corações vão flutuar aqui. Vai ser esquisito — Scott alertou.

— É mesmo — Dale completou.

Okay. Era um fato mais do que consumado. Eu estava fascinado e apaixonado. Não tinha vergonha em admitir. Não me importava nem um pouco que meus amigos soubessem o quanto. Se havia algo que me irritava profundamente era quando um cara não assumia a garota com a qual estava. As meninas com quem tive rolo foram apenas isso. Nunca as assumi como namoradas, porque nunca passaram de rolos. Meus sentimentos nunca foram balançados. Porém, a partir do momento em que percebi que com Tillie era um caminho sem volta, não hesitei em mostrar a importância que ela tinha na minha vida. E seria sempre assim. A depender de mim, claro.

Posso dizer que estava me sentindo muito bem. A sensação era única. O amor podia ser aterrador. Mas quando era sentido pela pessoa certa, ele fluía de tal forma que deixava tudo ao redor mais fácil e belo de ser encarado.

Tillie trazia a beleza e calmaria que eu só havia encontrado no mar, abraçado à minha prancha. Aquela conexão foi tão sinistra que fez com que eu pensasse que as tramas do destino realmente existiam para amarrar as pessoas de tal forma que nunca se desprendessem uma das outras. Naquele momento eu não conseguia ver minha vida sem a presença dela. E quão louco era isso... Por essa razão, diziam que o amor era louco e fazia as pessoas perderem o rumo. Eu tinha apenas dezoito anos, mas só me via nas hashtags de #amoreterno.

Saímos das aulas e, depois do almoço, nos dirigimos para a última aula

Castelo de Sombras

193

antes do treino de beisebol. Troquei a roupa pelo uniforme, preparando-me psicologicamente para entrar em campo.

A cabeça, porém, estava em outro lugar. Isso ficou claro quando uma bola acertou minhas costas.

— Ai, porra! Isso dói, Dale! — reclamei. Ele havia acertado meus rins. — Caralho, seu merda!

— Eita, que boca suja! — Riu exageradamente. — Era para você voltar para terra, mané. Seu arremesso é agora e você ainda está flutuando no amor.

— Idiota — resmunguei, enquanto massageava a área injuriada.

— Patrick! Preciso que você foque! O jogo é na próxima semana! — o treinador gritou, sem dar chance de retrucar. — Dale, posição. Scott! Vá!

Merda. Precisava concentrar. Mas, mesmo assim, dei um jeito de olhar no relógio. Já passavam das quatro. Uma reunião poderia demorar muito? Ela não havia mandado outra mensagem, mas normalmente as reuniões de comissão de formatura não duravam mais do que trinta ou quarenta minutos, certo?

Cerca de trinta minutos depois, o treinador me liberou e nem me dei ao trabalho de trocar de roupa. Olhei no celular e não detectei nenhuma mensagem, mas o tempo já escurecia e uma chuva parecia se anunciar, então achei melhor correr para a escola de Tillie. Eu a esperaria, se fosse o caso.

Fui do jeito que estava. Suado mesmo. Poderia tentar convencê-la a passar na minha casa e me esperar enquanto eu tomava uma ducha, depois poderíamos comer alguma coisa.

— Tchau! Estou indo buscar a Tillie!

— Fedidão? — Dale perguntou, rindo.

— Exatamente. O amor faz dessas coisas. Ela nem vai sentir.

Saí dali, rindo. Quando cheguei à escola dela, estranhei a ausência de carros no lugar. Apenas dois estavam no estacionamento. A escola parecia fechada, mas a secretaria devia estar aberta.

Cheguei à frente da bancada vazia e bati algumas vezes, até que uma senhora aparecesse.

— Olá... posso ajudá-lo? — perguntou, solícita.

— Sim. Estou querendo saber se a reunião de formatura já encerrou...

— Reunião de formatura? Que reunião? — inquiriu, assombrada. Ao mesmo tempo, ela confirmou em seus papéis.

— Uma que aconteceria hoje, às quatro.

— Não, querido. Não há nada marcado, e quando as comissões marcam, devem reportar tudo à secretaria.

— Mas... não está tendo nada no ginásio? — insisti.

— O ginásio está fechado, meu bem. Até onde sei.

Estranho. Mas algo me dizia que a informação não procedia. Tillie não me passaria uma informação aleatória ou me daria um bolo.

— A senhora pode me dizer para qual direção o ginásio fica?

— Claro. Mas está fechado, como eu disse. Você pode averiguar com o Samuel, o zelador. Ele deve estar por lá. Siga em frente, à direita do campo.

— Obrigado.

Saí em disparada. As primeiras gotas de chuva começaram a cair, mas não me impediram de seguir em direção para averiguar se realmente o lugar estava fechado ou se Tillie não estava ali.

Quando avistei o galpão, vi que a porta estava fechada, mas não trancada. Forcei a fechadura, e esta abriu com um pouco de dificuldade.

O corredor estava deserto e parcamente iluminado. Ao final do enorme ginásio, eu podia ver que a outra porta de saída estava meio aberta, mas o que mais me deixou aterrorizado foi constatar que, no meio da quadra, um corpo estava estendido.

Corri sem saber o que achar daquilo tudo, apenas sentindo meu coração na garganta, e quase percebendo sua completa parada quando descobri quem era a pessoa no chão.

Minha Tillie.

— Tillie!!!!

Ajoelhei ao seu lado, com o desespero quase me fazendo perder o equilíbrio.

— Meu Deus, meu Deus... o que aconteceu... meu Deus... o que... aconteceu com você, meu anjo? — Eu podia sentir o pânico nas minhas palavras. Seus olhos estavam abertos, mas era como se ela não estivesse conectada ao mundo.

Percorri seu corpo com minhas mãos, suavemente, percebendo os que suas roupas estavam em farrapos, especialmente a parte de cima. Alguém havia tentado estuprá-la? O ódio sobrepujou o pânico que eu sentia.

Seu rosto tinha sinais de espancamento, um ferimento em sua testa ainda sangrava efusivamente. Peguei o celular, sem demora e disquei para a emergência.

— Olá, senhor. Qual é a ocorrência?

— Preciso de uma ambulância no ginásio da escola Del Monte High

— falei com a voz trêmula.

— Okay. Relate o que aconteceu — o oficial pediu.

— Suposta vítima de espancamento... — Eu não relataria o ataque de forma banal. Ela precisaria ser examinada.

— Estamos enviando uma unidade. Continue na linha.

Eles achavam que eu era um mané? Se eu continuasse na linha, como poderia ligar para os meus pais? Minha mãe era médica, porra. Poderia me ajudar naquela hora.

— Claro. — Desliguei na mesma hora.

Liguei imediatamente para minha mãe.

— Mãe, onde a senhora está?

— Quase chegando em casa, meu bem, por quê?

— Sabe onde é a escola Del Monte High?

— Na Rua Waring?

— Sim.

— Não é onde a Tillie estuda? — perguntou desconfiada.

— Sim. Mãe, venha para cá. No ginásio. Alguém atacou a Tillie.

— O quê? Como assim, Patrick?

— Mãe! Só venha para cá! Por favor!

— Tá... Não encoste nela... Ah, meu Deus... Como ela está?

— Eu não sei, mãe... — falei, e senti que as lágrimas poderiam me dominar naquele momento.

Desliguei e dediquei minha atenção à Tillie.

— Tillie... meu amor... Tudo vai ficar bem, okay?

Quem havia feito aquilo pagaria. Eu descobriria e o faria pagar. Não ficaria impune.

— Tillie... — insisti, mas seus olhos estavam vazios, encarando apenas o teto alto do ginásio. Piscavam vez ou outra, com lágrimas sorrateiras que deslizavam pelo rosto pálido e maltratado.

Minha vontade era pegá-la em meus braços e sair correndo dali, abraçá-la e mostrar que ninguém a machucaria mais. Que eu estava ali para protegê-la agora, mesmo que não tivesse estado no momento em que sofreu o ataque brutal.

Abaixei a cabeça e quase deitei em seu pescoço, sentindo as minhas próprias lágrimas se mesclarem às dela. Minhas mãos trêmulas se recusavam a deixar de tocar seu corpo, tentando mantê-la aquecida, mesmo que o conselho de mamãe tenha sido o de não tocá-la.

Em alguns minutos, as portas foram escancaradas e alguns policiais entraram acompanhados de uma equipe de paramédicos.

— Okay, rapaz, o que aconteceu aqui? Foi você que nos ligou? — o tira perguntou, agachando-se ao lado de Tillie.

— Sim, senhor. Cheguei para buscar minha namorada — apontei para Tillie — e a encontrei assim.

— A que horas?

— Ela havia me dito que tinha uma reunião de formatura no ginásio, às quatro. Cheguei há pouco mais de quinze minutos, senhor. Estava na minha escola, treinando.

O oficial conferiu meu uniforme e anotou algo, falando em seu rádio logo em seguida. O outro policial andava ao redor. Os paramédicos já faziam o atendimento a Tillie.

— Certo, vamos precisar colher seu depoimento — informou. Sacudi a cabeça em concordância.

Mamãe entrou como um tufão, acompanhada do meu pai.

— Patrick!

— Oficial Savage — meu pai o cumprimentou.

— Sr. Griffin, como vai?

— Foi meu filho quem fez contato com vocês.

— O garoto é seu filho? Alguém já fez contato com a família da vítima? — o policial perguntou.

Droga. Eu havia esquecido por completo!

— Deixe comigo, Pat. Apenas fique calmo — mamãe disse, colocando a mão em meu ombro. — Saia de perto e deixe que eles cuidem dela.

— Mãe, fique ali perto, por favor... Não consegui que ela me respondesse nem uma vez...

Mamãe acenou com a cabeça e se agachou ao lado de Tillie.

Meu pai colocou o braço em meu ombro.

— Patrick poderá dar o depoimento dele, de livre e espontânea vontade, apenas como o que relatou no ocorrido, Savage, mas creio que isso terá que aguardar. No momento, ele vai querer acompanhar a namorada ao hospital — papai informou aos oficiais.

— Claro, compreensível.

Afastei-me um pouco para respirar. Estava com vontade de quebrar algumas coisas. Escutei mamãe falando ao telefone.

— Isso, senhora Bennett. Ela está sendo encaminhada ao hospital agora. Não sabemos bem o que aconteceu, mas tudo será esclarecido no seu devido tempo.

Os olhos de minha mãe se voltaram para mim, enquanto eu segurava meu cabelo, puxando-o com força, como se aquilo fosse me fazer acordar daquele pesadelo.

Seguimos os paramédicos que levavam a maca com uma Tillie completamente apática. Para muitos, o ataque que ela havia sofrido poderia ser tão banal. Bastaria sacudir a poeira, respirar fundo, relatar o ocorrido e pronto. No tempo certo, tudo seria esquecido. Mas ninguém sabia como funcionava a mente dela naquele momento. Tillie não estava ali. Era como se ela houvesse se desligado de todas as suas emoções.

E aquilo me atemorizava.

Eu estava grato por perceber que nada de mais grave parecia ter acontecido. As feridas físicas sarariam com o tempo.

Porém, e aquelas que ninguém poderia enxergar? O que seriam feitas delas? O que foi destruído ali dentro, capaz de fazê-la querer manter-se fechada em seu próprio mundo, sem permitir que nem mesmo eu entrasse?

Eu tinha medo de que minha princesa houvesse se trancado em sua própria torre, onde sua mente era sua maior inimiga.

Capítulo Vinte e Oito

Hoc non pereo habebo fortior me.
O que não me mata, faz-me mais forte.

TILLIE

— Nada. Nenhuma reação. — Ouvi Patrick dizer, sentado ao meu lado. Podia sentir sua mão firmemente entrelaçada à minha. Desde o ataque sofrido, dois dias atrás, Pat não saíra do meu lado.

Eu estava na clínica da Dra. Griffin, o que me enfurecia de tal forma, mas nem assim eu conseguia reagir para demonstrar meu desagrado. Só conseguia me manter deitada. Olhando para o teto.

— Patrick, você tem que ter paciência — sua mãe disse e entrou no meu campo de visão. — O trauma sofrido por Tillie foi tão intenso que a deixou em um estado catatônico. Ela preferiu se abstrair de todos os sentimentos ruins evocados no que quer que tenha acontecido naquele dia.

Sim. Pode-se dizer isso. Mas era mais. Era como se eu tivesse sofrido um retrocesso de tudo o que havia enfrentado. Era como se tivesse voltado aos tempos sombrios do passado. Como se eles não tivessem ficado para trás.

— Mãe... nem mesmo a família dela consegue compreender...

— Ninguém vai conseguir, meu bem. Não adianta tentar. O máximo que você conseguirá é quebrar sua cabeça. Tillie precisará lidar com os sentimentos conflitantes que assolam sua mente, mas mais do que isso... Nesse momento, ela precisa lutar contra uma doença silenciosa que não se manifesta tão visivelmente como muitos de vocês imaginam que deveria se manifestar. O que você está vendo é a forma mais óbvia do que ela já vinha enfrentando — disse a Patrick. — Ela está tendo uma recaída. Entrei com outra medicação, associada à que já estava sendo administrada, apenas para retirá-la do estado em que está.

Ao ouvir aquilo senti as lágrimas deslizarem pelo meu rosto. Podia senti-las tentando me afogar. Empapando o travesseiro. Os dedos de Patrick passaram com suavidade, afastando as que teimavam em cair.

Eu queria reagir. Sair do lugar onde me coloquei. Queria gritar e dizer que não era ali que devia permanecer... mas não encontrava forças para erguer um dedo. Só para piscar os olhos e, mesmo assim, o esforço era tão descomunal que eu ansiava por dormir. Dormir para sempre. E nunca mais acordar.

Fechei os olhos devagar. Deixando que a onda de angústia me consumisse, quando ouvi o farfalhar dos lençóis, sentindo o corpo de Patrick se alojar ao meu lado. A vontade era sorrir, mas meus músculos faciais não me obedeciam. Eu estava anestesiada. Havia me perdido em um mundo só meu, onde emoções não poderiam me assombrar.

Senti os dedos de Pat deslizando pelos contornos do meu rosto. Simultaneamente, eu podia perceber as lágrimas que desciam. Lágrimas quentes, contra uma pele fria, sem vida.

— Eu vou buscar você, Tillie. No lugar onde estiver. No lugar escuro onde se enfiou. Mesmo que queira o silêncio, ficarei ao seu lado, só para ouvir o som da sua respiração. Só para poder segurar sua mão e você saber que estou aqui, para você — beijou minha testa, fazendo com que mais lágrimas descessem sem rumo —, mas, mais importante, para que eu saiba que você ainda está aqui, para mim. Então, não... não importa o sentimento que esteja corroendo você por dentro agora... Se tiver que deixá-lo corroer, para que, ao final, você se veja limpa, vá em frente. Deixe fluir. Chore tudo o que quiser chorar. Você tem esse direito e não importa que outras pessoas achem que não, o importante é que você saiba que sim, você pode. Ninguém está aí dentro de você para saber o que se passa, então deixe fluir... mas me permita ficar ao seu lado. Porque, nas piores ondas, nas mais turbulentas, eu quero ser aquele que vai te estender a mão e te puxar para fora do tubo. Que não vai deixar você sufocar, nem afogar no que quer que esteja te consumindo... Quero ser aquele que vai estar sempre ao seu lado, porque você nunca... nunca vai estar à deriva outra vez.

Ah, meu Deus... Por que eu não conseguia reagir?

Fechei os olhos e forcei minha mente a trabalhar. Meus comandos mentais eram para que eu mexesse ao menos os dedos e mostrasse a ele que eu o entendia. Senti que rangia os dentes.

— Tillie?

Quando abri os olhos, vi que Patrick estava me olhando de cima. E eu segurava sua mão. Seus olhos estavam assombrados.

— Você me entendeu, não é? Do lugar onde está, no meio dos seus pesadelos, você conseguiu me ouvir, não é? — perguntou. — Se sim, pisque para mim.

Fiz o que ele pediu.

Seu suspiro de alívio foi tão intenso, que me fez desejar ter dado um sorriso, mas eu temia não ter conseguido.

— Você sorriu um pouquinho. Olha... bem pouquinho... — Seus dedos deslizaram pelos meus lábios. — Minha Tillie está voltando... não está? Eu ainda te faço sorrir, não é?

Devo ter sorrido outra vez, porque o rosto dele se iluminou como uma árvore em plena manhã de Natal.

— Eu te amo, Tillie. — Patrick abaixou o rosto e recostou ao meu peito e chorou. Como uma criança.

E, num gesto inexplicável até para mim, consegui sair do torpor no qual tinha me enfiado e acariciei sua cabeça. Isso fez com que o choro dele aumentasse, o que me preocupou de maneira considerável. Consegui enlaçá-lo com meu outro braço, mas a tarefa foi um pouco árdua, já que eu mantinha um acesso venoso ali.

— Pa-at... — sussurrei.

Ele ergueu a cabeça do meu colo e me beijou em meio às suas lágrimas. Segurou meu rosto com delicadeza e colou os lábios aos meus, depois saiu distribuindo suaves beijos, pincelados por todo o meu rosto.

— Eu te amo tanto. Você quase me matou de susto.

Sentia minha garganta ressecada por tanto tempo em silêncio, mas queria reassegurá-lo que estava ali. Temia meus piores medos, mas se ele estivesse comigo, eu poderia enfrentá-los.

— Você ouviu o que eu disse? Vou ficar com você, onde estiver, Tillie. Só não me deixe, por favor. Isso eu não consigo lidar...

Patrick afundou o rosto na curva do meu pescoço, deixando fluir toda a angústia que sentiu. Talvez refletindo a mesma que eu emitia pelos poros. Porque, por um momento, um bem pequeno, eu realmente quis desaparecer para que a dor me deixasse. Para que todo o sofrimento que assola minha mente fosse embora e me deixasse em paz.

Mas a quem eu permitiria vencer? A todos aqueles que faziam questão de me ver derrotada? A todos aqueles que festejariam com a minha inexistência, como Sabrina fizera questão de afirmar?

Lembrar-me dela e de Steve, da traição de Mark e dos riscos de suas comparsas, não trouxe a dor que imaginei que traria. Pelo contrário. Revigorou um desejo intenso de superar o sentimento de derrota ao qual eu havia me entregado. Eu sabia que tinha que lidar com uma doença que me consumia. Tinha que enfrentar a dura realidade. Mas não precisava de nenhum algoz para me chutar enquanto eu estivesse no chão. Eu me levantaria.

Eu seria como a fênix. Ergueria-me e renasceria das cinzas. Poderiam pensar que me destruíram, que foderam minha mente com o que fizeram, mas mostraria que estava acima deles. Sairia por cima e seria aquela que poderia dizer que venci no final.

Não havia um sentimento de vingança latente em mim. Havia apenas o desejo de sobrevivência. E de mostrar que ninguém tem o direito de tentar destruir a vida de outra pessoa pelo simples desejo de querer fazer isso.

E eu não seria consumida.

Aquilo que não me matou, iria me fortalecer. Eu provaria a máxima dessa afirmação na íntegra. E não sucumbiria no final, porque havia encontrado uma rocha para me agarrar. Uma mão para me segurar no momento em que estivesse afundando.

Um dia, depois recebi alta da clínica, mas ainda ficaria sob supervisão médica. No momento em que meus pais foram me buscar, percebi que deveria ser grata a eles por terem me ensinado, afinal, a vencer qualquer adversidade que a vida colocava à minha frente.

Minha mãe mantinha-se estoica, mas eu podia ver em seu rosto os sinais do choro constante. Eu a abracei e garanti que ficaria bem.

Antes de deixar a clínica, fomos alcançados pela Dra. Griffin, que veio correndo pelo corredor.

— Tillie! — gritou ao longe. — Espere um minutinho.

Ficamos aguardando sua chegada, e depois dos cumprimentos usuais entre ela e meus pais, a mãe de Pat disse:

— Meu marido, Liam, pediu para avisar que os aguardará na delegacia assim que vocês se encaminharem para o depoimento.

Os detetives de polícia já haviam ido à clínica em dois momentos, mas não obtiveram sucesso para colher o relato dos fatos através da própria vítima. Bom, acho que no momento eu estava meio ocupada tentando sobreviver ao caos na minha cabeça...

Eu sabia que deveria fazer isso o mais rápido possível, até mesmo para que pudesse me ver livre, então decidi com meus pais que iria assim que saísse da clínica.

— Mas por que ela precisa de um advogado, Dra. Griffin? — meu pai perguntou, preocupado.

— Apenas para deixar claro aos policiais que Tillie não estará desamparada em nenhum momento. Isso faz com que eles deem mais ênfase às investigações — informou.

Scarlett Griffin passou a mão em meu cabelo e deu um sorriso suave.

— Você vai sair dessa muito mais forte do que imagina.

— Eu sei, doutora. Porque aquilo que não me mata...

— Te fortalece — completou.

— Sim.

Depois de nos despedirmos, fomos em silêncio até a delegacia de polícia onde já estávamos sendo aguardados.

Ao chegar, fomos encaminhados à sala do responsável pelo caso.

Uma mulher de aparência determinada nos recebeu e estendeu imediatamente a mão.

— Olá, sou a Tenente Fishburn, e esse é meu parceiro, Detetive Fergus — disse com um sorriso nos lábios. — Somos os policiais designados ao seu caso.

O pai de Patrick entrou naquele instante, com o aspecto que impunha respeito.

— Detetives. Sr. e Sra. Bennett. Liam Griffin. — Virou-se para mim e me deu um abraço sutil. — Tillie.

Castelo de Sombras

203

— Olá, Sr. Griffin.

— Como tem passado?

— Estou me recuperando, senhor.

— Ótimo.

— Muito bem, agora que estamos todos apresentados — a detetive falou —, vamos aos fatos. Tillie, nós temos por alto algumas informações sobre a ocorrência. Gostaríamos de saber a sua parte agora.

Respirei fundo antes de dar início ao relato.

— Eu fui atraída ao ginásio, por uma turma de alunos da escola onde estudo.

Os suspiros assombrados dos meus pais comprovaram que eu teria que dar explicações mais tarde.

— Certo. Por qual razão você acredita ter sido atraída, como diz?

— Olha, eu não sei. Você conhece a política de *bullying* nas escolas? Existem os dois lados. A política contrária, que a maioria das escolas professa, e a política a favor, operada pelos próprios alunos. — Abaixei a cabeça, tentando resgatar a coragem. — Essa é feita por baixo dos panos, longe das vistas dos superiores, em lugares onde não podem ser pegos com facilidade.

— Correto. Sinto vontade de estapear alunos que praticam isso — o Detetive Fergus murmurou.

— O seu ataque ocorreu nas dependências da escola, Tillie. Eles terão que se responsabilizar — meu pai completou.

— Mas foi depois do horário de aula... — tentei argumentar.

— Independente disso, a responsabilidade sempre recairá sobre a instituição onde o fato ocorreu — ele contra-argumentou.

— Bom, vamos lá. Você estava tendo algum tipo de problemas com esses alunos? — Fishburn perguntou.

— É uma longa história... — respondi, cansada.

— E temos todo o tempo do mundo, querida. Preciso traçar uma linha do tempo que me leve ao cerne da questão. Por que estes alunos, que você afirma a terem atraído para uma emboscada, poderiam querer isso? Seria gratuito? Haveria outra razão ardilosa por trás?

— Eles me odeiam. Simples assim.

— Por quê?

— Como assim, por quê?

— Você fez algo?

— Detetive, Tillie não deveria estar sob investigação aqui — o pai de

Pat interpelou.

— Calma, Sr. Griffin. Estamos apenas destrinchando as informações.

— Não vejo a razão de tentarem acuar a garota, que já foi acossada além da conta.

— Certo. Me perdoe, Tillie. Vou mudar o foco da questão. — A mulher se empertigou na cadeira, olhando diretamente para mim. — Você acredita que eles a odeiam e a atraíram propositadamente para o lugar, é isso?

— Eu não acredito. Eu sei — afirmei, mesmo sentindo as palavras vacilarem. — E sim, eles fizeram isso e ainda completaram a tortura me mostrando imagens e vídeos do abuso que faziam com uma amiga minha que se suicidou há algum tempo... Havia fotos de Katy amarrada numa cadeira, com o corpo cheio de hematomas. Não era somente abuso físico, entende? Era tortura psicológica também. K-Katy não soube lidar com isso, e agora entendo o porquê.

A tenente chegou o corpo para a frente, com os olhos entrecerrados.

— Continue.

Nem sei bem quanto tempo passei na delegacia aquele dia. Talvez três horas que pareciam nunca terminar. Tudo o que eu queria era ir para casa. Queria esquecer o que aconteceu.

Mas ali deixei todos os podres que conhecia e poderia garantir serem verdades a respeito dos gêmeos que infernizavam a escola. Não poupei detalhes. Além de não ter feito questão de ocultar os nomes de Mark e das hienas cúmplices.

Se todos fizeram questão de participar daquela emboscada, então que arcassem com as consequências de seus atos.

Deixei aquele lugar poluído com o corpo exaurido. Somente quando cheguei à segurança do meu quarto foi que pude respirar em completo alívio outra vez.

No meu celular, havia duas mensagens de Pat.

> Oi, fiquei sabendo que ia dar seu depoimento hoje. Você já foi?

> Ah, minha mãe disse que papai estaria ao seu lado lá. Estou mais tranquilo. Como você está? Estou com saudades.

Castelo de Sombras

Patrick não pudera ir à clínica no dia anterior. Ele tinha uma prova de física que seria realizada hoje. Talvez já até a tenha feito, pelo adiantado da hora, então apenas nos falamos ao telefone.

> Também estou com saudades. E sim... seu pai estava lá. Foi cansativo, mas espero que não tenha que repetir a experiência tão cedo.

O celular tocou na minha mão naquele instante.

— Foi tão ruim assim? — Pat perguntou, preocupado.

— Yeap. — Sentei-me na cama e suspirei audivelmente. — Foi horrível. Reviver todas as cenas e ter que detalhar... Não foi algo que eu gostei de fazer e não é nada que eu queria repetir.

— Agora eles vão partir para as investigações, Tillie. Falaram alguma coisa sobre os cretinos que fizeram isso?

— Disseram que serão intimados a depor. Acusação de agressão e tentativa de estupro — falei e senti imediatamente o nó na garganta.

— Ótimo. Que tal sair para arejar a cabeça?

— A mesma cabeça que agora tem um hematoma imenso e um curativo lindo? — perguntei, com sarcasmo. Toquei o ferimento relembrando a forma como o adquiri.

— Essa mesma. A não ser que você não esteja se sentindo bem — sondou.

— Vou ficar à sua espera — respondi, de pronto.

Quando estava na delegacia, tudo o que queria era ficar trancada no meu quarto, onde achava ser mais seguro. Mas agora, eu já não queria ficar em casa pensando em tudo o que aconteceu. Pensando no terror que vivi e no que se seguiu na clínica.

Não queria relembrar as sombras que sempre via na frente dos meus olhos, impedindo-me de seguir em frente, até que a luz intensa de Patrick me resgatou.

Dez minutos depois eu estava saindo de casa, depois de ter avisado minha mãe que daria uma volta com Pat. Mesmo preocupados, e querendo que eu ficasse ali para minha segurança, meus pais entenderam que eu precisava fazer as coisas no meu tempo. E naquele exato instante, eu não queria ficar sozinha e presa no meu próprio quarto.

Não queria fazer dele um refúgio outra vez.

Quando entrei em seu carro, sem nem dar tempo de ele ir me buscar na porta de entrada, respirei aliviada.

— Achei que minha mãe fosse surtar quando disse que estava saindo.

— Por quê? — perguntou, e puxou-me para um beijo suave.

Dei de ombros antes de responder, baixinho:

— Estou com medo de eles quererem me enclausurar em casa, Pat.

— Eles temem que os filhos da puta tentem algo contra você de novo? — perguntou, e percebi a tensão em sua voz.

— Acho que sim. Embora a Detetive Fishburn tenha me garantido que eles seriam fichados, correndo o risco de serem presos em uma unidade corretiva.

— E você? — sondou.

— Tenho medo de ir para a escola. Meus pais querem me tirar de lá, mas falta tão pouco para acabar... Só que estou apavorada — confessei. — Sei que é bobo, mas...

— Não é bobo. Seu medo é legítimo. Porra, você foi atacada de maneira brutal na própria escola. Que pessoa não ficaria traumatizada e com medo de voltar?

— Não sei, Pat. Eu não deveria ser mais forte?

Ele segurou minha mão, puxando-a para dar um beijo na palma.

— Mais forte do que você já tem sido? — O sorriso suave em seus lábios trouxe um igualzinho ao meu.

— Você acha? Mesmo eu tendo ficado apagada da realidade ao redor por dois dias inteiros?

— Sim, meu amor. Sua mente pode ter encontrado aquela alternativa para se recuperar do choque, mas lembre-se... — Mordeu a lateral da minha mão e deu um sorriso. — Eu entrei no labirinto da sua cabeça e te achei.

Comecei a rir porque ele não havia falado nada mais do que a verdade.

— Meu cavaleiro andante — brinquei.

Olhei para fora da janela e percebi que estávamos chegando à praia. Patrick estacionou o carro na mesma vaga onde eu havia estado meses atrás.

— Venha... dessa vez eu vou subir na rocha da agulha junto, só para garantir que você não vá mergulhar de repente — disse e me guiou pela mão.

A cena parecia um *dèjá vu*, só que agora eu estava acompanhada dele, subindo as rochas do penhasco onde gostava de ir para pensar.

Patrick tinha levado uma pequena manta sem que eu tivesse me dado conta, e ajeitou-a no solo pedregoso para que pudesse me sentar.

— Não é acolchoado, mas vai garantir que não se arranhe.

Castelo de Sombras

Puxei o casaco contra o corpo e sentei-me, apoiando o queixo sobre os braços cruzados nos joelhos.

Ele se sentou imediatamente ao meu lado, colocando um braço sobre meus ombros, passando um pouco mais do seu calor.

— De todas as vezes em que estive aqui com uma garota, nenhuma fez mais sentido do que esta — disse, e aquilo me fez sorrir, mesmo sentindo a fisgada do ciúme ao imaginá-lo ali com outras meninas.

— Nunca estive aqui com algum garoto — confessei.

Pat beijou o topo da minha cabeça e riu baixinho.

— Vou ter que dizer que essa informação muito me agrada, mesmo que pareça egoísmo da minha parte.

Nós dois nos mantivemos ali, em um estado perfeito de contemplação, por quase uma hora. Às vezes conversávamos amenidades, outras vezes apenas olhávamos para o horizonte.

Somente quando o vento começou a esfriar foi que Patrick manifestou-se para irmos embora. Eu estava com a cabeça repousada sobre o ombro forte, e senti imediatamente a ausência daquele momento juntos.

Descemos com cuidado pelo penhasco; minha mão sempre entrelaçada à dele. Antes de abrir a porta do carro para mim, Pat acariciou meu rosto, encarando cada detalhe que podia catalogar com aqueles olhos lindos. Ele beijou o curativo em minha testa e suspirou profundamente, abraçando-me antes de voltarmos.

Minha casa já estava à vista quando o celular de Patrick tocou no mecanismo *bluetooth* do carro.

Ele olhou para mim, desculpando-se por um instante e eu apenas sinalizei para que seguisse em frente e atendesse à ligação.

— Pat? — uma garota chamou.

Foi meio que involuntário meu corpo se retesar de imediato.

— Marcy Jane? O que houve?

Lembrei-me da amiga de Patrick, a mesma em cuja festa estivemos há algum tempo. Ao contrário das outras garotas que conviviam com Pat na escola, ela fora agradável e expansiva.

— Fiquei sabendo que sua namorada foi atacada no colégio onde estuda, é verdade? — perguntou.

— Sim. E ela está ao meu lado, ouvindo tudo o que você fala... — informou.

— Ah, oi, Tillie! É Tillie, né? — perguntou, com o tom de voz efusivo.

— Sim... Oi.

— Olha... eu quero muito falar com você. Vamos esquecer o Pat por enquanto.

Olhei para ele sem entender nada, que também deu de ombros, como se não soubesse do que ela estava falando.

— Será que você poderia me encontrar?

— Ahn... eu não estou saindo por enquanto... Quero dizer, estou com um curativo na cabeça e, por ordens médicas, me mandaram ficar de repouso por mais três dias.

— Nós podemos nos encontrar na casa do Pat, que tal? Por favor, Tillie...

Nós dois nos entreolhamos, sem entender nada, e concordamos. Marcamos para o dia seguinte, depois que Patrick saísse do treino.

Descemos do carro e seguimos de mãos dadas até a porta da minha casa, sem falar mais nada.

— Não vou me oferecer para entrar porque... sei que vou acabar querendo te dar uns beijos no seu quarto... e pode ser que isso seja prejudicial para a sua recuperação — ele disse, com um sorriso tímido e safado ao mesmo tempo.

Eu queria afastar aquele medo, mas também achei melhor não abusar dos meus pais. Ainda mais porque agora eles faziam questão de conferir de vinte em vinte minutos se eu estava bem ou precisava de alguma coisa.

Além do mais... eu também queria ficar perto de Pat tanto quanto possível, e poderia acabar arrebentando meus pontos na testa por conta disso.

Ele me fazia mais forte e com a resolução de que queria melhorar o mais rápido possível para poder viver tudo aquilo ao que eu tinha direito.

Capítulo Vinte e Nove

Homo sum humani a me nihil alienum puto.
Sou humano, então nada humano é estranho para mim.

PATRICK

Estava sendo meio difícil conter a vontade louca de caçar os filhos da puta que machucaram Tillie. Por mais que soubesse que não dava para buscar a vingança com as próprias mãos, ainda assim, era mais forte do que eu querer juntar uma turma – porque eu também não era louco de ir sozinho –, e dar uma surra muito bem dada naqueles monstros.

Tudo o que soube do ataque foi mínimo perto do que Tillie sofreu. E ela precisava da minha ajuda, mais do que nunca, como alguém com a cabeça no lugar. Então eu necessitava controlar meus impulsos vingativos.

Quando cheguei em casa, depois de tê-la deixado na dela, vi o carro do meu pai. Sabia que ele tinha estado com ela na delegacia, então eu poderia tentar arrancar alguma informação, embora soubesse que ele viria com aquele papo de confidencialidade entre clientes e blá, blá, blá. Exatamente como a minha mãe sempre fazia.

Tá, eu até respeitava isso, mas estávamos falando da minha namorada agora... E eu queria saber o que estava acontecendo.

— Pai? — gritei, ainda da porta, jogando a chave do meu carro de qualquer maneira sobre a mesinha que ladeava a parede de entrada.

— Aqui no escritório — ele disse de volta.

Fui até lá e o encontrei com minha mãe sentada em seu colo, o que me causou um sorriso espontâneo.

Aqueles dois nunca se desgrudavam, e mais pareciam dois adolescentes do que adultos.

— E aí? — cumprimentei, e desabei sobre a poltrona de frente.

Minha mãe me encarou por um longo momento, antes de falar:

— Você está com o cabelo bagunçado e o rosto corado. Estava no frio, não é?

— Qual é, mãe... não sou mais um bebê — brinquei.

— Eu sei. Mas mesmo assim...

— E eu não tenho o problema do Carrick, que não pode pegar uma brisa e já começa a tossir.

— Você está com olheiras horríveis — mamãe acrescentou.

— É? Bom... dormi tarde estudando — menti descaradamente.

Ela bufou uma risada e revirou os olhos, como uma... adolescente faria.

— Pat, deixe de ser espertinho e pare de tentar me enganar. Eu sei que você não tem dormido bem desde o que o aconteceu com Tillie — ela afirmou.

Passei a mão no cabelo e... uau... realmente estava desgrenhado, tanto que os dedos nem entraram pelos fios.

— Eu estava preocupado. Quer dizer... ainda estou. Não queria que isso tivesse acontecido com ela.

— Ninguém queria, filho — meu pai emendou. — Mas, infelizmente, essas coisas têm sido mais frequentes do que imaginávamos.

— É... o problema é que a gente nunca espera que vá acontecer com alguém tão próximo...

— Isso é verdade. — Ele tomou mais uma dose do conhaque que sempre bebia naquele horário.

— Ei, não quer me dar um gole disso aí, não? — brinquei.

— Haha... você é tão engraçado — minha mãe interrompeu. — Você acha que bebida alcoólica vai resolver seus problemas e acabar com as suas preocupações? — ralhou.

Balancei a cabeça e dei de ombros.

— Eu sei que não, mas pelo menos deve me ajudar a dormir.

— Pat, você não pode pegar o peso dessa responsabilidade nas suas costas — ela disse, preocupada.

— Mãe, é mais forte do que eu, tá? — admiti, e recostei a cabeça na almofada, fechando os olhos. — Eu tô preocupado que a Tillie sofra de novo...

Minha mãe se levantou do colo do meu pai e se agachou ao meu lado, passando a mão no meu rosto.

— Meu filho, a polícia vai fazer de tudo para que ela fique em segurança.

— Quem pode dar certeza de algo assim? — Levantei a cabeça e encarei-a. — Mãe, eles podem chegar até ela em qualquer momento, em qualquer lugar. Enquanto não forem presos, ela sempre vai correr esse risco.

— Eles não têm idade para ir para a cadeia, filho — meu pai disse. — Mas podem sofrer graves consequências, e é isso o que vamos garantir que aconteça.

— Como?

Eu estava agoniado. Ficava tentando me colocar no lugar de Tillie e pensava quão ruim deve ser viver com medo agora. Mais do que ela já sentia por conta de tudo o que já havia enfrentado.

— Primeiro os policiais vão investigar a fundo o que aconteceu. Havendo qualquer indício de perigo imediato a Tillie, além de provas irrefutáveis da participação deles no processo de suicídio da amiga dela, vai dar para enquadrá-los como criminosos. A lei contra o *bullying* é severa aqui, e acredito que os responsáveis pelo ataque já estejam com 18 anos, ou próximos disso, se não me engano.

— Ou seja, eles já respondem criminalmente — concluí.

— Exatamente.

Bom, pelo menos aquilo era um conforto. Contanto que eles fossem punidos e se mantivessem longe de Tillie, eu ficaria feliz. Mesmo que quisesse dar uma surra no babaca que pretendia estuprá-la.

Era capaz que minha intenção estivesse bem explícita na minha expressão naquele momento, porque minha mãe colocou a mão no meu rosto e me fez encará-la.

— Você não vai fazer nada, absolutamente nada, que te coloque em apuros. Entendeu? — perguntou, em um tom de voz sério.

Demorei um pouco a responder e ela insistiu:

— Entendeu?

— Sim, mãe. Entendi.

— Qualquer coisa que estiver, porventura, passando pela sua cabecinha, é melhor tirar. Esse tipo de coisa não fará bem nem mesmo para Tillie, que já se cercou de violência demais — ela disse.

Nossa. Minha mãe me dava medo às vezes. Como ela sabia que o que se passava pela minha cabeça tinha algo a ver com violência desmedida contra os atacantes de Tillie?

— Sua mãe tem razão. Como sempre — meu pai completou e ganhou um sorriso dela. — As coisas vão se resolver da forma correta e dentro das conformidades da lei.

— Droga. Odeio quando vocês dois têm razão. — Suspirei. — Onde está o Carrick?

— Na casa de um amigo, fazendo um trabalho de Literatura, algo assim — mamãe informou.

Droga. Eu tinha aquela porcaria de trabalho também para finalizar e o prazo estava se esgotando. O professor Rasmussen já estava no meu pé há dias.

— Tudo bem. Vou subir e ver se consigo adiantar um trabalho de escola.

Deixei os dois ali e, no caminho até o meu quarto, liguei para Marcy Jane.

— Ei, garoto — ela atendeu na mesma hora.

— O que você quer com a Tillie? — perguntei de pronto.

— Você é uma coisinha curiosa, não? — debochou. — Amanhã você fica sabendo, mané.

— Pô, Marcy... adianta algo aí — insisti.

— Não. Mas relaxa que você vai poder ficar na hora em que eu estiver conversando com ela... Quem sabe vai até poder ajudar... tchau.

Ela desligou na minha cara. Poxa... o que havia acontecido com a cortesia entre amigos?

Castelo de Sombras

Capítulo Trinta

Ad astra per áspera.
Através das dificuldades, chega-se às estrelas.

TILLIE

Achei estranho que tivesse conseguido dormir bem à noite, logo depois de Pat me deixar em casa. Na verdade, foi uma noite sem sonhos e a ausência de pesadelos me fez acordar mais animada naquela manhã.

Ainda bem que era um sábado, então não teria desculpas para alegar meu medo de retornar às aulas. Embora, de acordo com o atestado que a Dra. Griffin me deu, eu poderia ficar em casa tranquilamente e fazer todas as tarefas e provas *online*.

Eu tinha que confessar que estava com medo. Queria ser corajosa o suficiente, mas não podia mentir para mim mesma. Estava apavorada de pisar o pé na escola, de ser alvo dos burburinhos, das olhadas de compaixão.

Sem sombra de dúvidas todo mundo deve ter ficado sabendo do que aconteceu. Por mais que tenha sido depois da aula, as fofocas corriam soltas por ali, ainda mais porque a polícia bateu às portas para exigir explicações à diretoria, já que o local onde o ataque ocorreu foi no ginásio.

Depois de descer e tomar o café da manhã, resolvi fazer uma caminhada pela vizinhança, achando que não havia problema algum. Qual não foi minha surpresa quando Greg apareceu do meu lado, usando um short esportivo e camiseta, além de um boné ridículo.

— Aonde você vai? — perguntei, tomando o restante do suco de laranja.

— Vou caminhar com a minha irmãzinha — informou, e se serviu de um copo também. — Por quê? Não posso?

Levantei-me da mesa e parei bem de frente a ele, olhando para cima, claro, já que Greg devia ter pelo menos uns trinta centímetros a mais que eu.

— Não preciso de um guarda-costas — falei, sem conseguir conter o sorriso.

— Que bom. Sinal de que pode muito bem apreciar minha companhia, não é mesmo? — zombou.

— Greeeg...

— Tiiillie... — remedou. — Para de ser chata e só me deixa exercitar minhas pernas, tá bom?

— Eu só ia dar uma volta no quarteirão.

— Ótimo — enlaçou meu pescoço em uma gravata suave —, eu também não estava muito a fim de ir andando até Los Angeles...

Começamos a rir e nos encaminhamos para a porta de casa.

— Mãe! A gente está indo dar uma voltinha — Greg gritou.

Assim que chegamos à calçada, meu irmão acionou os fones de ouvido e se alongou ainda na garagem.

— Para que você fique sossegada, não vou nem exigir um bate-papo nem nada. Pode fazer sua caminhadinha aí tranquila e na paz que você queria — disse e pegamos o rumo para o final da rua.

Greg me deu o espaço necessário para que eu pudesse organizar meus pensamentos por apenas... dois minutos, até que começou a falar:

— Como tem se sentido?

— Greg... você disse que ia ficar calado — resmunguei.

— Ah, mas fiquei, ué. Por alguns minutos, mas agora quero conversar um pouquinho. Longe de casa é bem melhor — ele disse.

Atravessamos a rua até a calçada que ligava ao parque mais próximo e eu tentei acelerar meus passos, mas sua mão no meu cotovelo me fez parar.

— Tills, vamos lá. Colabora aqui com seu irmão, vai — queixou. — Olha só... o Jared e o Hunter estão na minha cola, beleza? Confesso, mas se você disser que contei, vou negar até o fim.

Comecei a rir. Ele tinha um medo terrível de Hunter, principalmente.

— O Hun quer sair da base e vir até aqui, só para ir atrás dos merdas que fizeram aquilo com você — revelou.

Parei a caminhada e foi a minha vez de segurar seu braço para impedi-lo de se afastar.

— Não. Por favor, Greg. Não o deixe fazer isso, por favor.

Castelo de Sombras

— Ele não vai fazer, apenas disse que o panaca está com vontade. Mas não é só ele, entende? O Jared quer descobrir o endereço dos babacas, e eu vou junto se chegar a esse ponto. E aposto alguns dólares como seu namorado também adoraria ir à desforra.

— Primeiro, tem muito tempo que não escuto essa palavra: desforra — zoei. — Segundo, não quero vocês metidos nisso, muito menos o Pat. Terceiro... Eu. Estou. Bem.

Na medida do possível, claro. Mas ele não precisava saber disso.

— Olha, sabe o que acho mais legal nisso tudo? — perguntou e voltamos a caminhar. — Você achar que consegue mentir para mim.

— O quê? Como assim?

— Ah, qual é, Tills? Eu a ouvi chorando essa noite, tá? Enquanto dormia. Parecia que você estava tendo algum pesadelo ou algo assim.

Bom, eu não me lembrava de nada daquilo.

— Greg, é só dar tempo ao tempo e vou me esquecer dessa porcaria toda.

— Mas a gente não vai conseguir fazer isso. Você não tem noção de como envelheci quando soube o que tinha acontecido. Pior... Por que você nunca contou pra gente que estava sendo perseguida daquele jeito na escola?

Depois de alguns minutos em silêncio, sentei-me em um banquinho e esperei que ele fizesse o mesmo.

— Já que você resolveu atrapalhar minha caminhada, então sente-se logo aqui e a gente conversa.

Greg se sentou ao meu lado e colocou o braço protetoramente por trás de mim.

— Olha, eu tô tentando melhorar, entende? Na verdade, não vou mentir para você — disse e olhei para a ponta dos meus tênis. — Eu tô com o maior medo. De voltar à escola, de sair na rua, de encontrar com aqueles dois.

— Três. Cinco... sei lá, Tills. Pelo que você disse, eram cinco pessoas naquele ginásio.

— Mas só os irmãos James fizeram algo comigo, de verdade. Os outros estavam ali para acobertar. — Preferi não falar que Mark foi o que me amarrou na cadeira.

— Tanto faz. O importante é que foi um grupo de pivetes que se juntou para atacar você.

— Eu sei. Parece horrível, e quando alguém fala de fora, soa pior ainda. Quer dizer, não quero nunca mais passar por aquilo de novo.

— E não vai — ele disse por entre os dentes.

— Mas, Greg... — Segurei sua mão e fiz com que olhasse para mim. — O que mais quero, nisso tudo, é melhorar e me sentir eu de novo, entende? Quero me sentir normal...

— Você é normal, Tills. Quem está te fazendo pensar o contrário? — perguntou.

— Não quero ficar dependendo de remédios para conseguir sobreviver.

— E não vai. — Ele segurou meu rosto entre as mãos. — Você só precisa dar o tempo certinho para o seu tratamento fazer efeito. Você tem que continuar as sessões de terapia, precisa se exercitar, dormir bem...

— Estou tentando fazer isso. Ou melhor... a parte do exercitar... eu estava, mas meu irmão me atrapalhou — brinquei, e ele me abraçou.

— Nem vem... malhar em companhia é a melhor coisa que tem — disse, com um sorriso.

— Sim, para quem gosta de usar a desculpa de que estava batendo papo entre os exercícios.

— Bom, nós estamos fazendo isso, mas queimamos o quê...? — Conferiu o relógio de pulso. — Eliminamos pelo menos umas 500 calorias nessa brincadeira, só de casa até aqui. Isso já é ótimo.

— Hum-hum... falou o cara que é viciado em levantar peso. Você odeia caminhadas — zombei.

— Odeio, mas, ao seu lado, é tudo muito mais divertido.

— Bom, o Pat disse que vai me ensinar a surfar — comentei, olhando para as poucas nuvens que cobriam o céu claro.

— O... quê? Que merda é essa, Tillie? Surfar? Você? Isso é perigoso demais! — exclamou.

— Affe, Greg. Vai começar?

— Eu estou falando sério. É arriscado demais.

— Ei, não estou dizendo que vou surfar ondas gigantes no Havaí, poxa. Eu nem sei se vou conseguir ficar em pé em cima da prancha, para início de conversa — admiti, e comecei a rir.

— Tillie...

— Vai ser uma diversão, Greg. Se eu nunca conseguir deslizar como um surfista faz, pelo menos vou dizer que tentei. Eu quero isso na vida, sabe? Pelo menos tentar as coisas e deixar de me privar por medo. Quero me arrepender das coisas que fiz, não das que deixei de fazer por...

Castelo de Sombras

217

— Medo — ele completou. — Entendi. Mas vou ter uma conversa com seu namorado.

— Vai nada! Para com isso, Greg. Ou vou contar para a mamãe que você fumou maconha naquela festa que a gente foi ano passado do trabalho do Jared — sussurrei.

— O quê? Você está me ameaçando?

— Mais ou menos. Só me deixe viver, tá? Chega de superproteção.

— Eu não te protegi na hora que você mais precisava — ele disse e abaixou a cabeça.

— Não vai conseguir fazer isso sempre, irmão. A vida, muitas vezes, joga a gente de um lado ao outro, como se fôssemos uma peteca. E eu entendi que, para não cair, só preciso focar em permanecer por cima.

— Muito sábio isso — caçoou.

— É. Eu sei. Estou aprendendo com o Pat.

Comecei a rir quando ele bufou e me puxou para que continuássemos nossa caminhada.

Cerca de quinze minutos depois, voltamos para casa... e para a realidade que me esperava, já que o carro dos policiais estava parando em frente à garagem.

Capítulo Trinta e Um

Si vis pacem, para bellum.
Se quer paz, prepare-se para a guerra.

TILLIE

Entrei em casa, esbaforida, e os vi na sala de visitas.

A Tenente Fishburn e o Detetive Fergus estavam sentados, tomando um café em companhia da minha mãe.

— Ah, olha ela aí — mamãe disse e ficou de pé. — Querida, os policiais aqui parecem ter alguma atualização.

Greg entrou logo atrás e colocou uma das mãos no meu ombro, me dando-me um empurrãozinho para que me sentasse no outro lado do sofá.

— Srta. Bennet — a tenente disse.

— Só Tillie, por favor — pedi.

— Okay, Tillie... — Seu semblante estava sério demais, então parecia que as notícias não eram tão boas assim. — Os irmãos James foram intimados a depor, mas parece que os pais conseguiram um advogado que alegou que ambos estavam sob efeitos de entorpecentes e não sabiam o que estavam fazendo. Você tem como nos dizer se acha que eles haviam consumido algum tipo de substância tóxica naquele dia?

Franzi o cenho, tentando me lembrar. Entre o trauma e quantidade de remédios que havia no meu organismo, nem sempre as lembranças eram nítidas.

— Eles não pareciam estar drogados, tenente.

— Rose — ela disse e sorriu. — Já que me deu a liberdade de chamá-la pelo primeiro nome, nada mais justo que faça o mesmo.

— Tudo bem... Rose... — Sorri e ache graça de seu pedido. — Eles não pareciam estar alterados nem nada. Quer dizer... estavam loucos do jeito que sempre foram.

— Como assim?

— Sabrina James sempre foi meio psicótica, e o Steve quase sempre estava chapado em festas, mas não me lembro de já ter visto os dois usando alguma coisa durante as aulas.

— Você não sentiu cheiro de álcool... nada? — Foi a vez de o Detetive Fergus perguntar.

— Não que eu me recorde com clareza. Olha, eu estava morrendo de medo. Não sei se repararia em um detalhe assim, como o cheiro, por exemplo. Mas já vi adolescentes sob efeito de drogas, e eles não pareciam estar naquele dia.

Os dois se entreolharam e Rose anotou algo em sua caderneta.

— Fomos até a casa deles com um mandado de busca e apreensão. Encontramos uma grande quantidade de fotografias...

— Sim?

— Fotografias suas ao lado de sua amiga Katy — ela disse e suspirou. — Na verdade, achamos bem estranho que Sabrina tenha alguma espécie de altar macabro com imagens de vocês duas desde a infância.

— O q-quê? — perguntei, assombrada.

— Bom, essa foi nossa reação também, querida — Fergus disse.

— Acredito que estamos lidando aqui com um caso mais grave do que uma simples briguinha por ciúmes ocasionais que acontece, e muito, dentro dos corredores das escolas. Sejam elas, públicas ou particulares. Houve algum episódio do qual se lembre, entre vocês?

Tentei vasculhar a memória, atrás de pistas que levassem a uma possível resposta para aquilo.

Que Sabrina sempre havia me detestado, isso era um fato, mas que a origem dessa raiva poderia estar ligada a algum evento específico... Eu não fazia ideia.

Nunca frequentei o mesmo círculo que ela ou o irmão. Éramos só eu e Katy, antes de tudo mudar.

No entanto, um episódio veio como um flash à minha memória.

— Há alguns anos, estávamos no intervalo, quando fui atingida por uma bola de futebol americano.

— Há quantos anos isso? — Fergus perguntou.

— Não sei... cinco, seis... — Apertei as têmporas, tentando conter a dor que começava a se instalar ali. Senti na mesma hora a mão de Greg no meu ombro.

— E o que mais?

— Bom, eu me lembro de ter caído no chão e ouvido as risadas. Katy estava comigo e me ajudou a sentar, mas um galo enorme estava se formando na minha cabeça. — Coloquei a mão um pouco acima da nuca, para indicar onde fora o local. — Brett Chambers correu até mim e me levou no colo para a enfermaria, mesmo eu afirmando que estava bem.

— Quem é Brett? — Rose perguntou.

— Era o melhor amigo de Steve, acho. E sempre andava com Sabrina. A gente até brincava e dizia que os dois namoravam. Mas sei lá... tínhamos 12, 13 anos... Quem namora com essa idade?

— Muita gente, acredite. Ainda mais nos dias de hoje. As crianças estão amadurecendo rápido demais, querendo pular etapas e, bem... a mídia meio que influencia isso com a sexualização de jovens celebridades — Rose afirmou.

— Então... depois daquele dia, Brett sempre me perguntava se eu estava bem, mas não havíamos ficado amigos, nem nada. Ele era apenas cordial. Nessa época, passei a ter bastante amigos na escola. Acho que as meninas pensavam que eu era popular, ou essas merdas assim, por ter a "'atenção" do capitão do time de futebol.

— Certo. Continue...

— Sabrina tentava se aproximar, mas eu nunca me dei bem com ela. Menos ainda com Steve.

Rose olhou para Fergus e disse:

— Para mim é nítido a linha que se forma aqui. A garota devia estar interessada no tal Brett, que passou a demonstrar certo interesse por você. Ciúme pode ser um motivador impactante em casos de perseguição juvenil dentro das escolas. Você não vai acreditar no que já vimos por aí — ela alegou. — A partir daí, Sabrina colocou você no caderninho dela, passando a focar em sua amiga.

— Mas o que isso tem a ver com a Katy?

— Bom, se ela acreditava que você havia "tirado" alguém dela, muito possivelmente ela queria "tirar" alguém de você. Como não havia um namorado na equação, mesmo anos depois, na sua vida, nada mais justo que afastar sua amiga mais chegada.

— Minha nossa... mas assim? Gratuitamente?

— Não dá para entender a mente doente de algumas pessoas, querida. O que sabemos é que o próprio Steve parecia ter uma fixação por você, e acreditamos que a irmã não gostou nem um pouco disso.

— Bom, que ela é a cabeça da gangue, eu sempre soube.

Minha mãe arfou quando soltei aquilo e a encarei.

— Por que nunca nos disse nada disso, Tillie? — ela perguntou.

— Mãe, o que eu ia alegar? "Sabe, gente, parece que tem um grupo na escola que me odeia e que decidiram tornar o meu ensino médio um inferno na Terra"? — Dei de ombros. — Apenas pensei que isso ia passar. Que era fogo de palha, mas me enganei.

— Sim. Porque o que pudemos ver ali naquela casa é que ambos agiam impulsionados para destruir você. Nós estamos sugerindo que o Dr. Griffin entre com um mandado de medida protetiva para você, e aconselhamos que não volte à escola pelo restante do ano letivo.

— Mas faltam poucos meses para acabar... — reclamei.

— Não importa, Tills — Greg interrompeu minhas queixas. — Não queremos correr riscos.

— Mas então... fica por isso mesmo? Eu paro a minha vida e passo a andar sempre olhando por cima do ombro, com medo da minha sombra, enquanto eles andam soltos por aí como se não tivessem feito nada? — perguntei.

— Não. Nós vamos reunir provas suficientes para fichá-los. Ambos já estão com 18 anos e podem responder pelos crimes cometidos. Agressão e tentativa de estupro vão garantir, no mínimo, alguns meses atrás das grades.

Imagens de Katy amordaçada numa cadeira, jogada no chão, num quarto frio, e sendo espancada, vieram à minha mente. Aqueles psicopatas doentes fizeram questão de registrar cada pedacinho destruído de uma garota que antes só representava alegria. Eles a humilharam e despojaram sua alma, a ponto de não restar nada, a não ser a casca sem vida. Que tipo de pessoa fazia isso?

— Meses? O cretino quase abusa da minha irmã e é isso...? Ele pega uma pena leve? — Greg se exaltou ao meu lado, me trazendo de volta ao presente.

A Tenente Fishburn se dirigiu a ele, sendo que eu mantinha a cabeça baixa. Eu não queria viver com medo, mas pelo jeito... era isso o que ia acontecer.

— Infelizmente, a justiça ainda é falha nas condenações até mesmo de estupros confirmados. Não só aqui na Califórnia, como em outros estados também — ela disse, pesarosa. — No entanto, nós queremos garantir que Tillie esteja o mais protegida possível, e talvez a medida de restrição os impeça de se aproximarem dela outra vez.

— Talvez? — Foi a vez de a minha mãe perguntar. — Talvez?

— Sra. Bennett, nós só podemos fazer aquilo que está ao nosso alcance. Infelizmente, ou felizmente, não sei, a justiça pelas próprias mãos está em desuso, e aconselho firmemente — disse aquilo olhando para Greg — que vocês não façam nada imprudente, sob o risco de serem penalizados por isso.

— Você diz então... que não podemos dar uma surra no moleque que achou que podia abusar da minha irmã? — Greg estava fervilhando. Foi preciso que eu segurasse sua mão para que ele não se levantasse dali, soltando fumaça pelas orelhas.

— Vamos buscar a melhor saída para esse caso. Havendo evidências, os irmãos James não sairão assim tão impunes quanto pensam.

— E... e quanto a Mark... e as garotas que estavam lá?

— Elas responderão às acusações como cúmplices, enquanto Mark receberá uma punição maior, já que foi um participante ativo, mas está cooperando com a polícia.

— Como assim? — perguntei, confusa.

— Ele mesmo procurou a delegacia para prestar seu depoimento. Vai pegar uma pena leve, apenas serviços comunitários e a obrigatoriedade de fazer terapia.

— E isso é injusto pra caralho — Greg resmungou ao meu lado.

— Ele não fez nada, a não ser atrair sua irmã ao local e amarrá-la. Se ele a tivesse agredido além disso, seria mais fácil — Fergus comentou.

— Bom, graças a Deus que não fez, mas também não impediu o que acontecia... — ele insistiu.

Coloquei a mão em seu joelho e pedi que se acalmasse; em seguida, olhei para os policiais.

— Eu só queria a garantia de que eles não vão tentar outra vez.

— Querida — a Tenente Fishburn segurou minha mão —, faremos o que for preciso para evitar que isso aconteça.

— Mas não vai me impedir de viver sem medo, não é?

Castelo de Sombras

— Isso você vai ter que aprender a lidar — ela admitiu.

— Ninguém tem que viver assim — minha mãe disse, baixinho.

— Nós sabemos disso, Sra. Bennett. Infelizmente, é a realidade de muitas pessoas que vivem sob o jugo de ameaças.

— Só que deixou de ser ameaça, tenente — Greg. — A partir do momento que eles a atacaram, deixou apenas de ser uma ameaça infundada em medo ou essas merdas que acontecem nas escolas. Nós não queremos correr o risco de que algo pior venha a acontecer...

Suas palavras não ditas eram bem claras para mim. Eles não queriam correr o risco de que os dois fizessem algo pior do que me bater como fizeram.

Bom, eu queria isso também. No entanto, nem sempre conseguíamos aquilo que desejávamos.

Eu me levantei e andei até a janela da sala.

— Vou tentar fazer o meu melhor para evitar correr riscos desnecessários, mas me recuso a me trancafiar em casa e ser refém do meu próprio medo. — Olhei para todos eles por cima do ombro. — Fiz isso por tempo demais... e não quero voltar lá outra vez.

Mamãe veio até mim e me abraçou.

— Isso não vai acontecer, querida.

Eu esperava, realmente, que não. Porque não sabia se teria forças o suficiente para enfrentar algo que explodisse a bolha de felicidade que eu estava começando a formar ao meu redor.

Amat victoria curam.
A vitória ama a cautela.

PATRICK

Quando busquei Tillie em casa, fui recebido pelo seu irmão, Greg, que me adiantou tudo sobre a visita dos policiais.

Se eu estava puto com a sensação de impotência diante das circunstâncias, só poderia imaginar o estado em que Tillie estava.

Para minha surpresa, ela reagiu melhor do que eu esperava, não dando sinais claros da debilidade que temia.

Um sorriso discreto curvava seus lábios quando ela desceu as escadas e me cumprimentou com um abraço.

Assim que nos despedimos de sua mãe e irmão, seguimos de mãos dadas até o meu carro estacionado na calçada.

O trajeto até em casa foi feito em um silêncio confortável, enquanto nossas mãos se mantinham conectadas. Precisava admitir que estava com medo de perguntar se ela estava bem.

Tillie odiava aquilo.

Eu havia lido em um dos inúmeros artigos que tratavam sobre depressão, que as pessoas que a enfrentavam odiavam ser questionadas o tempo inteiro a respeito de seu estado de espírito.

Na verdade, quando fazíamos isso, era como se estivéssemos os tratando como peças frágeis e delicadas demais para aguentar os trancos que a vida dá.

Eu apenas fazia questão de assegurá-la que estava ao seu lado. E que, se ela quisesse manter o silêncio, era isso o que eu faria. Ela compartilharia seus sentimentos sempre e quando bem entendesse, e eu estava bem com isso.

Respeitaria seu tempo. Seu espaço e suas vontades. Desde que não a visse deslizar para o lugar sombrio onde esteve uma vez.

Não queria vê-la daquele jeito nunca mais.

— Marcy disse que vai chegar daqui a vinte minutos, mais ou menos — informei quando parei o carro em frente à entrada de casa.

— Tudo bem — ela disse e sorriu de leve. — Ela te disse do que se tratava? — perguntou, confusa.

— Não. Eu juro. — Desci correndo para que conseguisse abrir a porta para ela.

Assim que ela saiu, coloquei meu braço sobre seus ombros e a puxei para o calor do meu corpo. Estava começando a esfriar um pouquinho. Mentira, eu queria abraçá-la apertado mesmo.

— Sua mãe não está em casa? — sondou.

— Não. Está na clínica. E meu pai está em um jogo de golfe com os amigos.

— E Carrick? — perguntou.

— Não faço ideia — respondi, com sinceridade, e cochichei em seu ouvido: — Relaxa, juro pela minha alma pura que não vou te dar uns amassos no meu quarto.

Ela riu e me olhou de relance.

— Não acredito nem por um segundo na sua alma pura.

— Que absurdo.

Subimos as escadas, mas não sem antes eu conferir se Marla estava na cozinha. Não havia sinal de ninguém ali. O que significava que estaríamos sozinhos por... bom, vinte minutos, já que Marcy Jane ia surgir na equação para atrapalhar tudo.

Não que eu estivesse pretendendo fazer "maldades" com Tillie. Mas uma sessão de beijos quentes viria muito bem a calhar para esquentar aquele dia.

Ainda bem que meu quarto estava organizado, mas corri para chutar um tênis para longe da vista. Minha prancha ainda estava meio atravessada entre a parede do quarto e a porta do banheiro, então fui até lá e coloquei-a no lugar certo.

Olhei para Tillie e a vi se sentando na poltrona no canto e perto da janela com vista para o mar.

— Aqui é tão lindo. Nunca tinha reparado na vista que você tem daqui — comentou e suspirou, colocando uma mão sob o queixo.

— Bom, acho que isso explica meu amor óbvio e desde pequeno pelo mar e pelas ondas.

— Sim. A costa do Pacífico é linda, não é?

— Também acho. Linda a ponto de me deixar sem palavras — falei aquilo, mas não estava contemplando a mesma paisagem que ela. Eu estava encarando a garota que fazia meu coração bater mais forte a cada dia.

Ajoelhei-me à frente dela e atraí seu olhar para mim.

Ela sorriu e fez algo que vinha se tornando comum: colocou a mão no meu rosto.

Meus olhos varreram cada pedacinho da sua pele, desde o curativo agora já bem menor, à curva de sua mandíbula, ao nariz perfeito, à boca bem-desenhada.

Se Tillie era linda daquele jeito aos dezoito anos, eu só poderia imaginar o espetáculo que ela seria em mais alguns.

— Sei o que está se passando na sua cabeça, sabia? — ela sussurrou.

— E o que seria? — Não era possível que ela tinha esse poder de ler minha mente. Porque... se tivesse, ela ficaria um pouco chocada com as imagens vívidas que estavam passando naquele momento.

— Você está dividido entre a vontade de me perguntar se eu estou bem com tudo o que está acontecendo — disse, resoluta.

Bom... não era bem aquilo que estava se passando naquele momento... mas ela acertou nas dúvidas de momentos antes.

— Eu sei que você não gosta quando perguntam se está bem ou como está levando as coisas...

— É porque... parece que todo mundo olha para mim como se eu fosse surtar a qualquer momento — admitiu.

— Eu não olho assim para você — soltei.

— Não o tempo todo. Mas... Pat — ela segurou meu rosto entre as mãos frias —, eu juro a você que estou ficando melhor a cada dia. E estou bem. Não posso negar que estou com medo de... sentir medo. Sabe? Parece louco, mas... Estou só cansada de não encontrar a coragem que tanta gente

Castelo de Sombras

227

tem para superar as merdas que acontecem na vida.

Foi a minha vez de segurar seu rosto entre as mãos.

— Tillie, cada pessoa reage de um jeito. Você não pode comparar o que viveu, o que aconteceu, com os dramas e traumas que aconteceram na vida dos outros.

— Eu sei. Mas...

— Nada de "mas"... Você é a garota mais forte que conheço. E pronto. Foda-se o resto.

Ela começou a rir e recostei minha testa à dela, fechando os olhos por um instante.

— Só em ouvir seu riso já me sinto o cara mais sortudo do mundo.

— Você foi a melhor coisa que já aconteceu para mim, sabia? — disse.

Eu a puxei para ficar de pé e me sentei no seu lugar, trazendo-a para o meu colo. Então a beijei do jeito que eu queria e da forma que sempre me consumia.

Tillie nunca havia dado sinais de que estava pronta para algo muito mais físico, mas eu não estava preocupado com isso no momento. Só queria desfrutar da suavidade de seu corpo contra o meu. De seus beijos e de seus lábios macios e ainda tão inocentes.

Nem sei por quanto tempo ficamos ali, nas carícias suaves e singelas e que serviam apenas para alimentar a fogueira que ardia em meu interior.

Mas com ela era tão bom sentir qualquer pequena coisinha. Um beijo era o suficiente.

O toque do meu celular nos tirou do momento quente e acabei tendo que respirar algumas vezes para recuperar a compostura.

Tillie riu baixinho e comentou no meu ouvido:

— Salva pelo gongo.

— Isso não tem a menor graça. Acho que vou matar a Marcy. — Peguei o telefone e disse: — Já sei. Você chegou.

Eu queria que dissesse que havia surgido um imprevisto e que não deu para ir, mas meu desejo não foi atendido.

— Já estou no portão.

Droga.

— Okay, já vou mandar alguém abrir. — Tillie se levantou e eu fiz o mesmo. — Me espera aqui, tá bom?

Ela assentiu e eu saí correndo para acionar o comando do portão eletrônico que guardava a propriedade dos meus pais. Os seguranças faziam turnos nos finais de semana, mas apenas durante a noite.

Marcy Jane estacionou logo depois seu cupê vinho e desceu correndo.

— Onde está o Greystone? Achei que fossem inseparáveis... — zombei e ela me deu um abraço.

— Ele tinha alguma coisa para fazer com o pai. Cadê sua garota? — perguntou, e colocou as mãos nos bolsos traseiros da calça jeans.

Marcy era o tipo de garota que nadava em dinheiro se quisesse. Enquanto a minha casa tinha a vista para o mar, a mansão dela era à beira-mar, o que já dizia e muito sobre sua condição financeira.

No entanto, se alguém a visse na rua, pensaria que era apenas uma garota comum, não fosse o carrão vistoso que dirigia para cima e para baixo.

Não fosse somente por isso, ainda tinha o fator que ela possuía o que faltava em muitas garotas da minha escola: Marcy era humilde pra caramba. Não havia uma gota de soberba ali dentro daquele pacote pequeno.

— Lá em cima, no meu quarto — resmunguei.

— Uuuh... interrompi alguma coisa? — debochou.

Enlacei seu pescoço em uma gravata e subimos as escadas aos risos.

Assim que entrou lá, ela abraçou Tillie. Mesmo que só tivessem se visto uma vez, na festa na praia, Marcy tinha aquela energia sobre ela que fazia com que as pessoas se sentissem à vontade ao redor.

Era como se conhecesse Tillie há anos.

— Oi... — minha garota a cumprimentou.

— Olha só, eu sei que vocês devem estar morrendo de curiosidade, né? Eu sei... eu posso ser bem evasiva às vezes...

— Você não quis dizer "'invasiva"? — caçoei.

Ela me deu um sorriso irônico e mostrou a língua em seguida.

— Bom, vamos nos sentar. Caracas, Pat. Cadê sua mesa de reuniões ou alguma merda assim? — Marcy perguntou e olhou ao redor. — Ah, que saco, vamos nos sentar na varanda.

— Está começando a esfriar, Marcy — ralhei.

— Bom, okay... joga aí essas almofadas no chão e tudo resolvido.

Eu não queria dizer que Tillie devia estar com o corpo dolorido por conta do ataque de dias atrás, mas antes que pudesse falar alguma coisa, ela mesma se manifestou:

— Se não for muito incômodo, posso ficar no sofá? — ela disse, baixinho.

— Ah, claro! Caraca... você deve estar dolorida, né? Eu sei como é... — Marcy Jane disse.

Olhei para ela, assombrado, e Tillie fez o mesmo, sem entender nada.

Castelo de Sombras

Minha amiga se sentou em uma imensa almofada que eu sempre mantinha no canto do quarto e começou:

— Olha, ninguém sabe disso, a não ser o Brett, claro... mas eu já sofri um ataque assim também.

— O quê? — perguntei em um tom estridente. — Como assim? Quando? Onde?

— Eeei, calma, cowboy... Respira fundo e relaxa. Eu vou contar... — Ela se acomodou melhor e eu me sentei sobre o braço da poltrona onde Tillie estava. — Há alguns anos, fiz uma espécie de intercâmbio num programa de cultura em Harvard. Os alunos do primeiro ano do ensino médio de várias escolas, com notas acima de uma determinada pontuação, foram selecionados para integrar um programa acadêmico de dois meses durante as férias de verão.

Tentei buscar na memória aquilo, já que conhecia Marcy desde sempre, mas não conseguia me lembrar.

— Você estava viajando com a sua família para o Havaí na época — ela disse. — Enfim, eu tinha acabado de começar o ensino médio, estava toda empolgada, então acabei aceitando. — Marcy respirou fundo e encarou o vazio, como se estivesse imersa em lembranças não tão boas assim. — Na terceira semana, um grupo de meninas típicas de fraternidade, sabe? Dessas que a gente tem certeza de que entrarão na faculdade só para fazerem parte de algum clube tosco... Então... um grupo de quatro meninas se juntou e decidiu que não iam com a minha cara. E o motivo era por causa de meninos. Eu ainda não namorava o Brett, mas porra... eu nem estava pensando nisso, sério. Eu só queria saber de estudar, e ficava sempre na minha, mas os garotos comentavam que estavam querendo me conhecer.

Senti Tillie estremecer um pouco e coloquei a mão sobre seu ombro.

— As garotas resolveram me dar uma lição, e me emboscaram quando eu voltava ao dormitório depois de sair da biblioteca tarde da noite.

Marcy se remexeu na almofada, inquieta, mas prosseguiu:

— Eu levei uma surra épica. Uma costela ficou trincada e quase perdi um dente, mas o que mais doeu foi a sensação de impotência aqui dentro, sabe? De não conseguir me defender. De nem mesmo saber o porquê estava sendo atacada tão covardemente. — Ela suspirou e pigarreou para afastar as lágrimas. — Não sofri o mesmo tipo de abuso que você sofreu, por parte de um garoto, quero dizer, mas sei o que é estar sendo usada como saco de pancadas. E sei o que é sentir medo da própria sombra depois.

Eu nem sabia o que dizer ao ouvir aquilo. Não sabia que Marcy havia sido vítima de agressão dessa forma.

— Meus pais foram chamados para comparecer à universidade, quando souberam do ocorrido, e queriam me levar de volta, mas eu me recusei. Não queria desistir de um programa de estudos que eu estava adorando, só por causa de um bando de invejosas e mal-amadas.

— E o que você fez? — Tillie perguntou em um sussurro.

— Eu convenci meus pais a me deixarem continuar, mas garanti que não ficaria despreparada. Por mais que eles quisessem contratar um guarda-costas para mim, para o restante do programa, eu fiz com que contratassem um professor de defesa pessoal. E era ele quem me ensinava tudo sobre técnicas evasivas, golpes defensivos e essas coisas.

— Sério? — eu comentei. — Mas você é tão... pequenininha e delicada.

Marcy revirou os olhos e bufou:

— Aff... e quem disse que os menores frascos não podem oferecer os venenos mais potentes e letais? Eu me vali desse ditado e aprendi tudo o que podia. Dessa forma, nunca mais seria pega de surpresa outra vez.

— E o que aconteceu depois?

— Bom, como não havia testemunhas na escola, e era a minha palavra contra as de filhas proeminentes da sociedade de Boston, ficou meio que por isso mesmo. Elas continuaram lá. Nunca mais se aproximaram de mim, mas não esperei que fizessem. Lutei contra o medo constante de andar sozinha pelo *campus* e recusei-me a viver à sombra dele. Eu me preparei para o que pudesse acontecer. E isso naquele momento ou em um futuro. Nunca mais queria ser uma vítima.

— Então você aprendeu a lutar, é isso? — Tillie confirmou.

— Sim. E, quando voltei, continuei praticando. E hoje, eu cuido de um programa em uma rede de academias que tem por objetivo equipar alunas, e alunos, claro, que são vítimas de *bullying* dentro dos corredores escolares. Meu foco é preparar meninas como eu, como você, para que saibam revidar em caso de um ataque.

Aquela ideia pareceu acender uma chama nos olhos de Tillie. Ela aprumou a postura e chegou um pouco para frente.

— E você pode me ensinar isso?

Marcy segurou as mãos de Tillie e disse:

— É para isso que eu vim, garota. Porque você não precisa mais viver com medo de que os babacas cheguem perto de você outra vez... e sabe por quê? Porque, caso isso aconteça, não será mais incapaz de dar o troco.

Eu gostei daquilo. E minha garota parecia ter gostado também.

— O que a gente precisa fazer? — perguntei.

Marcy e Tillie me olharam, com um sorriso cúmplice entre elas.

— Você, nada. Mas a Tillie, é só ir à academia onde dou os treinamentos para meninas da nossa idade e mais jovens.

— Poxa, tipo um clube das Luluzinhas? — resmunguei. — Mas e se eu quiser treinar também... sei lá... me preparar para uma eventualidade... — brinquei.

— Você estará convidado a ingressar na turma do meu mestre de Artes Marciais, mas não da de Tillie. Ali é permitido só garotas. — Marcy piscou.

— Eu quero fazer isso — Tillie disse, subitamente animada. — Não que eu queira colocar em prática, mas nunca mais quero me sentir um saco de pancadas.

— É isso aí, garota! Esse é o espírito.

Saímos dali e fomos com Marcy até a academia indicada e que não ficava muito longe da minha casa. Tillie combinou que faria aulas três vezes por semana, a começar na segunda.

Mesmo que eu achasse que ainda era cedo, por conta do ataque recente, eu não queria desestimulá-la a buscar a confiança necessária para nunca mais ser refém de seu próprio medo.

Capítulo Trinta e Três

Si hortum in bibliotheca habes deerit nihil.
Se tens um jardim e uma biblioteca, nada lhe faltará.

TILLIE

Já havia se passado mais de duas semanas desde a agressão que sofri nas mãos de Sabrina e Steve James. Os hematomas e as dores físicas já haviam desvanecido há muito tempo, e mesmo as lembranças, agora começavam a ficar apagadas diante da coragem e força que encontrei em mim mesma.

Bom, com a ajuda de Pat e Marcy Jane, claro. Além do apoio constante da minha família e do acompanhamento médico que agora começava a ficar mais espaçado.

Mesmo com o conflito de interesses, já que eu namorava seu filho, a Dra. Griffin, Scarlett – como ela gostava que eu a chamasse –, virou minha conselheira preferida. Eu gostava do médico que ela indicou, mas, ainda assim, preferia conversar com ela. E o mais incrível... eu conseguia conversar abertamente. Só não quando o assunto era sobre o meu sentimento por Pat. Bom... era meio constrangedor.

Toda semana eu fazia as aulas com Marcy, e acabamos nos tornando boas amigas. Acho que eu nunca mais usaria a classificação de "melhores amigas" para alguém, mas eu poderia dizer que ela se encaixaria com perfeição em todos os sentidos que fazem de uma pessoa a sua BFF[4].

Os irmãos James não deram sinal de vida naqueles dias. Voltei a frequentar as aulas, fugi de todas as tentativas de Mark de tentar se aproximar, estranhando que ele também não tivesse sido expulso da escola.

Pelo que entendi, o pai dele tinha parentesco com alguém da administração, então...

— Aaai! — gritei, quando levei um chute de leve no alto da coxa. Esfreguei a área e encarei Marcy do outro lado do tatame. — Por que me bateu?

— Você está aérea. Quando a pessoa fica assim, se torna distraída para tudo o que está ao redor. Está pensando em quê? — perguntou, e se preparou para dar outro chute, mas, dessa vez, eu consegui me desvencilhar.

— Que essas duas semanas têm sido bem sossegadas — admiti, e foi a minha vez de dar um golpe surpresa. É óbvio que Marcy aparou sem grandes problemas.

— Mas isso não é motivo para se descuidar e baixar a guarda, entendeu? — ralhou. — Pode ser que aqueles babacas nunca mais cheguem perto de você, mas esses ensinamentos serão para a sua vida. Para qualquer ocasião.

— Eu sei.

Ela me instruiu em mais alguns golpes defensivos e, depois de quinze minutos, encerramos a aula.

— Você está se saindo muito bem, Tills — disse enquanto secava o rosto com a toalhinha que sempre estava presa ao short de lycra. — Para quem acabou de começar, e se não ficar voando para outro planeta por aí, você já tem as noções básicas para se defender de um possível ataque.

— Isso se o atacante não estiver armado, né? — debochei.

— Bom, para isso, teremos que aprofundar as lições mais para frente. São nelas que você vai aprender a se desvencilhar de uma arma branca, podendo até mesmo retirar a faca da mão do oponente.

— E uma pistola? — insisti.

— Vamos por parte, moça. Já ouviu falar que em caso de assalto é sempre bom não reagir, né? — Assenti, e ela continuou: — Então... a gente nunca espera que isso aconteça, mas vamos dar passos de bebê aqui. Estamos falando de ataques direcionados a você e em um nível mais pessoal.

— Tudo certo. Bom, pelo menos eu vou poder lutar contra alguém,

---

4   Best Friend Forever, melhor amiga para sempre.

caso queiram me amarrar de novo numa cadeira — caçoei.

Marcy fez com que eu parasse e segurou meus ombros, olhando para mim de baixo. Ela era tão pequenininha!

— Nem brinca com isso. Mas a ideia é essa. Se algum babaca achar que pode fazer isso com você outra vez, já sabe... use os golpes que estou te ensinando. Ah... sabe uma coisa que é boa pra gente?

— Para gente quem? — perguntei, confusa.

— Para nós, meninas.

— Humm...

— Podemos bater em outras meninas — ela disse, e piscou.

Okay. Esse papo seria encarado de uma forma muito estranha por alguém desavisado, mas ao refletir nas palavras de Marcy, entendi o que significavam.

Não pegava bem para um garoto golpear uma menina, é óbvio. Mas esse código de ética não precisava ser aplicado a nós. Especialmente se a garota tivesse um instinto violento como Sabrina James.

Depois do que aconteceu comigo, passei a acompanhar inúmeras histórias sobre brigas entre meninas nos colégios ou do lado de fora das dependências das escolas.

Sempre haveria uma valentona que achava que poderia impor sua vontade através da força física. O intuito de Marcy não era o de instigar a violência, nem mesmo promover o espírito de brigas, mas, sim, me deixar preparada para saber me defender e dar o troco, caso fosse necessário.

Eu, honestamente, esperava que nunca tivesse que usar seus ensinamentos. Mas era muito reconfortante saber que para alguém me dar um soco e me deixar desnorteada com isso, teria que passar, primeiro, pelas minhas tentativas de defesa.

Os irmãos James nunca mais teriam a oportunidade de tocar a mão em mim sem que eu tivesse a chance de mostrar que não era impotente.

Patrick chegou à academia quando eu estava saindo do vestiário, depois de uma ducha rápida.

— E então? — perguntou e me deu um beijo suave. — Como foi? Já está dominando as técnicas de Kung Fu e essas coisas? — brincou.

— Não, seu bobo. Mas já consigo me soltar de um agarre no cabelo, quer ver? — perguntei, esperando que ele, sinceramente, não quisesse comprovar.

— Nan... acredito em você. E em Marcy Jane. Vamos comer alguma coisa?

— Tenho um trabalho para terminar — falei, chateada.

— Eu também. Que tal se formos à biblioteca? — ofereceu.

Olhei para ele com o cenho franzido e uma expressão de suspeita.

— E você vai me deixar estudar de verdade? — sondei.

Ele enlaçou meu pescoço e beijou minha cabeça, rindo.

— Você não falou nada sobre "estudar". Falou sobre fazer um trabalho...

— Não dá na mesma?

— Claro que não... Quando você faz um trabalho escolar, pode abrir o leque para pesquisar o assunto ou debater as coisas com outras pessoas, de forma que consiga enriquecer mais ainda o que está fazendo. A propósito... é trabalho de quê?

— Física. Quer me ajudar?

— Sempre. Mas também tenho um de Literatura para fazer. Podemos unir nossos esforços, que tal? — Sorriu e meu mundo se encheu de um calor gostoso, que me preenchia sempre que eu podia ver aquele sorriso direcionado a mim.

— Combinado.

Fomos para a Biblioteca Central depois que busquei meu material em casa e escolhemos uma cabine onde nós dois poderíamos ficar sentados e concentrados no que devíamos fazer.

Nem bem se passaram trinta minutos e, quando ergui a cabeça, vi Pat com o queixo apoiado na mão, encarando-me.

— O que foi? — perguntei, com suspeita.

— Nada. Estava só admirando você.

Eu sorri. Satisfeita por não ter sentido meu rosto pegando fogo. Estava me acostumando aos elogios e demonstrações de carinho de Pat, e não podia dizer que aquilo me incomodava.

Ele me fazia sentir amada. Desejada.

De alguma forma, Pat conseguiu penetrar pelo escudo protetor que eu havia erguido ao meu redor; conseguiu me ver através da película do medo invisível que teimava em me congelar nos piores momentos.

Patrick Griffin era capaz de *me* ver por inteiro.

— Você é linda, sabia?

— E você é exagerado — devolvi, dessa vez, eu mesma apoiando o queixo sobre as mãos e encarando-o com a mesma reverência. — *Você* é lindo. Por dentro e por fora.

— Obrigado. Mas acho que o tipo de beleza que falo nem se compara...

— Como assim?

— Você passou por coisas que a maioria das garotas da sua idade nunca enfrentaram, mas... mesmo assim, você está aí. Lutando para se manter de pé. Esse espírito de luta que existe aí dentro traz uma aura toda especial à sua beleza, que já era evidente.

— Pat... você fumou alguma coisa? — perguntei, rindo. — Que papo místico de aura é esse?

Ele suspirou e segurou minhas mãos.

— Você é única e especial. Sabia disso?

Inclinei a cabeça e o observei por um longo momento, antes de dizer:

— Você faz com que eu me sinta assim. Embora eu ache que é um exagero...

— Não é, não. Mas esse é o tipo de percepção que nem todo mundo consegue ter de si mesmo. Tipo... nem todo mundo consegue se ver da mesma forma que os outros.

— Meu Deus, Pat... Que papo cabeça — brinquei.

— É sério, Tills. Preste atenção. A gente está acostumado a se enxergar de uma forma. A maioria das pessoas se definiria como alguém "normal" — enfatizou as aspas —, mas elas não veem as inúmeras camadas que os outros podem perceber. Por exemplo: o jeito que você sorri quando vê alguma coisa bonita e que te chama a atenção. A forma como morde o canto da boca enquanto se concentra nisso aí. — Apontou para as equações de Física. — O jeito como mexe o cabelo e coloca atrás da orelha quando fica tímida.

— São trejeitos. Não camadas.

— Viu? Você enxerga como algo banal. Trejeitos. Puft... Eu vejo como ações executadas que mostram a forma como se está se sentindo naquele momento. Isso é bem mais profundo.

— Uau. Bem profundo, mesmo. Tem certeza de que não usou nada

Castelo de Sombras

237

ilegal? — brinquei.

— Nope. Tenho certeza. Eu só estou... amando.

Bom, agora meu rosto esquentou. Um pouquinho. Ele usou a ponta do dedo para traçar um caminho de carícias pelo meu braço, subindo até o pescoço e parando no canto da minha boca.

— É louco isso, né?

— O q-quê? — gaguejei.

— O que um monte de hormônios é capaz de fazer. Eu só consigo pensar em você o dia inteiro, Tills. É como se... eu só conseguisse respirar, se você estivesse por perto. E sempre achei isso piegas pra cacete. Essas coisas de poemas e livros de romance... filmes, então... bleeeh... Eu pensava: *Nossa, que tosco. O povo não consegue se controlar?*

Esperei um momento antes de dizer:

— Eu me sinto assim também. Não é só você, Pat.

Bom, era um assunto meio difícil para mim. Eu nunca havia sentido aquela vontade louca por alguém. Nunca senti um desejo tão avassalador a ponto de querer experimentar tudo e sentir meu corpo ardendo nas mesmas chamas que eram tão citadas em livros, filmes e afins...

Mas desde que conheci Pat, e passei a me "enxergar" como alguém normal e com desejos e anseios saudáveis e totalmente compatíveis com a minha idade, tem sido mais complicado controlar a vontade louca de "sentir tudo". Se é que me entendem...

Pat suspirou e beijou minhas mãos, antes de se recostar outra vez.

— Olha só... Sábado que vem vai rolar um campeonato de Surf em Santa Bárbara. Em Rincon Point... É para os surfistas amadores, mas, como há possibilidade de ondas gigantes, vai ser perfeito — ele disse e percebi que estava nervoso por algum motivo. — Quer ir comigo?

— Espera... você disse... ondas gigantes? — Foi só aquelas duas palavras que me preocuparam. — Isso não é perigoso?

Ele deu uma piscadinha e esticou as longas pernas, inclinando a cadeira um pouco para trás.

— Não para mim, coisa linda. Scott, Dale e eu sempre competimos nesse torneio, e os dois odeiam o fato de eu sempre me classificar melhor que eles — caçoou.

Comecei a rir, imaginando a cena dos três amigos se provocando sobre quem era o melhor.

— Então... acha que seus pais deixariam você ir comigo? — sondou.

Eu só teria uma resposta para aquela pergunta quando falasse com meus pais.

— Posso ver...

— Acho que não vai ter risco algum, Tills. Scott e Dale estarão lá também, e os babacas não iriam tentar alguma coisa com você — ele correu para esclarecer.

— Não é com isso que estou preocupada.

— Então... o quê?

Era meio difícil admitir que minha preocupação estava em fazer uma viagem, mesmo que pequena, ao lado dele. Eu sabia que Santa Bárbara devia ficar a pouco mais de quatro horas dali, mas...

— Por favor, Tills. Eu queria muito que você estivesse lá comigo.

— Tudo bem, Pat. Vou falar com eles.

Ele ficou de pé e me puxou para me dar um beijo, não se importando com os poucos alunos que ainda vagavam por ali.

— Pat!

— Desculpa. Eu me empolguei — resmungou e se sentou de novo. — Agora... vamos nos concentrar nesses trabalhos aqui, mocinha. Para que a semana passe mais rápido ainda.

Ele soprou um beijo na minha direção e começou a escrever alguma coisa em seu caderno. Eu voltei à minha tarefa árdua em tentar entender Física, agora que minha mente flutuava em outras direções...

Castelo de Sombras

Capítulo Trinta e Quatro

Veni, vidi, Vici.
Vim, vi, venci.

PATRICK

A semana passou em um ritmo mais lento do que uma tartaruga manca, mas o importante é que a sexta-feira havia chegado, e agora só faltava organizar as coisas para a viagem.

Teria sido ideal sair na sexta mesmo, mas os pais de Tillie foram resolutos em deixá-la ir somente se fôssemos no sábado.

Droga. E eu pensando que teria minha namorada só para mim durante a noite. Não que eu tivesse programado alguma coisa... nada disso. Mas seria um momento só nosso.

Scott e Dale decidiram viajar logo depois do treino, e disseram que nos esperariam para o almoço no dia seguinte. As provas que rolariam pela manhã, no sábado, eram destinadas a categorias mais juvenis, enquanto as nossas etapas seriam disputadas à tarde. Daria tempo de sobra para pegar a estrada e chegar até lá.

— Está com tudo no carro? — mamãe perguntou, às minhas costas.

Marla já havia preparado uma cesta de piquenique imensa, cheia de guloseimas, como se a viagem fosse durar um dia inteiro, ao invés de quatro horas.

— Sim, mãe. Está tudo pronto.

— Então vá dormir agora — ela mandou.

— Acho que não vou conseguir...

— Ah, você vai, sim, Patrick Ian Griffin. Se sua intenção é sair daqui às cinco da manhã, então você precisa dormir, entendeu? Afinal, não quer arriscar sua vida e muito menos a da Tillie na estrada, não é?

— Não — resmunguei.

— Pense assim... Se vocês saírem cedo, poderão fazer o trajeto com mais calma, apreciar a vista do Big Sur. Como um casalzinho fofo — Carrick caçoou, entrando na cozinha. — Mãe, quando vou poder ter minha própria namorada para fazer isso?

— No dia em que você crescer, Car — debochei. — O que vai demorar, já que você é um criança e pé no saco.

— O quê? Eu já tenho 16 anos, minha gente. Posso até dirigir...

— Desde que tire a carteira, o que ainda não aconteceu, filhinho — mamãe provocou.

Meu pai escolheu aquele momento para entrar na cozinha, trazendo sua xícara de café.

— Pat, você ainda está acordado? — perguntou.

Minha mãe riu e olhou para mim, erguendo as mãos como se não tivesse culpa no fato de o meu pai saber toda a minha programação. Não que eu tivesse alguma coisa contra.

— Já estou indo dormir — murmurei.

— É para dormir, mesmo. Nada de ficar fofocando com a Tills até altas horas — Carrick provocou.

— Cale a boca.

Saí dali ouvindo os risos e me resignei a deitar às nove da noite, mas só depois de mandar uma mensagem para Tillie, perguntando se ela também estava empolgada.

Podia jurar que não estava nem a fim de surfar... Eu queria era desfrutar daquele momento ao lado da minha namorada, sem preocupações, sem estresse.

Só nós dois.

Deitei-me na cama e vi que havia uma mensagem dela no meu celular. Um sorriso curvou minha boca na mesma hora.

> Não buzine amanhã na frente de casa, tá? É só me mandar uma mensagem e estarei pronta. Beijo.

Castelo de Sombras

241

Fui dormir com aquele sorriso idiota no rosto. Só quando acordei, horas mais tarde, é que percebi que não havia respondido nada.

O alerta de que a mensagem havia sido enviada mal tocou e a porta da casa de Tillie se abriu.

Ela veio correndo, com uma mochila às costas. Usava um moletom e uma calça jeans, provavelmente porque àquela hora ainda estava meio frio.

— Oi — disse, assim que entrou no carro.

Segurei a gola de seu agasalho e puxei-a para um beijo, sentindo o gostinho do café em seus lábios.

— Oi. Dormiu bem?

— Como uma pedra — disse e sorriu. Ela olhou para trás e viu a quantidade de tralhas que havia no banco traseiro. — Para quê tudo isso?

— Isso é culpa da minha mãe e da Marla. Elas mandaram comida para um batalhão, para que não passássemos fome na estrada e não tivéssemos que parar para comer. Como se nossa viagem fosse durar vinte horas — debochei.

— Bom, então você viaja para comer, ao invés de comer para viajar? — brincou.

— As duas devem achar que sim.

Estava muito cedo, então quase não havia trânsito. Se fôssemos por dentro, o trajeto seria mais rápido, mas decidi que valia a pena esticar um pouco para que curtíssemos a vista da Pacific Highway 1. Era lindo passar por ali, e como estávamos adiantados na hora, dava para ir sem pressa e fazendo o que minha mãe sugeriu: "apreciar a vista".

Nós passaríamos por Carmel, o Big Sur, cruzaríamos a ponte Bixby e mais algumas cidades até nosso destino. Rincon Point ficava entre Santa Barbara e Ventura, e só o passeio por ali já valeria o dia.

— Meu Deus... como é lindo — Tillie disse, pouco tempo depois.

— É mesmo.

Cerca de duas horas depois, olhei para o lado e dei um sorriso, ao vê-la se debruçar contra a janela aberta, contemplando o mar e as ondas se quebrando na arrebentação.

Ela já havia se livrado do casaco, e eu estava curioso para perguntar se sua intenção era ir à praia de calça jeans.

Nós dois passamos o caminho inteiro conversando sobre tudo. Desde a paisagem, ao meu amor pelo surfe. Também descobri que ela sempre sonhou em ser desenhista, mas, como não tinha talento, decidiu que era apenas uma fantasia boba.

Cantamos as músicas, discutimos por causa de uma estação de rádio, comemos as besteiras que Marla colocou na cesta. O tempo todo, Tillie agia como um copiloto, informando os trechos por onde passávamos.

Parei para abastecer em Gorda, já que meu Jeep era beberrão, e Tillie foi ao banheiro. Na volta, vi que havia trocado a calça por um short jeans. A visão daquelas pernas fez com que um arrepio percorresse meu corpo de maneira involuntária.

Em um determinado trecho da viagem, minha mão foi parar, sem querer, sobre a perna dela. Como ela não fez menção de afastá-la dali, continuando a falar sobre tudo o que via à frente, mantive a calma e passei a contar até cinquenta em irlandês.

Eu podia sentir meus dedos formigando, o contato com sua pele macia fazendo um estrago no meu controle. Caramba. Se só aquele toque era o suficiente para fazer meu corpo rugir, o que mais aconteceria se o território avançasse?

Num determinado momento, Tillie esqueceu a vista e se sentou meio de lado, segurando minha mão, ainda sobre sua coxa, e encarou-me.

— Obrigada — disse, baixinho.

Olhei rapidamente para ela, sorrindo.

— Pelo quê?

— Por esse passeio. Por me tirar de casa um pouco e afastar minhas preocupações. Por ser meu amigo, meu... namorado.

Puxei sua mão e dei um beijo demorado em seus dedos.

— Não há de quê, coisa linda.

— Você está sempre me salvando, né? — ela continuou.

— E do que você está sendo salva agora?

— Vamos apenas dizer que eu estava começando a ficar preocupada com essa viagem, que fosse ficar um clima esquisito... mas você nem mesmo me deixou pensar nisso...

— Só porque eu falo muito? — brinquei.

Castelo de Sombras

— Não. Só por ser você.

E era fácil assim. Estar com ela sempre me trazia uma sensação de paz e arrebatamento inexplicáveis. Eu não era santo. Já havia saído com uma porção de garotas, mas nunca fui muito ligado em nada mais do que as fagulhas que pipocavam por causa dos hormônios.

Meus pais me ensinaram a ser um cavalheiro, então sempre fui muito verdadeiro em minhas intenções com outras meninas.

Mas Tillie... Ela simplesmente me fazia querer ser alguém melhor. Eu queria ser digno dela.

— Estou feliz que você esteja aqui comigo — eu disse, e beijei sua mão outra vez.

— Não há outro lugar onde eu quisesse estar. — Ela sorriu.

— Quer parar um pouquinho naquele mirante para tirar uma foto?

— Sim! — disse, empolgada.

Encostei o carro entre duas SUVs e nós descemos.

Porra... a vista era linda demais. Aquilo era surreal a um ponto que fazia qualquer pessoa acreditar que só poderia ser obra de Deus.

As rochas, as ondas, a cor verdejante contra o céu claro e com poucas nuvens que pareciam ter sido pinceladas, criavam uma paisagem de cair o queixo. Era preciso ser reverente quando se via algo assim.

Peguei meu celular e puxei-a contra o meu corpo, registrando o momento em uma *selfie*.

— Posso postar? — confirmei e ela acenou, distraidamente.

Marquei Scott e Dale, dizendo que minha companhia valia pelo campeonato inteiro.

Nós pegamos a estrada e, mais uma vez, minha mão voltou a pousar naquele ponto que fazia com que meu corpo vibrasse com uma energia renovada.

Eu precisava da conexão com Tillie, para provar a mim mesmo que ela era real.

Duas horas da tarde. Havia chegado o momento em que eu cairia no mar para catar algumas ondas e fazer bonito para minha garota que me assistiria da praia.

— Você vai ficar bem, aqui? — perguntei, pela quinta vez.

— Sim — ela respondeu, e riu quando a puxei contra o meu corpo.

— Não se esqueça de colocar o boné e passar o protetor de novo nesse seu narizinho, hein?

— E você? Lembrou-se de passar o protetor solar? — retrucou.

— Eu sempre lembro, gatinha.

— Tenha cuidado — disse, e quando me viu abrir a boca, emendou: — Se você disser "eu sempre tenho, gatinha", vou te bater.

— Okay. Não vou falar nada — respondi, rindo.

— Vamos, cara. Já soou o apito — Scott disse e acenou para Tillie.

Dei um beijo muito bem dado em Tillie e fui correndo para o mar. Em poucos segundos, era só eu e as ondas. Bem, e os outros surfistas que também precisavam passar pelas baterias, mas ali vencia o melhor.

Nadei contra as águas e mergulhei de ponta com a prancha, perfurando uma onda gigante, sacudindo o cabelo para fora dos meus olhos.

— Uhuuu! — Dale gritou ao longe, já que havia entrado no mar antes e agora surfava uma das boas.

— Babaca — Scott resmungou. — Vai conseguir um tubo.

— Então vamos nessa, caçar um tubo pra gente também.

A energia vibrante irradiava pelo meu corpo e, quando vi a onda perfeita ao longe, sentei-me na prancha e virei para pegar a crista que se daria em poucos segundos.

— Essa é minha! — gritei. — Te vejo na areia!

Fiquei de pé e fui deslizando com maestria, resultado de anos e anos de prática. Em um momento, passei as mãos pelas espumas, reverenciando a força implacável da onda que me guiava além.

Era maravilhoso sentir aquela adrenalina fluir pelas veias. Era inegável que, uma vez que você se viciava naquelas sensações, ficava difícil querer se afastar.

Minha onda não era uma das gigantes, mas me lançou num tubo espetacular. Arrastei a mão pela parede d'água, rindo da minha sorte. Fui me agachando na prancha, quando o tubo se afunilou.

Quando saí, levantei as mãos e me joguei no mar, já sentindo o banco de areia. Dali de onde eu estava, pude ouvir as palmas e os gritos de comemoração.

Eu havia surfado bem. Faltava apenas a onda perfeita.

Saí da água, com a prancha embaixo do braço e, quando cheguei perto de Tillie, ela estava de pé, espremendo as mãos. O sorriso mesclado ao brilho de preocupação em seus olhos me disse que ela curtiu, mas deve ter achado que eu ia me esborrachar.

Joguei a prancha na areia, de qualquer jeito, e agarrei-a, puxando-a para um beijo salgado.

— Pat! Você está me ensopando! — gritou, feliz.

— Você viu que demais?!

— Sim! Foi ótimo.

— Mas ainda não foi das grandes? — respondi, e aceitei a água que ela agora me oferecia.

— Não? Mas era enorme...

— Tills, quando eu estiver lá na parede gigante, não se esqueça de tirar umas fotos geniais — brinquei, e beijei-a de novo. Avistei Scott correndo na nossa direção.

— Dale já partiu de novo. Aquele babaca. Foi classificado — meu amigo disse, sem fôlego.

— Agora só temos que esperar para ver nossa pontuação, daí a gente cai dentro outra vez.

Em dez minutos, os juízes marcaram na tabela quem deveria se jogar no mar de novo.

— Vamos! — Scott gritou.

— Boa sorte — ela disse. — Ei, espera... a gente não diz nada como "quebre a perna", né?

— Só me dá um beijo e já tá valendo — falei. Na mesma hora, Tillie segurou meu rosto entre suas mãos delicadas e me deu um beijaço.

Corri em direção ao mar, tomando o cuidado para não tropeçar na calcanheira. O mar estava mandando uma série de ondas, mas eu sabia que em pouco tempo viria uma das boas.

Perdi Scott de vista e fui atravessando onda por onda até conseguir chegar à parte onde as ondas não se quebravam mais.

Fiquei boiando ali por alguns segundos, dividindo o foco da minha atenção entre as costas e a praia, onde eu sabia que havia uma garota de cabelos escuros acompanhando cada um dos meus passos.

E então, a onda apareceu no horizonte. E seria uma parede, onde eu teria que tomar o maior cuidado para não ser engolido.

Ouvi a gritaria da praia e olhei para frente, rapidamente. Estava todo mundo à espera de uma onda daquelas. E, pelo jeito, parecia que era só minha.

Quando ela começou a formar o pico, fiquei de pé no deck da prancha e me equilibrei na crista por alguns segundos antes de deslizar pela face imensa de água quase cristalina.

Cacete. Tomara que Tillie estivesse conseguindo filmar aquilo.

Provavelmente aquela havia sido a maior onda que eu já peguei na vida, e a parede se estendeu em uma queda de quase cinco metros de altura. Eu nunca seria um Big Rider, o típico surfista que só corria atrás de ondas gigantes, viajando o mundo todo em busca delas, mas poderia, muito bem, entrar na história.

Não era nem temporada de ondas top, mas aquelas ali, naquele dia em específico, estavam fazendo jus ao título de "Rainha da Costa" para aquela praia.

Numa manobra arriscada, mas que valeria meu dia, fiz um 360° pouco antes de a onda arrebentar e encobrir meu corpo com a espuma.

Quando saí, levantei os braços e comemorei junto com a multidão que assistia da praia.

Mal cheguei na areia e Scott correu na minha direção, dando-me um abraço.

— Seu filho da puta! Você vai vencer o torneio com essa! — gritou, eufórico. — Ei... não fala pra sua mãe que te xinguei desse jeito.

Voltamos ao lugar onde Tillie estava, rindo.

Ela me abraçou, dessa vez pouco se importando se eu molharia suas roupas.

— Que lindo! Você conseguiu! O pessoal enlouqueceu na praia! — ela comemorou. — Ouvi o locutor falar que você não seria mais páreo para ninguém!

Rodopiei com seu corpo colado ao meu e beijei-a com desejo. Caracas... a adrenalina estava correndo solta ainda, mas pelo jeito outro hormônio entrou em ação ali dentro, e tudo o que eu mais queria era pegar minha garota e ir para algum lugar secreto. Só para poder comemorar em particular.

Egoísta da minha parte, eu sei. Mas o que eu podia fazer?

Castelo de Sombras

Capítulo Trinta e Cinco

Cibi condimentum est fames.
A fome é o melhor tempero.

PATRICK

Perto das quatro e meia, o troféu foi entregue em minhas mãos. Dale ficou com o terceiro lugar e Scott ficou puto, porque sua classificação ficou um décimo abaixo da do nosso amigo.

Quem mandou levar um caldo no final da última onda surfada?

Estávamos quase saindo da praia, rumo ao hotel onde os dois estavam alojados, quando ouvimos o alerta de temporal.

Estava explicado o porquê aquele dia foi tão abençoado com ondas majestosas. Sempre que havia tempestades, as ondas se agitavam. A melhor época de campeonatos de surfe era no outono, mas as prévias do verão eram boas porque contavam com a variação do clima.

— E agora? Se tem alerta de tempestade, isso não significa que vai levar mais tempo na estrada? — Tillie perguntou, confusa.

— Sim. Não é só isso. Pelo que a previsão do tempo está falando, parece que será chuva de granizo.

— Seria melhor se vocês deixassem para ir embora amanhã com a gente, cara — Scott alertou.

Tillie olhou para mim, mordendo o lábio inferior.

— Ei, não precisa ficar nervosa — falei, baixinho, puxando-a para um canto perto do meu carro. — A gente pode ir até onde der, e seguir por dentro, não pela Highway 1, que é mais perigosa nessas condições.

— *Bro*, escuta a gente. Vai ser tenso pegar a estrada assim.

Ele mal terminou de falar e a chuva começou, fazendo a galera correr para os carros. Os relâmpagos iluminavam o céu, enquanto os trovões retumbavam, mostrando que era apenas o começo.

— Eles estão certos. Seria melhor se ficássemos por aqui — Tillie disse. — Só preciso avisar aos meus pais.

— Tem mais. Se não tiver vaga no hotel, vocês podem ficar com a gente no quarto — Dale acrescentou. — O Scott ronca, mas eu sou uma brisa, gata.

— Cala a boca, animal — Scott ralhou. — Se não tiver vaga, a Tillie fica com o quarto e a gente pode dormir no carro.

O hotel onde eles estavam hospedados ficava a cerca de cinco minutos dali. Eram os únicos que tinham quartos disponíveis, já que muita gente se adiantava e reservava os hotéis à beira-mar.

Fomos em nossos carros até o lugar e paramos quase em frente à recepção. Descemos correndo, nos encharcando mesmo com a pequena distância.

— Oi, será que vocês teriam dois quartos disponíveis? — Eu poderia ficar com Scott e Dale, mas eles haviam reservado um quarto com apenas uma cama. Os idiotas decidiram o dia que cada um dormiria nela, enquanto o outro dormia no chão.

A atendente, uma senhora oriental bem simpática, consultou no computador por alguns instantes e disse:

— Desculpa, só temos disponível um quarto de casal.

Olhei para Tillie e vi que ela me encarava, em dúvida.

— Bom, eu posso ficar no Jeep — falei, baixinho.

— Não. — Ela tocou meu braço. — A gente pode ficar junto.

Peguei Scott e Dale se entreolhando, às nossas costas, e fazendo mímicas como se eu tivesse faturado um prêmio.

— Você tem certeza? — perguntei. Eu não queria impor nada que a deixasse desconfortável. Tudo bem que éramos namorados, mas nunca havíamos ido tão longe em qualquer intimidade.

— Sim — respondeu e abaixou a cabeça.

— Okay, então podemos ficar com ele? — falei, com a senhora.

Castelo de Sombras

— São 110 dólares adiantados. E o café da manhã começa às 6:30 e vai até 10. Incluído no valor.

Paguei o valor e peguei a chave. Entreguei à Tillie e disse que, se ela quisesse, podia ir na frente enquanto eu buscava nossas coisas no carro. Scott e Dale se despediram e subiram o lance de escadas que levaria até seu quarto.

Eu estava nervoso. Nem bem sabia a razão, mas a ansiedade estava meio que revirando a comida no meu estômago. Se bem que aquilo podia ser efeito das ondas loucas que peguei pouco antes.

Quando cheguei ao quarto, com a minha mochila e a de Tillie, além da cesta de lanches, ela estava ao telefone.

— Sim. A gente decidiu ficar em Santa Bárbara por causa da tempestade. — Ela olhou para mim e sorriu. — Tudo bem, mãe. Já mandei mensagem para o Greg também.

Fiz o mínimo barulho possível e coloquei as coisas em cima da mesa, no canto oposto. O quarto era bem bacana, ornamentado com quadros coloridos e inspiração mexicana. A colcha de retalhos que forrava a cama onde Tillie estava sentada seguia o mesmo padrão de decoração.

— Bom, a gente deve sair um pouco mais tarde daqui amanhã. Ainda não combinei com Pat, mas eu aviso. Não se preocupe. Tchau, mãe.

Ela desligou e ficou de pé na mesma hora. E, por um segundo, era como se fôssemos dois estranhos se encarando de lados opostos no quarto.

— É... Você quer tomar banho primeiro? — ofereci.

Eu sabia que era ruim ficar o dia inteiro na praia e sentir a pele pegajosa da areia.

— Sim... quer dizer, estou louca por um banho... mas você deve estar querendo uma ducha muito mais do que eu, não?

— Primeiro as damas, querida. Mamãe arrancaria meu fígado se soubesse que não agi conforme o protocolo.

Ela riu e veio na minha direção. Perdi o fôlego por um momento, achando que ela fosse me tocar. Eu estava elétrico. Não sabia dizer qual poderia ser minha reação.

No entanto, ela apenas remexeu a mochila e retirou uma camiseta dali de dentro e a calça jeans de antes.

Quando viu que eu a encarava, sorriu e disse:

— Não imaginei que passaríamos a noite...

— Posso te emprestar uma camiseta minha, se quiser. É bem maior e passa tranquilo por uma camisola em você.

— Ah... tudo bem, então.

Revirei minha mochila e peguei a camiseta com a estampa de um surfista sentado em cima de uma kombi meio hippie.

O tempo inteiro em que Tillie ficou no chuveiro, andei de um lado ao outro no quarto, nervoso e me sentindo o cara mais inexperiente do mundo. Eu não sabia o que fazer.

Eu, Patrick Griffin, não sabia o que fazer, porra!

Ela saiu do banho e o vapor se infiltrou no quarto, junto com o cheiro do sabonete que havia usado. Optou por não lavar o cabelo, então o manteve em um coque no alto da cabeça. Seu rosto estava afogueado, mas talvez fosse efeito do banho quente.

— Bom... eu... vou — comecei, passando a mão no cabelo — tirar todo esse sal do corpo.

Entrei correndo e, quando fechei a porta, recostei-me a ela, suspirando para me acalmar.

Minha nossa... Como eu conseguiria dormir ao lado dela sem ceder à vontade imensa de tocá-la?

Capítulo Trinta e Seis

Amor vincit omnia.
O amor conquista tudo.

TILLIE

Ai. Meu. Deus.

Ninguém havia previsto aquilo. Depois do dia maravilhoso ao lado de Pat, depois de ver a felicidade em seu rosto com a vitória, bem como a realização de ter surfado suas tão amadas ondas, eu não esperava que teríamos que... dormir juntos.

Meu coração estava acelerado de um jeito preocupante. Ainda era cedo para que fôssemos dormir, mas o dia fora tão cansativo que talvez só o que ele quisesse fosse a... cama.

Putz. Só havia aquela cama e eu não teria coragem de falar para Patrick dormir no chão ou na poltrona do outro lado.

Quando ele saiu, ainda molhado do banho, estava vestindo apenas a toalha e secando o cabelo com a de rosto.

— Desculpa... Esqueci de levar a roupa para me trocar lá dentro — disse, baixinho.

Apenas assenti e virei o rosto para o outro lado, tentando não transparecer meu embaraço. Ou que o estava comendo com os olhos.

Minha nossa... O que eu deveria fazer?

Assim que ele voltou ao quarto, remexeu em suas coisas outra vez e pegou o celular.

— Scott e Dale vão comer num restaurante aqui perto. Quer ir?

— Ah, não. Mas se você quiser... pode ir — falei, colocando uma mecha de cabelo atrás da orelha.

Ele sorriu de leve e veio na minha direção. Segurou meu rosto e beijou a ponta do meu nariz.

— Não precisa ficar nervosa, Tills. Somos só nós, tá? Eu e você.

— Eu sei — murmurei, baixinho.

— E não vai acontecer nada, tá bom?

Mas era ali que ele estava enganado. Eu queria que acontecesse. Só não sabia o quê.

— Bom, eu comi porcaria o dia inteiro — admiti. — Mas não estou com fome, de verdade.

Pat mexeu na cesta de comida e levantou alguns sanduíches.

— Eu vou ficar satisfeito com esses sanduíches da Marla. São os melhores de toda a Costa Leste. Tem certeza de que não quer experimentar?

Acenei uma negativa e subi na cama, mexendo na colcha que a cobria, distraidamente. Peguei o controle e liguei a TV, vendo o noticiário informando que algumas estradas ficaram obstruídas por conta da tempestade que não tinha previsão para acabar tão cedo.

Pat comeu em silêncio e pegou uma bebida no frigobar.

— Quer uma Coca?

— Sim.

Ele trouxe para mim e abriu, sentando-se ao meu lado na cama de casal. O tempo todo eu observava a TV e o movimento de seus pés cruzados sobre o colchão.

Até os pés daquele menino eram bonitos. *Pelo amor de Deus... Será que ele não tinha um defeito?*

Não sei bem como, mas nós dois acabamos nos aconchegando um ao outro contra os travesseiros.

— Quer ver um filme? — Ele me olhou atentamente. Em seus olhos, havia um brilho desconhecido, mas que acendeu algo dentro de mim.

— N-não.

Em segundos, seu rosto se aproximou do meu e nossas bocas se tocaram em um beijo delicado e sem pretensões alguma.

— Obrigado por ter vindo — ele sussurrou contra os meus lábios.

Castelo de Sombras

— Eu amei estar com você... — confessei.

Sem saber como ou o porquê, puxei sua boca contra a minha outra vez e enlacei seu pescoço. Nossos corpos se pressionaram um ao outro, e foi como se uma fagulha estalasse de repente no quarto.

Os beijos, ora singelos, se tornaram vorazes e famintos. A mão de Pat subiu devagarzinho pela lateral do meu corpo. Seu toque em minha pele era marcado a fogo e eu podia senti-lo em todo lugar.

Sua coxa forte se alojou por entre as minhas e seu corpo pairou acima do meu. Minhas mãos seguiam um caminho próprio, por baixo da camiseta que ele havia colocado, trilhando os músculos de suas costas.

Em contrapartida, ele fazia o mesmo que eu. Seus dedos percorreram minha pele, e quando as mãos abarcaram os meus seios desnudos, ofeguei contra sua boca. E eu podia jurar que o ouvi gemer baixinho.

— Tills...

Seu apelo era como uma súplica. E eu podia jurar que meus olhos refletiam o mesmo brilho de desejo e ânsia que eu via nos dele.

Sem pudor algum, puxei sua camiseta para que se livrasse dela e ele fez o mesmo com a minha. Quando nossas peles se tocaram, foi como se algo explodisse dentro de mim.

— Puta que pariu... — murmurou.

Dizem que uma viagem com LSD pode abrir as portas do horizonte e da mente de uma pessoa. Mas eu não precisava de nada daquilo, porque quem me intoxicava naquele momento era Patrick.

Meu corpo assumiu o controle da minha mente. Meu coração simplesmente concordou com a decisão e o resto... foi apenas... perfeito.

Pat beijou cada pedacinho do meu corpo em uma reverência incomum para um garoto – ou pelo menos era o que eu já havia ouvido falar; a paciência que demonstrava indicava que queria memorizar cada sensação, assim como eu.

Não vi quando nossas roupas todas foram descartadas. Não vi quando ele se postou em minha entrada e não vi quando a dor afiada me fez ofegar.

Era como se nada daquilo importasse com a dimensão do que estávamos fazendo. Com as emoções que ameaçavam me afogar.

Seu corpo se moveu contra o meu, embora eu não soubesse bem o que fazer... Apenas o acompanhei, como se já tivesse feito aquilo há anos. Como se meu corpo tivesse memorizado o dele.

— Pat... — gemi, em êxtase. — Minha nossa...

— Porra, Tills...

Nossos olhares estavam conectados a cada passo. Meus braços rodeando seu pescoço e o mantendo ali, como uma tábua de salvação. Em um determinado momento, senti uma lágrima querendo se derramar.

— Meu Deus, estou machucando você? — perguntou, preocupado e interrompendo o movimento.

— Não! Não... só... continue, Pat. Não pare... por favor. Eu... eu...

Cacete. Eu não sabia dizer o que estava precisando naquele momento. Tudo o que eu conseguia fazer... era sentir. E parecia que uma onda gigantesca, do tamanho daquela que ele havia surfado, queria arrebentar no meu ventre.

— Aaaahhh... — arfei, quando comecei a sentir as contrações poderosas se desfazendo dentro de mim.

— Tillie... Tillie — ele dizia em um mantra que mostrava o mesmo nível de paixão que eu vivenciava.

Eu o senti ficar rígido acima de mim e, quando seu rosto mergulhou na curva do meu pescoço, senti o grunhido que tentava abafar.

Não sei quanto tempo ficamos daquele jeito. Eu me mantendo agarrada a ele, como se minha vida dependesse daquilo. Ele me mantendo acolhida entre seus braços, abaixo de seu corpo, como se não desejasse estar em nenhum outro lugar.

Pat se virou de lado, levando-me junto, ainda acomodada ao seu corpo. Levamos alguns minutos para recuperar o fôlego.

— Eu te amo, Pat — murmurei.

Acho que era a primeira vez que eu dizia aquilo em voz alta. Patrick abriu os olhos na mesma hora, e um sorriso enorme surgiu em seus lábios.

— Sério? — perguntou, querendo se assegurar de ter ouvido bem.

— Sério.

Ele me puxou para cima de seu corpo e começou a me beijar de novo. E de novo. E mais uma vez. Até que o senti endurecer dentro de mim novamente. Parei e o encarei, surpresa.

— Você tem esse efeito em mim — respondeu, brincando. — Eu te amo, Tills.

Bom, minha primeira vez foi intensa. Eu sabia que não era a primeira de Pat, mas poderia dizer que nunca havia sido daquele jeito para ele também.

Nós dormimos por uma hora, até que acordei com um pouco de fome. E precisando de outro banho.

Entrei no banheiro e vi apenas um borrão de sangue na minha coxa.

Castelo de Sombras

Vamos apenas dizer que eu estava dolorida, sentindo uma musculatura que antes estava adormecida, então adorei a sensação da ducha quente sobre a minha pele.

Deixei que a banheira se enchesse e mergulhei, repousando a cabeça contra a borda de azulejo. Um sorriso pairava nos meus lábios até que me lembrei de que não havíamos usado proteção nenhuma. Abri os olhos na mesma hora e me sentei, esparramando água para todo o lado.

Ca-ra-lho.

Como assim, eu me deixava ser levada pelo momento e não pensava em nada além de ter a fome saciada?

Fazendo as contas mentalmente, calculei que estava longe do período fértil, já que minha menstruação havia acabado há quatro dias. Em todo caso, estava mais do que na hora de marcar uma consulta com a ginecologista e ver a possibilidade de usar um método contraceptivo.

Eu não queria perguntar se Pat estava limpo. Queria acreditar que sim, mas o assunto ficou remoendo na minha mente.

Quando saí do banho, vestida mais uma vez com a camiseta emprestada, avistei-o sentado na cama, com o abajur ligado.

— Oi — ele disse e sorriu. Seu rosto estava com as marcas do travesseiro e ele parecia um menino com aquele cabelo desgrenhado.

— Oi... Eu estava com fome.

— Que bom. Eu também estou. De novo. — Piscou, e arqueou e desceu as sobrancelhas, como se quisesse dizer outro tipo de fome. Assim que me viu arregalar os olhos, começou a rir. — Calma, estou falando do sanduíche. Você tem que dar um tempo para o meu corpo se recuperar também.

Ele veio até mim usando a cueca boxer apenas, e me abraçou por trás, cruzando as mãos sobre a minha barriga.

— Está tudo bem? — perguntou.

— Sim.

— Certeza? Você está dolorida? — Beijou a lateral do meu pescoço e em seguida o meu ombro.

— Um pouco — admiti, e o encarei, dando um sorriso tranquilizador. — Nada que um tempo, para que meu corpo se recupere, não possa curar...

Ele riu e nós nos sentamos à mesa para comer os sanduíches deliciosos da cozinheira dos Griffin.

— Pat...?

— Hum?

— Nós... hum... não usamos... você sabe...

Ele arregalou os olhos, compreendendo o que eu queria dizer.

— Porra. Eu nunca havia me esquecido antes! — exclamou. — Não que tenha sido tantas vezes assim, mas... nunca deixei de usar, Tills. Eu juro.

Assenti e não falei nada, abaixando a cabeça.

— Ei. — Ele colocou um dedo abaixo do meu queixo e fez com que o encarasse. — Estou falando sério, Tills. Mas... se algo acontecer... nós vamos resolver juntos, tá bom?

— Acho que não há perigo.

— Tem certeza? — perguntou, incerto. — Mas o que quero dizer é que... se acontecer... algo... é... humm...

— Sei, Pat. — Dei um sorriso e segurei sua mão. — Está tudo bem.

— Tem certeza?

— Sim.

— Okay. Você confia em mim?

— Com toda a minha vida e o meu coração.

— E você me ama?

— Sim.

— Você pode falar de novo, só para eu ouvir, dessa vez sem estar chapado do momento? — pediu.

— Eu te amo, Patrick — eu disse e sorri, vendo o brilho de emoção aquecer seus olhos azuis.

— Eu te amo mais, mas tudo bem. Quem está competindo?

— Você, pelo jeito.

Começamos a rir e depois que terminamos de comer os sanduíches, ele foi tomar uma ducha e eu me acomodei debaixo das cobertas.

Estava me sentindo diferente. Não sabia explicar. Meu coração batia acelerado, mostrando-me que, sim, eu estava muito viva.

Pat voltou minutos depois e se deitou, puxando-me para o calor dos seus braços.

E foi assim que adormecemos. Um nos braços do outro, como um casal que havia acabado de descobrir que era ali o lugar onde pertencíamos desde sempre.

Capítulo Trinta e Sete

Veritas lux mea
A verdade é minha luz.

PATRICK

Meu Deus. Eu estava nas nuvens até hoje. Já haviam se passado quatro dias desde o final de semana em Santa Bárbara, e tudo o que eu conseguia pensar era quando poderia ter Tillie só para mim outra vez.

Estávamos meio atolados com provas e trabalhos em nossas respectivas escolas, então praticamente não nos vimos durante a semana. Mas aquilo não diminuía a angústia e o desespero em poder abraçá-la e sentir seu corpo contra o meu outra vez.

Esfreguei o rosto, tentando me livrar das imagens bem nítidas sobre o que eu queria estar fazendo naquele exato instante.

— Patrick?

Levei um cutucão de Scott e olhei para ele, confuso.

— Patrick! — o professor Rasmussen gritou da frente da sala.

— Senhor... — Olhei para a frente e me ajeitei na cadeira. As risadas ecoaram na sala.

— Você ouviu o que eu perguntei? — Ele estava com os braços cruzados, em uma atitude arrogante.

— Não, senhor. Sinto muito. O senhor poderia repetir?

— Quero saber se está preparado para a Feira Literária que acontecerá daqui a dez dias.

— Ah, claro... sim. Estou.

— Então isso significa que seu trabalho está pronto e já pode ser entregue, como a maioria dos seus colegas fez? — perguntou, com ironia.

— Bom, ainda não. Estou em fase de lapidação do texto... Sabe como é — respondi, rindo.

— Sei...

Quando ele passou o foco de sua atenção para outro aluno, encarei Scott e Dale.

— Por que o professor parece estar só no meu pé?

— Porque quase todo mundo entregou essa bosta. Inclusive o Dale. — Scott apontou para nosso amigo, que piscou com presunção.

— Sério? Porra... E você entregou também?

Scott levantou o papel e acenou na minha cara.

— Foi por isso que ele perguntou se você já tinha terminado o seu. Porque quando chamou meu nome na lista, eu acenei que entregaria agora.

— Quer merda, Scott. Por que não me deram um aviso tipo... ontem?

— Para quê? — Dale perguntou, confuso.

— Um aviso de amigo, saca? Daqueles... "ei, está lembrado do trabalho que temos que entregar?" — debochei. — Se não me engano, fiz isso o ano passado quando os dois esqueceram que ia ter prova de Matemática. Mas o que eu fiz? Hein? Mandei uma mensagem para os dois manés, perguntando se tinham estudado. Só aí é que vocês se lembraram do teste.

— E, mesmo assim, ainda tirei nota baixa — Dale murmurou.

— Por que um aviso não faz milagre se você não tiver estudado, não é, seu idiota? — Scott ralhou.

— Verdade... e eu acho que não estudei mesmo — o mané admitiu.

— Merda... pior é que já finalizei o texto.

— Então por que não entrega logo?

Eu não sabia explicar a razão do meu receio. Talvez pelo fato de ter colocado meu coração todinho em cada palavra ali escrita. Deixei meus sentimentos expostos, e não sabia se queria que o professor soubesse tão a fundo a intensidade do que eu sentia por Tillie Bennett.

— Sei lá — confessei. — Honestamente, nem queria entregar o que já fiz.

— Okay... Aposto alguns dólares como o tema do seu trabalho foi a

Tillie — Scott provocou.

Apenas mostrei o dedo do meio e voltei a prestar atenção à aula. Olhei rapidamente para a pasta de arquivos dentro da mochila. Era ali que minha redação se encontrava.

Ah, foda-se.

Eu a entregaria daquele jeito mesmo.

Assim que a aula acabou, fiz questão de demorar um pouquinho para sair da sala.

— Encontro vocês no refeitório — dispensei Scott e Dale.

Eles me encararam, sem entender nada, mas saíram em seguida.

Parei na frente da mesa do professor e esperei que ele olhasse para mim.

— Está aqui meu trabalho, Sr. Rasmussen.

— Mas você não disse que ainda precisava terminar alguma coisa? — perguntou, em dúvida.

— Bom, era mais por perfeccionismo mesmo. Não quero comprometer minhas notas com uma advertência indicando que não entreguei o trabalho no prazo.

— Isso não aconteceria, Pat. Você é um dos nossos alunos mais exemplares — ele disse e aceitou o texto que estendi em sua direção. — De toda forma, obrigado. Vou conseguir finalizar as correções e já selecionar os melhores trabalhos para a Feira.

Acenei um cumprimento de cabeça e saí para o corredor abarrotado de alunos seguindo na direção do refeitório.

Encontrei meus amigos lá, mas minha mente continuava concentrada em Tillie e na saudade que sentia dela.

Ela havia me estragado para qualquer outra garota. Para sempre.

Capítulo Trinta e Oito

Ut sementem feceris, ita metes.
Cada um colhe o que planta.

TILLIE

Havia um professor novo de Educação Física desde o início da semana. As meninas da sala estavam em polvorosa, porque o homem era lindo. Na expressão da palavra. Ele se parecia, e muito, com o arqui-inimigo do Pantera Negra, o tal Kilmonger. E eu só soube disso, porque ouvi as garotas comentando e os meninos desenhando. Pura inveja, no mínimo.

Quando começou a fazer a chamada para a aula de atletismo, parou no meu nome e me encarou por um longo momento.

— Você é a Tillie? — confirmou.

Assenti, estranhando na mesma hora. Bom, os professores já estavam acostumados a me chamar pelo apelido de cara, porque me conheciam há muito tempo. Talvez ele estivesse apenas querendo confirmar.

— Bom, como nossa aula será no campo hoje, é melhor que todos levem suas garrafas d'água. Tillie, você está em condições de praticar atividades? — perguntou.

— Sim, senhor.

— Ué, por que ele perguntou isso? — Ouvi uma das garotas perguntar à outra.

— Eu soube que ela quebrou umas costelas e ficou com uma lesão de cabeça no ataque sofrido mês passado — a ruiva sebosa, Prissy, respondeu.

— Sério?

Bufei e nem me dei ao trabalho de corrigi-las. Era melhor que pensassem o que quisessem.

— Ai, sério... Sinto a maior falta do Steve. E ele foi expulso. Tudo por causa dela — outra menina entrou no assunto.

Saí de perto, porque estava cansada de ouvir os cochichos toda vez que eu passava pelos corredores ou entrava no refeitório.

Enquanto muita gente ficou aliviada pela ausência definitiva dos irmãos James, havia aquela ala que conseguia ver atrativo na atitude dos dois. Especialmente as meninas, que pouco se importavam se Steve apenas as usava e descartava como se fossem lixo.

— Tillie, será que você poderia me ajudar? — o professor me chamou, enquanto seguíamos andando até o campo aberto.

— Claro. — Corri para alcançá-lo.

— Bom, hoje vou pedir que você fique de assistente ao meu lado, pode ser? Quero que marque os tempos das corridas de cada aluno. Vamos fazer uma média para classificar aqueles que poderão participar da corrida do verão, no final do ano letivo.

— Tudo bem.

Fiquei aliviada, porque odiava correr na frente de todo mundo ali. Embora adorasse fazer isso sozinha, e pelo parque, onde havia pessoas – é óbvio –, o que eu não curtia era ficar sob o escrutínio dos outros alunos.

Talvez fosse resquício do trauma de ter caído na frente de todo mundo quando estava na quinta série.

Vi que algumas meninas me encaravam com cara de deboche. Vá saber o motivo, não é mesmo? Passei do tempo em que aquilo me deixaria para baixo.

— Pegue aqui essa prancheta, por favor — ele orientou e estendeu a caneta junto. — Okay, pessoal. Quero primeiro que os garotos façam a formação, divididos em dois grupos de cinco na linha de largada. Não vão disputar entre vocês agora. Cada aluno vai correr individualmente para que possamos marcar o tempo, beleza?

Fiquei do lado do professor Kyle, sendo que ele mantinha o apito na boca e o cronômetro na mão. Sem tirar o objeto da boca, ele disse para mim:

— Acione a buzina, por favor.

Fiz o que foi solicitado e acompanhei a corrida de um dos garotos da sala.

Cerca de dez minutos se passaram até que as meninas tomaram posição.

Eu estava anotando na prancheta quando ouvi o grito assustado de algumas pessoas. Quando levantei a cabeça, vi Steve James caminhando na minha direção com uma arma apontada.

Meu coração ameaçou saltar pela boca. Sempre víamos nos noticiários as histórias sobre alunos ou ex-alunos que invadiam suas escolas e atiravam a esmo ou escolhiam seus alvos certos.

— Ai, meu Deus... — ofeguei, sentindo meu corpo inteiro gelar.

O professor ao meu lado ergueu as mãos, devagar, e me disse, baixinho:

— Acalme-se, tudo bem? Cara, abaixe essa arma e ninguém precisa sair machucado.

— Eu só quero ela! — gritou. — Não preciso descer a bala em ninguém mais. Mas essa puta vem comigo!

Senti minhas pernas bambearem e segurei-me no professor para não cair.

— Steve, não é? Seu nome é esse, correto? — Percebi que ele estava tentando ganhar tempo. — Você não precisa complicar a sua vida, cara. É sério.

— Eu já disse que só vim atrás dela. Ou você vem comigo, sua vaca, ou vou atirar em todo mundo aqui!

— Ela não vai a lugar nenhum. E você não vai fazer isso — ele disse, e puxou uma arma às costas, apontando para Steve. — Polícia! Jogue a arma no chão e levante as mãos acima da cabeça.

Steve ficou chocado, assim como todo mundo. Muitos alunos tinham se escondido por entre os bancos da arquibancada, outros saíram correndo de volta para a escola.

— Quero saber como você vai fazer para abater nós dois, seu babaca — Steve escarneceu e, quando olhei para trás, ouvi a arma de Sabrina James sendo engatilhada.

Merda. Fiquei concentrada apenas à frente e deixei a retaguarda desprotegida.

Naquele momento, imagens do que a minha vida poderia ter sido se

Castelo de Sombras

263

passaram em câmera lenta na minha cabeça.

O professor Kyle continuava apontando a arma para Steve, mas sua outra mão estava erguida para tentar apaziguar Sabrina que se aproximava.

— Eu mandei você jogar a porra da arma no chão, garoto! Agora! — gritou.

O sorriso de deboche de Steve deve ter sido um indicativo de suas intenções, porque, em questão de segundos, Kyle e eu tomamos a mesma decisão.

Enquanto ele atirou na coxa de Steve, eu me lancei contra Sabrina e joguei nós duas no chão. Consegui fazer com soltasse a arma na queda e, sem perder tempo, montei sobre sua barriga e apertei o antebraço contra seu pescoço, cortando sua respiração, como Marcy Jane me ensinou a fazer para imobilizar o adversário.

— Achou que ia conseguir me pegar dessa vez, não é, sua psicopata? — gritei, por entre os dentes cerrados.

Seus olhos estavam com um brilho ensandecido, como se não houvesse um pingo de sentimento ali dentro. Era um vazio total.

Ela tentou me afastar, mas não perdi tempo. Dei dois socos em seu rosto. Como não esperava minha reação e não previa os golpes, apagou quase que na mesma hora.

O professor Kyle veio em meu socorro enquanto eu ainda sacudia a mão, sentindo dor nas articulações. Cacete. Marcy não disse que aquela merda doía pra caralho.

— Você está bem? — perguntou, conferindo se Sabrina não seria mais uma ameaça. — Belo golpe — elogiou.

— Obrigada... Você é...

— Policial. À paisana. De acordo com as investigações da Tenente Fishburn e do Detetive Fergus, temíamos que eles tentassem algo contra você. Então... vamos dizer que estamos na sua cola há algum tempo — disse e piscou.

Ouvi as sirenes das viaturas ao longe e o pessoal da secretaria correndo para o campo, incluindo a diretora.

— Tillie! Meu Deus, você está bem, querida? — perguntou, e segurou meu rosto entre as mãos.

— Sim... estou bem — menti, ainda segurando a mão direita contra o peito.

— Você vai ter que colocar gelo aí — o professor, quer dizer, o policial Kyle disse. — E você vai ter o atendimento dos paramédicos, mas está preso por tentativa de assassinato.

Steve gemia no chão, agonizando. Sabrina estava começando a dar mostras de voltar a si, mas se surpreenderia ao ver que estava algemada.

As equipes de paramédicos chegaram minutos depois dos policiais, incluindo a Tenente Fishburn, que veio em minha direção. Eu ainda estava sentada na calçada do campo, atordoada.

Ela se agachou na minha frente e esperou que eu a encarasse.

— Então quer dizer que você partiu para cima da cadela-mirim? — ela disse, com um sorriso sardônico.

— Sim. Quer dizer... foi instintivo. Eu só não queria ser uma vítima outra vez. Ou não queria que fizessem mal a alguém.

— Fizemos bem em colocar Kyle aqui. Agora, sim, esses dois vão para a prisão por um tempo bom. Confesso que estava querendo que agissem, mas não desejava que fosse algo assim — comentou, com a cabeça inclinada.

— Eu também não.

Vinte minutos depois, já com a mão enfaixada e sentada na parte de trás da ambulância, vi meu pai chegando, correndo ao lado de Greg.

— Puta merda! Tillie, você está bem? — Greg ultrapassou o papai na corrida e me alcançou primeiro, puxando-me para os seus braços.

— Sim... está tudo... bem. Se você me deixar respirar, claro — resmunguei.

Ele apalpou meu rosto, passou a mão no meu cabelo, braços e conferiu minha mão direita.

— O que você fez?

— Filha, meu Deus... Quase tive um infarto quando me ligaram no trabalho.

Depois de explicar tudo, dar meu depoimento e tentar entender o que havia acontecido, finalmente fui liberada para ir para casa. Consegui escapar do passeio ao hospital, já que um dos paramédicos atestou que não havia fratura alguma. Só um edema chato e as escoriações nos nódulos.

Bom, eu sentiria os efeitos e dores no corpo, por conta da queda, bem depois... quando os níveis de adrenalina baixassem.

Greg me conduziu para o carro e papai abriu a porta para que eu entrasse.

— A gente se encontra em casa — Greg disse ao pai.

— Vá com cuidado.

Meu Deus. Só faltava aquilo agora. Eu voltaria a ser tratada como uma boneca de porcelana. Só esperava que meu gesto, ao escolher me defender, mostrasse que meu espírito estava mais do que fortalecido.

E eu precisava que eles acreditassem em mim. Que não me fizessem duvidar da minha própria força.

— Antes que você comece, já vou avisando que aprendi a me defender e é assim que vai ser de agora em diante.

Olhei de relance para meu irmão e o vi sorrindo.

— Você encheu a gente de orgulho, garotinha.

— Greg, eu não sou mais criança para você me chamar assim — resmunguei.

— Você sempre vai ser a garotinha dos Bennett.

— Sério, você é só alguns anos mais velho que eu. Até parece que tem quarenta, e eu, oito.

— Como eu disse, Tills... Você sempre será nosso bebê.

— Ai, pelo amor de Deus. — Peguei o celular, ainda um pouco desajeitada, e mandei uma mensagem para Patrick.

Pelo horário, ele devia estar no treino, mas pelo menos não reclamaria que não o avisei antes.

A chegada em casa, mais uma vez, foi um evento digno de uma cena de filme. Mamãe chorando, meu pai fungando e Jared cantando o pneu quando freou bruscamente ao mesmo tempo em que Greg estacionava o carro na entrada da garagem.

Meu irmão mais velho veio correndo e abriu a minha porta de supetão, puxando-me para fora do carro.

— Ai! — reclamei.

— Garota! Já deu, né? Vamos mandar você para o Tibet... Talvez lá você possa meditar, aprender o conceito de paz e sossego... O que acha? — Jared zombou.

— O que eu posso fazer se a minha vida é cheia de drama? — retruquei.

Cerca de dez minutos depois, Pat entrou pela sala, deslizando no tapete quando passou correndo.

— Tillie! — Mais um que me abraçou tão apertado que achei que uma costela trincaria. — Meu Deus!

— Okay, vamos lá... Deixa eu respirar fundo e contar de uma vez — tentei acalmar a todos.

Mamãe veio da cozinha e trouxe uma xícara de chá e me entregou.

— Beba tudo, filha. Vai acalmar seus nervos — ela disse e olhou para todos na sala.

— Olha, espera aí, todos vocês. Sei que passei por uns momentos difíceis desde a morte da Katy, depois o evento onde o Pat me salvou... Aí veio o ataque dos gêmeos psicopatas na escola... e toda a confusão depois. E... bom, sei que fiquei meio aérea no último evento, mas... estou bem. Eu juro.

— Você tem certeza? — Jared perguntou.

— Sim. Estou bem.

— Pode ser que você sinta os efeitos depois... A gente quer garantir que não haja um estresse pós-traumático, sei lá — Greg acrescentou.

Eu me levantei e parei na frente de todos eles, encarando um de cada vez.

— Eu vou continuar meu tratamento. Estou bem com os remédios, com a terapia. Vou conversar com a Dra. Griffin, com o outro médico, colocar qualquer sentimento para fora e pronto. É isso aí. De uma forma muito louca, estou me sentindo vitoriosa por tudo isso ter acabado e, dessa vez, eu não ter sido uma garota indefesa. Eu revidei e isso me deixou pilhada — falei, rindo. — Isso é normal, não é, Pat?

Meus irmãos e pais encararam Patrick, que se levantou e parou ao meu lado.

— Totalmente normal.

Olhei para minha família de novo e disse:

— Não quero que fiquem pairando ao meu redor, como se eu fosse me desfazer outra vez. Eu sou forte. *Estou* me sentindo mais forte, então, prefiro que me tratem como se isso não fosse nada demais.

— É meio difícil pedir algo assim — mamãe falou.

— Não, não é. Mãe, eu não quero viver minha vida com medo de que a qualquer momento posso me quebrar. Quero vencer os obstáculos que a vida coloca na minha frente, de cabeça erguida. A fase sombria que passei ficou para trás... Vai levar um tempo para eu realmente poder dizer que estou curada? Vai. Poxa... nem sei se algum dia vou poder falar isso, mas uma coisa é certa: eu venci a depressão. E estou vencendo a cada dia. Devagarinho... Com a ajuda e apoio de vocês. Mas não me podem. Não me tratem como um bebê. Não me perguntem a todo momento se tô bem... Se algum dia eu estiver calada, só me deixem. Eu prometo que, se precisar, vou procurar ajuda ou alguém para desabafar.

Segurei a mão de Pat e olhei para ele.

— Estou com as melhores pessoas do mundo para isso. Vocês e o Pat. A família dele. Então... só me deixem seguir em frente... sem ficarem me lembrando o tempo todo que uma vez eu estive em um lugar onde nunca mais quero ir...

Pat me puxou para um abraço e senti meu corpo sendo rodeado pelos meus irmãos e meus pais.

Quando o momento tocante passou, subi para o meu quarto e puxei Pat pelas escadas acima, com a energia ainda fluindo pelo meu corpo. Eu não sabia se em algum momento ela cessaria, mas pelo menos estava me sentindo... viva.

— Pat! Você precisava ver! Eu simplesmente pulei em cima da Sabrina e aí, dei dois socos na cara dela! — falei, empolgada. — Eu sei que não devia estar comemorando todo esse instinto violento, mas... eu consegui me defender!

— Isso foi maravilhoso. Marcy vai ficar orgulhosa de você, coisa linda.

Eu me joguei na minha cama e o puxei para ficar ao meu lado. Encarei o teto, vendo os adesivos de estrelas e planetas fluorescentes e suspirei.

— Minha mente está ótima.

— Acredito em você.

Virei a cabeça e o encarei. Ele estava deitado de lado, o braço dobrado e apoiando o queixo.

— Não me escondi dentro da minha própria cabeça, Pat.

— E eu fico muito feliz por isso, porque eu ficaria louco se a visse do jeito que ficou da última vez. Mas uma coisa é certa... eu iria te buscar onde você estivesse.

Coloquei minha mão sobre sua bochecha e sorri.

— Eu sei. E, repetindo suas palavras, "fico muito feliz com isso"...

— Eu te amo, Tills.

— Também te amo. E acho que agora... realmente acabou.

— Sim.

Nós nos abraçamos e ficamos ali. Relembrei cada um dos detalhes do dia, contei sobre o policial infiltrado como professor, as fofocas das meninas, a chegada de Steve e o que senti quando achei que ele tiraria minha vida ali naquele momento.

E o mais engraçado... São momentos como esses que fazem a gente refletir sobre o dom da vida e agradecer por poder continuar respirando, por... sobreviver.

E eu achava que era exatamente por causa disso que agora conseguia me enxergar de forma diferente.

Sempre sentiria falta de Katy, mas entendia que não podia carregar o peso de sua escolha final. Não podia me martirizar, como fazia antes, e nem me sentir culpada por continuar viva.

Aquele último foi apenas o prenúncio que me preparou para este momento agora. Estava escrito na minha história que minha vida nunca mais seria a mesma.

Eu não seria a mesma.

Capítulo Trinta e Nove

Nosce te ipsum.
Conhece-te a ti mesmo.

TILLIE

— Estou muito feliz em vê-la bem, querida. Você fez um avanço tremendo em relação ao seu tratamento, e está cada vez melhor — a Dra. Griffin disse, segurando minha mão.

Fui até a clínica para contar pessoalmente sobre o que havia acontecido, embora Pat já tivesse feito aquilo.

No entanto, quando os detetives atualizaram as informações sobre o caso, fiz questão de me abrir com ela e externar o que estava sentindo.

— Fico triste que Katy tenha passado pelo que passou ao lado de Steve e tenha... sofrido a tal ponto que decidiu fazer o que fez — falei.

— Mas você compreendeu que ela foi uma vítima das circunstâncias e da doença de outras pessoas, não é mesmo?

A Tenente Fishburn, munida dos depoimentos de Steve e Sabrina, me contou tudo o que aconteceu.

Sabrina passou a cultivar um ódio enorme por mim, desde o episódio tantos anos antes, mas a coisa atingiu outra proporção quando ela percebeu o interesse de Steve em mim.

Por ser muito ligada ao gêmeo, em uma relação simbiótica, porém doentia, ela projetou todo o rancor para cima de mim e decidiu que eu era pessoa que poderia roubar o afeto de seu irmão ou o de outros garotos de seu interesse.

Eles decidiram "roubar" a amizade de Katy, e se aproximaram dela com o intuito de fazê-la me odiar com a mesma intensidade. Descobriram que o ponto fraco de Katy era a paixonite que ela nutria por Steve, e esse foi o gancho usado para conseguirem sua atenção.

O que levou minha amiga a uma espiral foi porque, em uma festa, Steve disse que não sentia nada por ela, e que só a estava pegando porque queria se aproximar de mim.

Ela não levou aquilo numa boa, e passou a buscar a atenção dele de todas as formas, humilhando-se de tal maneira que Sabrina viu uma oportunidade de usá-la, mais uma vez, para me afetar.

Se eles fizessem com que ela surtasse, poderiam usar isso contra mim. Ela se tornou um brinquedo nas mãos deles. E, fragilizada pelo relacionamento abusivo que vivenciava com Steve, acabou tirando a própria vida.

Se em algum momento ela tivesse falado comigo... eu poderia ter tentado intervir.

Os irmãos pegariam uma pena de mais de oito anos de prisão, em regime fechado. É claro que poderiam acabar conseguindo alguma condicional antes, mas pelo menos eu teria tempo para refazer minha vida em outro lugar, se fosse o caso.

— Agora... quero te dizer uma coisa... em caráter bem pessoal mesmo... — ela disse, sorrindo. — Pat não deve ter te falado nada sobre a apresentação que vai fazer no colégio, não é?

— Bom, ele disse que tinha uma Feira Literária, ou algo assim, e que tinha um projeto para apresentar.

— Exatamente... E será esta tarde, depois do almoço — ela informou. — Acho que seria maravilhoso se fizesse uma surpresa e aparecesse lá... Assim, como quem não quer nada. — Piscou.

Dei um sorriso e decidi que faria exatamente aquilo. Eu me despedi da Dra. Griffin e voltei para casa, feliz por estar virando mais uma página na minha história.

Meus formulários para três faculdades já haviam sido enviados e, em uma semana ou mais, eu receberia as respostas se seria aceita ou não.

Um novo ciclo se iniciava, tanto para mim, quanto para Pat, agora que o ensino médio havia acabado.

Nosso namoro continuava mais firme do que nunca, e sempre encontrávamos tempo ou um lugar para passar um momento a sós.

O evento em Santa Bárbara não teve resultados como uma gravidez precoce, mas minha mãe me levou ao médico para que eu pudesse me precaver da melhor forma. Até isso estava mudado. Passei a me relacionar muito melhor com minha mãe, diminuindo a distância que eu mesma havia imposto.

É óbvio que ficou sendo nosso segredo – aquela ida ao ginecologista –, mas em algum momento, meu pai, Greg, Jared e Hunter teriam que lidar com o fato de que eu havia crescido e me tornado uma mulher.

Uma com desejos normais e bem aflorados por um surfista lindo, de sorriso fácil e com os olhos azuis mais bonitos do mundo.

Se esta tarde ele faria algo importante, então eu queria estar lá para ver e me alegrar, torcer... da mesma forma que ele sempre fez por mim.

Eu só não estava preparada para o impacto que aquilo teria.

Capítulo Quarenta

Verbum volat, scriptum manet.
A palavra voa, a escrita permanece.

PATRICK

Droga. Eu estava suando frio. Não era para ter acontecido aquilo. Em hipótese alguma. Quando escrevi a redação onde contei todo o ocorrido que me levou até Tillie Bennett, não fazia ideia que o professor Rasmussen fosse ficar tão maravilhado a ponto de achar que eu poderia ser um novo autor contemporâneo enfiado em mil nuances de sentimentos.

Era bem verdade que escrevi com todo o meu coração, mas não foi minha intenção expor tudo o que eu sentia de forma pública e evidente, como estar ali, na Feira de Literatura.

Peguei o papel com a nota máxima, o que representava praticamente um carimbo de *summa cum laude*[5], e respirei fundo. Eu teria que ler diante de toda a plateia. Merda.

Não estava tenso por timidez em público. Isso eu poderia tirar de letra. Estava nervoso por expor o que eu carregava no peito, desde o momento em que meus olhos aterrissaram em Tillie.

— Leia, Patrick, por favor — a diretora, Sra. Jameson, disse ao meu lado.

Pigarreei brevemente antes de começar. Minha angústia se resumia ao fato de ler algo que nem ela ainda havia lido.

— Não há um tempo certo para o amor chegar. Ele surge como uma

---

5   Com a maior das honras, em latim. Termo utilizado para especificar que o aluno obteve um nível de distinção acadêmica ao ser graduado.

Castelo de Sombras

nuvem passageira em um dia claro. Uma simples faixa branca no azul límpido... que atrai sua atenção. Como a espuma do mar contrastando com a imensidão que colore o oceano... — Percebi que o papel tremia na minha mão.

"Simplesmente... vem e se instala no peito. Cabe a cada um permitir que ele cresça e floresça em algo maior, ou que resseque e não mostre sua real beleza.

"Eu escolhi amar. Aceitar que o sentimento chegou para mim como as gotas de chuva que caem do céu...

"E foi por vê-la respirar que passei a respirar também. Foi através do fôlego de vida que pude compartilhar com ela que percebi que eu segurava o meu. Foi ao vê-la abrir os olhos lindos e enevoados que percebi que os meus estavam turvos por nunca terem visto a beleza de um amor tão puro.

"Então... Respire, amor. Apenas respire para que eu continue respirando também. Para que meus olhos continuem contemplando o horizonte ao seu lado. Para que possamos apreciar cada onda do mar, cada nuvem que surgir no céu límpido. Cada gota de chuva que quiser se derramar de uma tempestade. Cada trovoada que quiser perturbar seu sono. Deixe-me ser aquele que estará junto contigo para lutar contra qualquer adversidade.

"Porque meu tempo chegou. E espero que seja ao seu lado.

"Você foi e sempre será a melhor experiência da minha vida. O meu melhor momento. A melhor onda que alguma vez já peguei... Minha onda perfeita e incomparável.

"Palavras serão poucas para expressar o tamanho do amor que sinto. Mas espero que alguém, que algum dia seja agraciado pelo sentimento que nos uniu, possa saber expressar aquilo que o coração que palpita anseia em dizer.

"Você é meu ar."

Houve um silêncio no auditório até que o som de palmas ensurdecedoras alcançou meus ouvidos. Ergui a cabeça e vi o público de pé.

Nossa, também não era para tanto, gente.

Eu apenas li um texto de amor. Tudo bem que era o *meu* texto, que destrinchava o *meu* coração e exalava o amor que sinto por Tillie Bennett, mas...

— Que maravilhoso! É gratificante depararmos com alunos brilhantes e tão sensíveis quanto você, Patrick. Que expôs em palavras um sentimento tão profundo. E já adianto... Se tiver sido escrito para alguém, pode ter certeza de que é a pessoa mais sortuda do planeta — a diretora disse, arrancando risos e conseguindo que meu rosto ficasse vermelho.

— Obrigado.

Depois de agradecer, desci correndo, disposto a ir embora. O professor Rasmussen me alcançou, chamando meu nome:

— Patrick! — O homem chegou esbaforido. — Gostaria de pedir uma gentileza a você...

Ergui a sobrancelha, tentando imaginar o que seria. Porra... eu já estava aprovado em todas as matérias. Quer dizer... o ensino médio havia acabado para mim ontem, último dia de aula, então...

— Pois não, professor...

— Queria saber se você se incomodaria em deixar o trabalho conosco... para que pudéssemos usá-lo...

Bom, ali eu já tinha a resposta pronta.

— Desculpa, professor Rasmussen, mas essa gentileza não vou poder fazer. — Observei quando ele retesou o corpo, sem imaginar que eu negaria o pedido. — Eu cumpri minha obrigação curricular. Fiz o trabalho que o senhor solicitou, o mesmo foi corrigido, foi selecionado para a Feira Literária, me pediram que lesse à frente da plateia, o que nem era minha intenção, mas fiz por consideração à escola... Mas, desculpa. Não vou deixar que usem minhas palavras para algo que quero transmitir para a garota que eu amo, sendo que nem ela mesmo ainda teve acesso a elas.

Ele deu um sorriso sem graça antes de responder:

— Ah, claro. Compreendo.

— É muito particular, e ainda assim, tornei bem público hoje, entende? — Esperava que o homem compreendesse. Mas, se não, nem sequer me preocupei. Aquilo poderia ser um problema em início de semestre ou ano escolar, quando o professor poderia passar a marcar o aluno e virar o tormento pessoal por pura implicância, mas não agora, quando já concluí o ensino médio.

— Tudo bem, Patrick. Mas, se algum dia pensar melhor, ficaríamos honrados em anexar seu texto ao anuário da escola.

Hum, hum... Como se eu fosse permitir que outros alunos plagiassem minhas palavras para conquistar seus objetos de afeto...

— Claro, professor — respondi e afastei-me rapidamente.

Scott e Dale chegaram ao meu lado e cada um colocou um braço sobre meus ombros.

— Uaaaau, *bro*. Será que você pode fazer um poema para eu entregar para Layne Masters? — Dale disse, rindo.

— Não. Vá fazer seu próprio, idiota.

— Cara, até senti uma lágrima se suicidar do meu olho — Scott completou a zoação.

— Rá, rá. Vocês são hilários.

— Sério, cara. Ficou muito massa. Estou com inveja desse amor divino que você está vivendo com a Tillie — Dale disse, agora sério.

Quando estava saindo do auditório, estaquei em meus passos, porque a pessoa sentada na última fileira era ninguém mais, ninguém menos, que minha Tillie. Seu rosto estava coberto de lágrimas e um sorriso lindo curvava seus lábios.

Ah, mãe... Ela deve tê-la avisado. Não tinha outra explicação. Mandei o texto para o celular dela, para que revisasse e eu não corresse o risco de pagar mico, embora o professor tenha corrigido e tudo tenha sido considerado perfeito... Mas ainda assim... acho que eu queria a aprovação da minha mãe.

Minha garota ficou de pé e enlaçou meu pescoço, abraçando-me com força. Eu a segurei como uma joia preciosa que havia sido entregue a mim.

— Eu te amo... com a mesma intensidade, mas não sei se conseguiria expor em palavras do jeito lindo que você fez — sussurrou e afastou o rosto.

— Eu sempre disse que te amo mais, garota.

Ela começou a rir, e levei-a pela mão até a saída, ignorando os olhares curiosos de todos ao redor.

É, é isso aí, gente. Essa é a minha garota, que acabou se tornando o ar que respiro todos os dias.

Epílogo

Quid Est Ergo tempus?
O que é então o tempo?

TILLIE

Depois de quatro anos longe daquele penhasco, ali estava eu, ao lado de Pat, contemplando o horizonte lindo que sempre enchia meu coração de encantamento.

Nada se comparava à grandiosidade do mar, à junção onde ele se mesclava ao céu de um tom diferente de azul e misturado com nuvens que mais se assemelhavam a uma pintura.

As ondas se quebravam com fúria, acompanhando as moções do inverno que começava e já mostrava os sinais de que seria rigoroso.

Bom, pelo menos seria bem menos intenso do que em New Hampshire, onde eu e Pat fizemos faculdade.

Embora o sonho do pai dele tenha sido Stanford, Patrick começou o primeiro ano ali, mas depois transferiu o curso para Dartmouth, onde eu estudava para o curso de Psicologia.

Não posso dizer que sua decisão não me deixou feliz, porque estaria mentindo. Aquele primeiro ano foi solitário, mas serviu de aprendizado para muita coisa na minha vida. Vi meu namorado muito mais vezes do que meus pais e irmãos naquela época.

Até que ele se cansou de ficar longe e de ter que ir viajar para me ver.

A escolha por uma universidade tão distante de casa se deu mais por conta da necessidade que eu sentia de me afastar do lugar onde sempre seria tratada como um bibelô.

Minha família pairava o tempo inteiro sobre minha cabeça e, por mais que isso seja lisonjeiro em muitos momentos, no quesito "cuidado e zelo", ainda assim podia ser um pouco sufocante.

Além do mais, eu me distanciei de tudo aquilo que me trazia lembranças que teimavam em me visitar de tempos em tempos.

Por mais que tenha ficado bem depois de tudo o que aconteceu, meu tratamento ainda durou mais de um ano até que eu pudesse, finalmente, dar adeus aos medicamentos que me mantiveram sã no meu período mais sombrio.

E dizem que o tempo cura tudo. Porque é com ele que vem a idade e a experiência. É com ele que passamos a encarar coisas que antes tomavam uma dimensão gigante, com uma perspectiva muito mais positiva.

O tempo era um facilitador para os conflitos da alma. E muitas vezes ele funcionava como um relógio acelerado ou uma ampulheta, cuja areia deslizava lentamente e em um ritmo hipnotizante.

Eu e Patrick amadurecemos muito nos últimos tempos. A ponto de ficarmos noivos no último ano, porque havíamos decidido construir uma vida juntos.

No primeiro ano de faculdade, cheguei a morar nos dormitórios do *campus*, dividindo o quarto com uma estudante francesa.

Depois, quando Pat se mudou para lá, alugamos uma casa nas proximidades da universidade e vivenciamos os momentos que todo casal enfrenta quando decide juntar as escovas de dentes.

Nós nos desentendemos por pouca coisa, rimos por outras tantas, aprendemos a respeitar nossas diferenças e espaços; a ignorar as falhas, corrigindo quando necessário, além de ceder quando era preciso.

E nosso relacionamento apenas mostrou que estávamos destinados a ficar juntos.

A festa de casamento seria dali a três dias, e se realizaria na casa de praia de Marcy Jane, que pediu, como madrinha, para organizar tudo.

Senti os braços de Pat me enlaçando por trás alguns minutos depois. Eu havia subido o penhasco antes dele, que encontrara alguns amigos saindo do mar.

— Está esfriando, coisa linda. Esse vento e você juntos... não é uma combinação que me deixe sossegado — falou.

Comecei a rir na mesma hora.

— Está com medo de eu cair?

— Se isso acontecer, pode ter certeza de que vou te pegar de novo. —

Beijou meu pescoço.

— Eu sei.

E sabia mesmo. Patrick sempre estaria ali para me segurar nos piores momentos.

Não poderia dizer que não tive recaídas ao longo dos anos. Havia momentos em que a tristeza tentava me assolar, mas a presença firme de Pat me ancorava, me mantinha sob a superfície. Ele nunca me deixava submergir em meus próprios pensamentos.

Minha vida nunca mais seria a mesma e eu sabia disso. Mas decidi, no meio da curva íngreme na minha história, refazer meu trajeto e percorrer a estrada da melhor forma possível.

Um dia de cada vez.

— Está nervosa? — Ele segurou minha mão e beijou o dedo onde a aliança que colocara algum tempo antes cintilava.

— Com o casamento?

— Sim.

— Nem um pouco. E você?

— Nem um pouco. Estou pilhado do mesmo jeito que fiquei quando peguei aquela onda gigante, lembra?

— Mesmo com a gente morando juntos há anos? — caçoei.

— Eu sei que é só um papel, que é só uma formalidade, mas nosso casamento sela aquilo que sempre soube, no instante em que te vi.

— Que eu estava me afogando e você ia me salvar? — brinquei.

— Não. Que você foi feita para mim, Tills. Para sempre.

Virei-me em seus braços e enlacei seu pescoço. Ele afastou as mechas que chicoteavam nossos rostos e começamos a rir.

— Isso é romântico só nos filmes e nas fotos — ele disse. — O vento não está colaborando aqui.

— Sabe o que isso mostra? — perguntei, com um sorriso.

— O quê?

— Que mesmo descabelada você ainda me ama.

— E sempre vou amar. Até com aquela máscara nojenta que você coloca no rosto.

— A que você pensou que era o Venom assumindo o comando do meu corpo?

Gargalhei.

— Essa aí.

— E você sempre vai ser perfeito. Mesmo quando teima em deixar

Castelo de Sombras

aquela prancha cheia de areia no meio da sala. Ou quando se esquece de levar o lixo para fora... Ou quando rouba a coberta no meio da noite.

O som de nossas risadas se perdeu em meio à brisa que soprava com mais força agora.

Nós saímos dali e Pat segurou minha mão, pois sabia exatamente onde eu queria ir em seguida.

Cerca de dez minutos depois, paramos em frente às inúmeras lápides que se alinhavam em um mar verdejante que subia a colina.

Caminhei devagar por entre os túmulos até encontrar aquele que procurava. Eu me abaixei e depositei o buquê de petúnias que Katy tanto amava, sentindo meu coração em paz.

Meu luto há muito tempo havia acabado, e a dor das lembranças agora representava apenas uma pontada afiada que servia para me mostrar que eu estava aqui.

Peguei a carta que Katy me escrevera e que Susie havia encontrado em suas coisas, quando veio aos Estados Unidos para ajudar os pais na mudança para a Flórida. Ela enviou para mim há cerca de seis meses.

Sentei-me no chão e comecei a ler, pela centésima vez.

Tillie...

Não sei por onde começar, mas já começo pedindo perdão por ter falhado como a amiga que prometi ser. Lembra naquele juramento do mindinho que fizemos quando a gente era pequena?

Ou naquela vez que compramos uma pulseira que completava a outra...

Eu rompi nossa amizade. Por infantilidade, por besteira, por ciúmes...

Queria aquele garoto há tanto tempo e... quando ele olhou para mim... Esqueci que minha amiga, que sempre me acolheu, que sempre me amou, mesmo eu sendo tão cheia de defeitos... esqueci que ela estava ali.

Por um momento louco... eu desejei que você não existisse... porque assim eu não precisaria ver Steve te desejando, e não teria que sofrer quando ouvia as coisas horríveis que eles falavam de você... Por despeito.

Porque... no mundo inteiro, Tills... não há ninguém como você. E nunca vai existir.

E... só sinto muito por que acho que não vou estar ao seu lado. Acho que não sou forte o suficiente para admitir, na sua cara, que errei e que cultivei sentimentos tão feios dentro de mim.

Sentimentos que me fizeram sentir a pior pessoa na face da Terra.

Mas sabe o que mais me dói? O fato de saber que você me perdoaria se eu simplesmente tivesse a coragem de me abrir.

Fiz papel de idiota, Tills. Fui enganada e tratada como lixo. Fui enganada por uma ilusão de algo que pensei desejar, mas que agora já não consigo me ver sem...

Porque não tenho mais a coragem de encarar meu próprio reflexo no espelho.

E se eu não me perdoo... Como poderei lidar com isso?

Sempre quis ser como você. Forte e destemida para tudo.

Você nunca hesitou ou deixou de fazer nada que quisesse. Nunca desistiu de ninguém...

Mas eu desisti de você. E agora estou desistindo de mim.

Só quero que me perdoe. Que continue a escrever aqueles bilhetes fofos e bobos. Que continue pesquisando frases em Latim, só porque acha a língua mais bonita de todas...

Amicitiae nostrae memoriam spero sempiternam fore.

Espero que a memória de nossa amizade seja eterna.

Mas apenas as memórias boas. Esqueça os momentos em que borrei as lembranças de nossos risos e confidências.

Castelo de Sombras

Faça isso por mim, tá?

E só... me perdoe.

Katy

As lágrimas mais uma vez caíram sobre o papel já desvanecido por tantas vezes umedecido com as gotas insistentes que sempre teimavam em se despejar sobre suas palavras.

Durante a terapia, o conselho que recebi foi o de enterrar aquela carta, para que virasse a página e não voltasse ao lugar sombrio onde já cheguei a viver.

Eu sabia as palavras de cor. E sempre as levaria em meu coração.

Porque só depois de lê-las é que pude, finalmente, perdoar Katy, e me perdoar também, mesmo a culpa não sendo minha. Culpa por ter sentido tanta raiva dela...

Pude vislumbrar a dor que ela sentiu e a angústia que a motivou a querer se livrar do peso da culpa e da vergonha.

Eu nunca a esqueceria. Mas agora seria capaz de cultivar os momentos bons apenas.

— *Requiescat in pace*, Katy. — Senti as mãos de Pat em meus ombros, o que acalmou os soluços que sacudiam meu corpo. — Descanse em paz.

Cavei um pequeno buraco ao lado de sua lápide e coloquei o pedaço de papel que me acompanhou por aqueles meses.

O tempo cura tudo. Assim como o amor...

E eu estava mais do que pronta para construir um castelo no meu conto de fadas, onde não haveria sombras e nem dor.

Eu sabia que a vida nem sempre seria cheia de luz, mas não desejava nunca mais me enterrar no calabouço da minha própria mente.

Nunca mais.

fim

Nota da autora

O tema abordado nesse livro é bastante sensível para mim, porque me vali da experiência no assunto para criar muitas cenas e desdobramentos.

A depressão não me é desconhecida ou algo que decidi abordar baseada apenas em pesquisa. Eu vivi e ainda vivo com essa doença há muitos anos. Sei dos altos e baixos, porque já passei por muitos ao longo desse tempo, e tive que aprender a conviver com a ideia de que meu corpo necessita de uma ajuda para calibrar alguns neurotransmissores teimosos que de vez em quando entram em greve.

A cena onde Tillie recebe o diagnóstico retrata os sentimentos que explodiram dentro da minha cabeça quando soube que precisaria de remédios para sair do caos em que minha mente estava. E escrevi cada uma daquelas palavras chorando, porque me lembrei de que, na época, tive que lidar com o meu próprio preconceito a respeito de tudo. Eu achava que as pessoas pensariam que eu era doida por estar precisando de tratamento psiquiátrico...

Foi preciso me ver no fundo do poço, em uma escuridão total, para resgatar a força necessária para vencer a doença. Contei com a ajuda de profissionais competentes, de uma rede de apoio da família e amigos. Contei com a minha fé...

Sei o que é sentir-me sozinha em meio à multidão. O que é fingir estar bem, quando tudo o que você mais quer é se enfiar debaixo das cobertas para que a dor e a angústia adormeçam e te deixem em paz.

Sei o que se sentir incapaz, anormal, diferente e pequena no meio desse vasto universo de possibilidades. Sei o que é chorar sem razão aparente, entregando-se a uma tristeza inexplicável... Sei o que é passar dias sem querer levantar da cama, sem ter forças para pentear o cabelo, sem querer tomar banho... porque tudo isso representava um esforço sobre-humano.

Sei o que é sentir-se impotente diante de algo tão sombrio; sentir-se a

Castelo de Sombras

pior companhia do mundo, a ponto de você nem ao menos aguentar ouvir seus próprios pensamentos.

Sei o que significa afastar-se de tudo e de todos, por achar que as pessoas não mereciam ter que lidar com seus conflitos internos.

Assim como sei de tudo isso, também aprendi que a luz no fim do túnel muitas vezes se torna distante e opaca, mas, em algum momento, ela ilumina o vale sombrio e tenebroso onde você tenta se esconder. Aprendi que muitas coisas ficam no esquecimento bem-vindo, e que o passado dolorido e tão cru se torna apenas uma sombra apagada na memória.

Precisei lidar com todas as fases para entender que a depressão é uma doença passível de tratamento, e que nem tudo está perdido. E aprendi a reconhecer que há dias bons e dias ruins. Que nem tudo será perfeito e florido, como um comercial de margarina... Mas que a vida nos ensina um monte de coisas.

E a mais importante delas é que devemos nos apegar àquilo que nos dá esperança, às pessoas que entendem e respeitam o seu silêncio, que enxugam suas lágrimas e te acolhem em um abraço quando você mais precisa.

Tillie representa minha dor, mas também minha vitória. Representa minha luta constante para nunca me render. Ela representa o amor infindável que encontrei em Deus, no meu marido, nos meus filhos, na minha família, nos meus amigos.

Tillie simboliza o meu ponto e vírgula, porque houve um momento de pausa na minha história, mas não um ponto final.

Eu a criei para que cada um que já se sentiu afogando em algum momento da vida possa entender que sempre haverá uma mão para te puxar para a superfície. Que milhares de Pats (e não falo apenas do amor entre um casalzinho fofo) estão por aí afora, dispostos a ajudar na árdua jornada de viver um dia de cada vez.

Um.

Dia.

De.

Cada.

Vez.

M.S FAYES

Obs.: Nunca deixe de pedir ajuda quando achar que o fardo está pesado demais para levar.

Agradecimentos

Queria poder fazer um texto de agradecimento curto e direto, sem extrapolar o número de páginas, mas é difícil, especialmente depois de um trabalho tão complexo para mim.

No entanto, antes de tudo, quero agradecer a Deus, por ter me permitido exprimir em palavras os sentimentos que vivenciei em alguns momentos da minha vida, mas que me serviram como um aprendizado e têm servido até hoje.

Não poderia deixar de agradecer à minha família, em especial ao meu marido, que sempre esteve ao meu lado mesmo quando eu enfrentava tempestades que queriam me engolfar. Agradeço aos meus filhos, por serem os botes salva-vidas que me mantêm à superfície. Amo vocês.

Agora vou agradecer por tópicos:

- Aos meus familiares, pelo apoio incondicional em todos os instantes. Meus sobrinhos, meus sogros, meus cunhados, irmãos, meus pais... todo mundo que acreditou nos meus sonhos desde o início.

- Aos meus amigos, que sempre mostraram o orgulho pela pessoa que sou e por quem me tornei. Andrea Beatriz, Lili, Kiki, Dea, Nana, Jojo, Maroka, Roberta, Alê, Mimi, Mércia, Paula, Bebel, Ninoka, Zellelen, Gladys... é uma lista interminável e que só cresce a cada dia.

- Obrigada às minhas betas que aguentaram a espera ao longo destes anos até que finalmente acabei este livro. Amo vocês, gente. De verdade. Dea, Jojo e Nana, minha jornada é a de vocês. Maroka, te amo para sempre pela confiança depositada em mim.

- Um *thanks* aos meus amigos e companheiros de escrita, que seguem na luta e sabem muito bem o que significa finalizar uma obra.

- Leitores amados e queridos, blogueiros maravilhosos que fazem parte da minha vida literária... Obrigada pelo apoio incondicional, pelas palavras de incentivo e força e por darem um pouquinho do tempo de vocês aos livros nascidos do meu coração.

- Drizinha, não há palavras para descrever o fascínio que as capas que você cria trazem...

- Roberta, obrigada por promover mais um sonho, por confiar na minha pessoa e nas histórias que quero contar.

E é isso. Acho que consegui condensar tudo em uma página só. É um milagre.

Love Ya'll

M.S FAYES

Temas importantes de discussão para leitura coletiva

- *Bullying* e responsabilidade das escolas;
- Depressão e preconceitos;
- Psicopatia em qualquer idade;
- Relacionamento abusivo e suas consequências;
- Suicídio: um ato de desespero ou covardia;
- Força na fé e no amor (*vires in fide et dilectione*).

A The Gift Box é uma editora brasileira, com publicações de autores nacionais e estrangeiros, que surgiu no mercado em janeiro de 2018. Nossos livros estão sempre entre os mais vendidos da Amazon e já receberam diversos destaques em blogs literários e na própria Amazon.

Somos uma empresa jovem, cheia de energia e paixão pela literatura de romance e queremos incentivar cada vez mais a leitura e o crescimento de nossos autores e parceiros.

Acompanhe a The Gift Box nas redes sociais para ficar por dentro de todas as novidades.

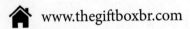 www.thegiftboxbr.com

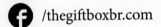 /thegiftboxbr.com

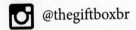 @thegiftboxbr

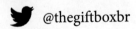 @thegiftboxbr

Impressão e acabamento

psi7 | book7
psi7.com.br   book7.com.br